集英社文庫

ハナシがちがう！

笑酔亭梅寿謎解噺

田中啓文

この作品は二〇〇四年十二月、集英社より刊行された『笑酔亭梅寿謎解噺』を、
文庫収録にあたり『ハナシがちがう！　笑酔亭梅寿謎解噺』に改題したものです。

目次

目次・章扉デザイン＝原条令子
監修＝月亭八天

ハナシがちがう！

笑《しょう》酔《すい》亭《てい》梅《ばい》寿《じゅ》謎《なぞ》解《とき》噺《ばなし》

たちきり線香

たちきりせんこう

上方落語の純愛ストーリーです。

その昔、時計のなかったころ、色町の芸者さんの花代を線香で計っていたそうです。帳場は線香場とも呼ばれ、男衆《おとこし》さんが線香台に線香を立て、あるいは粉のお香を並べ、それが一筋立てば、なんぼ（幾ら）というシステムであったと聞いています。一人前の芸妓《げいこ》になると一本になったというのは、線香一本分の値段が取れるようになったということです。舞妓《まいこ》は十、十一歳の子供の時分から修業をし、十六、七歳で襟替《えりか》えをして芸妓になります。二十歳を超えればお姐《ねえ》さん、二十五で年増、三十で大年増、四十を過ぎたらオバン……？

芸者小糸が愛しき若旦那に送り続けた手紙が八十日目にプッツリと途絶えます。若旦那が百日の蔵住まい（座敷牢）から解かれ、急いで駆けつけるとその日がちょうど小糸の三《み》七日《なぬか》（二十一日目）の法事の日にあたります。この見事な一致は秀逸としか言いようがありません。

以前から「たちぎれ」とか「たちきれ」とか表記されますが、線香が途中で断ち切れたのではなく、丸々一本立ち切ったのだから「たちきり」がよろしいのではないでしょうか。

わたしにとっては入門前からの憧れの噺《はなし》であり、「このネタが出来れば死んでもいい」とまで思っていました。それほど究極の大作に値し、立ち入ることの出来ない聖域のような存在でした。いまその鉄則を破って演《や》るようになりましたが、……まだ生きています。それもそのはず、いまだ完成されていないのですから。

（月亭八天）

1

「そういうわけで、こいつを師匠んとこに置いてほしいんですわ」

隣に正座した古屋吉太郎《ふるやよしたろう》が上目遣いに言った。勝手に決めんなや……と竜二《りゅうじ》は思ったが、口に出すとまた鉄拳が飛んでくるので、無言のまま、吉太郎をにらみつけた。ここに連れてこられるまでに死ぬほど殴られた。アパートのまえで、道で、電車のなかで。逃げようとすると、人目もはばからず、容赦なく鉄拳の嵐が吹き荒れた。鏡がないのでしかとはわからないが、目も鼻も唇も腫《は》れあがり、面相が変わっているはずだ。

「お願いします、師匠。こいつにはほかに行くとこがあらしまへんねん」

そう言って、吉太郎は額を畳にこすりつけた。竜二は、この元担任教師が他人に頭を下げるのをはじめて見た。柔道五段、合気道三段、剣道三段の英語教師。納得できないことがあると教頭や校長にも嚙《か》みつくし、怒ると、相手が不良だろうが優秀な生徒であろうがわけへだてなくどつく。以前、ミナミの盛り場で、ヤクザを相手に大立ち回りをしているのを目撃したこともある。

「だほっ！」

目のまえにあぐらをかき、コップ酒をがぶり、がぶりと飲んでいた、ステテコによれよれのシャツ姿の老人が、いきなりかたわらにあった大きな目覚まし時計を吉太郎の頭に叩きつけた。ご・きゅっ、という音がして、目覚まし時計は木っ端微塵《こばみじん》になり、吉太郎の頭頂が割れて、血がたらたらっと畳に垂れている。

（こ、怖ー っ……）

竜二は真っ青になった。めちゃめちゃなジジイや……。頭の線が切れた吉太郎が暴れだし、血の雨が降るのではないか。竜二はそう思って、元担任教師をおそるおそる横目で見たが、吉太郎は額を畳につけたまま微動だにしない。

「こら、梅林狩《ばいりんがる》。おまえ、こんな鶏冠《とさか》頭のガキを噺家《はなしか》にするやと？　あほも休み休み言え。わしをなめとんか。頭、ぐちゃぐちゃにしてもうたんど！」

やや呂律《ろれつ》の怪しい、獅子《しし》がしらのようにいかつい顔をした老人は、「十時三分です。十時三分です。十時三分です」と電子音声で時刻を告げ続けている時計の残骸を、吉太郎の頭にぐりぐりと押しつけた。

「す、すんまへん、師匠っ」

吉太郎が、竜二がかつて聞いたことのない泣きそうな声をあげた。

「頭はちゃんとさしまっさかい、お願いしますお願いしますお願いします」

勝手に決めんなや……と竜二はまた思ったが、内心、かなりびびっていたので、もちろん口にはしない。黄色く染めた、王冠のようなヘアスタイルは竜二のトレードマークだが、言われてみれば、鶏の鶏冠に似ていないこともない。

「梅林狩、おまえが噺家やめて教員免状取り直して、高校の先生になったとき、わしは心から喜んだ。なんでかわかるか」

「さ、さあ……」

「おまえみたいな、ど下手くそな噺家は、なんぼやってもこの先の見込みないさかいや。そんなやつが連れてきたパツキンで鶏冠頭のガキ、なんでわしが弟子にせなあかんのじゃ。言うてみい、こらあ」

　老人は、よくしなる、長い竹製の物差しで、吉太郎をしばきまわした。頭から背中から首筋から、真っ赤っかのミミズ腫れができている。

「痛い、師匠、痛いですっ痛い痛い、ほんまに痛いですっ」

「痛いように叩いとるさかいに痛いんじゃ。もっぺんきくで。なんでわしがこのガキを弟子にせんならんのじゃ」

「さっきも申しましたけど、この星祭《ほしまつり》竜二は両親《ふたおや》をずいぶんまえに自動車事故で亡くしとりまして、そのあと親戚をたらい回しにされたあげく、今は高校中退して、バイトしながらひとりで暮らしとりまんのやが、暮らしが荒《すさ》むと心も荒むゆうんか、何遍も警察のごやっかいになってまんねん。このままでは、こいつの一生、だめになってしまいます。師匠、こいつに残された道は噺家しかおまへんねん」

「そこがわからへん。なんで噺家なんや」

「それは……この男が落語好きやからですわ」

「なんでやねん」

竜二はたまらず口を挟んだ。

「俺、落語なんか嫌いやゆうたやろ。お笑いやったら漫才のほうがまだましや。先生が、ぼこぼこにどついてむりやりここに連れてきたんやないけ。噺家なんかなるつもりないねん」

「どアホ、落語、好きやゆうとけてあれほど……」

蒼白《そうはく》になる吉太郎を制して、老人はゆっくりと言った。

「ほほおん……おまはん、落語は嫌いか」

「嫌いじゃ、あんなもん。ダサいし、かったるいし、しょうもない……」

びゅうん、という風を切る音がして、何かが飛んできた。竜二は反射的に両手で頭をかばったが、ぐわっ……しゃん！　という音は、隣の吉太郎の頭から聞こえてきた。花瓶だ。白黒テレビのうえに置いてあった、高さ四十センチぐらいのガラスの花瓶が、吉太郎の頭部で砕けていた。むちゃくちゃや……むちゃくちゃすぎる……。

「あのなあ、にいちゃんよ」

老人が、竜二ににじり寄ると、どんぐり眼《まなこ》をぎょろりと剝《む》いた。竜二は、後ずさりしたかったが、必死にこらえた。

「おまえはわしの弟子やない。お客さんや。客の頭はどつけん。しゃあさかい、元弟子やったこいつをかわりにどついといたんや」

「…………」

「落語が嫌いやゆうのはかまへん。個人の勝手や。しゃあけどな……」

老人は、酒臭い息を竜二の耳たぶに吐きかけ、竜二はぶるぶるっと身震いした。

「落語がしょうもないちゅうのは許せんのじゃ」

「すんません……」

自分でも驚いたことに、竜二は思わず謝罪の言葉を口にしていた。老人は悪魔のような表情でにたありと笑い、

「なかなか素直なとこある子やないか。なあ、梅林狩」

吉太郎に顔を向けたが、彼は花瓶の一撃で泡を吹いて失神していた。

「しゃあないのう……」

老人が立ちあがったので、吉太郎に喝を入れるのかと思って竜二が見ていると、老人は手にしていたコップを吉太郎の耳にあてがった。竜二が「あっ」と言うと、

「大事《だん》ない。こいつが弟子っ子の頃は、気絶したらいつもこないやっとったんや」

そして、半分以上残っていた酒を、耳孔にだくだく注ぎ込んだ。

「どひゃあっ」

吉太郎は跳ね起き、川から這《は》いあがった犬のように、顔をぶるぶるぶるっと震わせ、

「し、師匠……堪忍しとくんなはれっ。やっと慢性中耳炎治ったとこでんねん」

そういえば……と竜二は思った。吉太郎は中耳炎からの発熱でよく授業を休んでいたが、あれはこのジジイのせいだったのか……。

「よっしゃ、こないしょ」

老人は、両手をぱん！と打ち合わせた。

「梅林狩、おまえ、ここで一席、落語せい」

「わ、私がですか」

老人は重々しくうなずき、

「こいつ、落語知りよらへんのやろ。ほな、おまえが聴かせたらんかい」

「師匠……！」

吉太郎は泣き声をあげた。

「私、師匠のとこやめてから今まで八年間、いっぺんも落語てなことしてまへんねん。それだけは……」

たしかに吉太郎が生徒のまえで、落語そのものはもとより、落語に関することをしゃべったりするのを、竜二も聞いたことがない。彼が昔、この老人、笑酔亭梅寿《しょうすいていばいじゅ》の弟子として噺家修業をしていた、というのも、今日はじめて知った。

「師匠、覚えてはらへんと思いますけど、私、噺家をあきらめて、教師を一生の仕事にしよ、思たとき、天神《てんじん》さんに願《がん》かけましてん。落語はすっぱりあきらめる。今日から生涯、一回たりとて落語はしまへんさかい、教師にしとくなはれ、て……」

「覚えとる」

「それを破ることはでけしまへんがな」

「そうか。ほな、この子、連れてかえり」

「師匠……っ」

梅寿はごろりと畳のうえに寝そべると、鼻くそをほじりはじめた。吉太郎はしばらく肩を震わせていたが、

「わかりました。やらせてもらいます」

「先生《せんせ》、そこまでせんかてええ。俺、バンドで食うてくねん。落語家なんかなるつもりないから、こんなアホなジジイの言うことききくことあらへん。帰ろ」

「黙ってえ！」

吉太郎の鉄拳が、竜二の鳩尾《みぞおち》を襲った。竜二は、その場に尻餅《しりもち》をつき、胃のあたりを押さえて涙と鼻汁を流した。

「なにがバンドで食うてくや。ライブハウスの客どついてクビなったくせに。おまえはここで座って聞いとけ。ええな」

吉太郎は、四角く座り直すと、

「しばらくのあいだおつきあいを願います。こんにちは。お、誰やと思たらおまけんかいな。こっち入りいな。ま、あがんなはれ……」

竜二は知らなかったが、それは「つる」というネタだった。喜六《きろく》という男が、物知りで知られている横町《よこまち》の甚兵衛《じんべ》はんに、鶴という鳥の名前の由来をきく。甚兵衛はんによると、鶴は昔は首長鳥と呼ばれていたが、あるときひとりの老人が浜辺に立って沖合を眺めていると、遥か唐土《もろこし》の方角から、首長鳥の雄《おん》が一羽「つー」と飛んできて、浜辺の松にぽいととまった。あとから雌《めん》が「るー」と飛んできたさかい、「つー」「るー」で、鶴や……。よいことを教わったと、喜六はその話を友だちの家で披露するのだが、うろ覚えなので、きちんとしゃべれない。遥か唐土の方角から、首長鳥の雄が一羽「つー」と飛んできて、浜辺の松へ「る」ととまった、と言ってしまい、あとから雌が一羽……の箇所で絶句して、友だちに、「おい、雌はどないゆうて飛んできたんじゃ」と突っ込まれ……。

「黙ーって飛んできよったんや」

サゲを言って吉太郎は頭を下げた。ぶすっとした顔で聞き終えた梅寿は、竜二のほうを向き、

「どない思た？」

「……………」

「正直に言うてみ。どやった」

「おもろなかった」

「そやろな」

苦虫を嚙みつぶしたような顔で、梅寿はうなずくと、

「これやったら、自分でもでける……そない思たはずや。やってみ」

「え？」

「いっぺん聞いたら覚えたやろ。やれ」

「俺、落語なんか……」

竜二がそっぽを向こうとすると、

「いつまでぐじぐじ言うとんのじゃ、やれゆうたらやれ！」

梅寿が、落雷のような大音声《だいおんじょう》とともに、茶碗を吉太郎の顔面に叩きつけた。吉太郎の前歯が、めきっ、という音をたてて折れた。竜二は心底震えあがった。千日前《せんにちまえ》の裏通りをヤクザ数人に追いかけられたときも、引っかけ橋のうえでヤンキーに取り囲まれて、道頓堀川《どうとんぼりがわ》に落とされかけたときも、これほどびびりはしなかった。気がついたとき、竜二はたどたどしい口調でしゃべりだしていた。

「し……ばらくのあいだ……お、おつきあいを願います……」

途中で汗が出てきた。口のなかがカラカラに渇いてきて、舌が思うように動かない。なんとか終わったときにはふらふらになり、その場にへたりそうになった。梅寿は感想を何も述べず、吉太郎に一言だけ、

「わしは慈善事業しとるんとちゃう。見込みもないやつ、とるつもりはないさかいな」

「ようわかりました。ありがとうございます。ほたら、こいつをよろしゅうお頼《たの》申します」

吉太郎は梅寿のまえに深々と頭を下げると、立ちあがり、そのまま部屋を出ていこうとし

た。

「待て、梅林狩。ひとつだけ言うとく。一生、落語をせん、ちゅう願かけたおまえにむりやり落語をやらせたんはなんでやわかるか」

「…………」

「おまえは落語が死ぬほど好きなはずや。そのおまえが、理由はどうあれ、落語を封印したのがわしには許せんのや。おまえにとって落語ゆうのは、そんな簡単に封したり質に入れたりでけるようなもんやったんか。教師の仕事にも、落語は生かせるはずや。おまえは一人前の教師になった。そろそろ願ほどきをしてもええと思たさかいな」

吉太郎は何も言わず、もう一度最敬礼をして、廊下へ出ていった。

「ちょ、ちょっと、先生」

竜二があとを追おうと立ちあがりかけると、寝そべったまま梅寿が、

「こら、どこ行くねん」

「俺も帰る」

「今日からおまえはわしが預かった。住み込みで修業すんのや。わかったか」

「そんなん聞いてへん」

「わしが入門を許したんや。逃げやがったら、ただではおかんど」

「俺、入門なんか頼んでへん。去《い》ぬ」

竜二が敷居に足をかけたとき、

「おい、おまえ、ふぐり下がっとんねやろ」

「ふぐり……？」

「キンタマのことや。おまえはもう入門したんじゃ。男やったら、ええかげんに根性決め！」

その怒声は、マグナムの銃弾のように、竜二の脊髄《せきずい》を貫通し、臓腑《ぞうふ》を抉《えぐ》った。竜二がぶるぶる震えながら、動けずにいると、

「いてるか！」

だみ声で叫びながら飛び込んできた誰かが、彼に激しく突き当たった。右脚を軸に一回転し、柱に鼻をしたたかぶつけて、竜二は仰向けにひっくり返った。

「あっ、すんまへん、お客さんでしたんか」

その誰かは、松の根のようなぶっとい腕を伸ばして、竜二を助け起こそうとしたが、彼の顔をじっと見つめたあと、

「こら、おまえ、K高の星祭竜二やないか。なんでおまえがここにおるんじゃ」

見あげた竜二は、その人物がなぜそこにいるのかまったく理解できなかった。パンチパーマに、獅子がしらのようなご面相、相撲取りのようなごついがたい。

「覚えとるか。難波《なんば》署少年課やった竹上《たけがみ》や。今は、刑事課やけどな」

忘れるはずもない。二年前、楽器店からギターのシールドを万引きした竜二を、日本橋《にっぽんばし》から難波、御堂筋《みどうすじ》を北上して、淀屋橋《よどやばし》から梅田まで走って追いかけ、とうとうナビオ阪急前で

つかまえて、ぼこぼこにどつきまわした相手なのだ。そのあとも、ミナミで彼が何かやらかすたびに、何度となくごやっかいになっている。「すっぽんの竹上」といえば、ミナミの盛り場をうろついている少年のあいだでは知らないものはいない。刑事課に移ったというのは聞いてなかったが……。

「二郎、手荒な真似はすなよ」

「こいつ、K高の竜二ゆうて、手のつけられん悪ガキやで。なんでこいつがここにおんのや」

それはこっちのセリフである。

「今日から入門しよった。内弟子や」

「アホな。こんなやつ、箸《はし》にも棒にもかからん極道予備軍の……」

「そう思うやろ」

梅寿はにやりと笑い、

「梅林狩から預かったんや。逃げださんように、おまえも協力してくれ」

「よっしゃ、まかしとけ」

竹上二郎は、ばきばきと拳の関節を鳴らし、

「いきさつはようわからんが、俺が耳にした以上は、絶対に逃がさへんで。おまえもそれは、身に染みて知っとるはずやわな」

「な、なんで、おっさんがここにおるんや」

竜二のもっともな疑問に、梅寿が答えた。

「紹介しとこ。わしの次男や。噺家の才能がないさかい、警察なんちゅう恥さらしなとこに奉公しとる。今晩からひとつ屋根のしたで住むねやから、仲良うせえよ」

竜二の目のまえは、カーテンを引いたように真っ暗になった。

「竜二、ええか……」

竹上刑事は、竜二の胸ぐらを摑《つか》むと、ドスのききまくった声で、

「ひとつだけ言うとく。わしが、笑酔亭梅寿の息子やゆうことは、警察には内緒やぞ。しゃべったら……殺すからな」

そう言って、ぎゅーっと首を絞めあげた。

◇

師匠宅をあとにした吉太郎は、腕組みをしたまま歩きながら、ため息をついた。

「アホらしなってきた……」

梅寿に花瓶をぶつけられた箇所をさすりさすり、

「落語すんのんはじめてやて？　うますぎるやないか」

ぐっと伸びをして、

「あーあ……いやんなってきたなあ……」

だが、封印していた落語を久しぶりに語り、うえに載っていた重石《おもし》がとれたような、自由

な気分でもある。

（しっかりやれよ、竜二……）

梅寿に竜二を弟子入りさせたことが吉と出るか凶と出るかはわからない。梅寿の内弟子が、並大抵の努力ではつとまらぬことは、吉太郎自身がよく知っていた。

◇

梅寿は、竜二をまえに座らせて、相変わらずだらしなく寝そべったまま、コップ酒を口にしている。笑酔亭梅寿。六十五歳。頭髪は歳《とし》相応に薄くなっており、顔は酒焼けして赤黒く、頬《ほお》は弛《たる》み、額に深い皺《しわ》がある。目は大きく、ぎょろりとして、唇はつねにへの字に結んでいる。ステテコの裾《すそ》から手を入れて、臍《へそ》のあたりをばりばり掻きながら、臭い屁をこく。

あれだけ物音をたてて大騒ぎをしたのに、家のものは誰もやってこない。最初、小太りの初老の女性（あとで、梅寿の妻の千都子《ちづこ》だとわかった）がお茶を持ってきたのと、しばらくして弟子らしい若い男が薄笑いを浮かべながら湿気《しけ》った煎餅《せんべい》を持ってきただけだ。あの程度の騒ぎはいつものことというわけか……。

（絶対、逃げだしたる……）

竜二がかたく心に誓ったとき、

「星祭竜二ゆうたな。一杯いこか」

梅寿はコップ酒を差しだした。

「え……？　あの……俺、未成年で……」

「アホか。おまえは噺家になったんやで。噺家ゆうのは治外法権じゃ。師弟のかための盃や。ぐっといけ」

「いや……俺……酒は……」

飲めません、と言おうとしたときには、すでに遅し。コップがガチン！　と歯に当たり、大量の生ぬるい酒が、竜二の喉《のど》に注ぎ込まれた。頭が火の玉になったような気がして、竜二は口を押さえ、廊下に飛びだした。縁側から庭に転げ降り、植え込みの陰でげえげえ吐いた。涙が出てきた。なんでこんな目にあわなあかんねん。俺、落語家なんかになるつもりないねん。あんな気ぃ狂たようなジジイも嫌や。なにがどうまちごうて俺、今ここでゲロ吐いてんねん……。こみあげてくる胃液が食道を灼《や》く。キリキリと鳩尾が痛む。帰りたい……帰りたい……でも……。

（どこへ帰んねん）

そのとき、誰かが背中をそっとさする感触がTシャツ越しに伝わってきた。振り返ると、ショートカットの女だ。歳は三十前後だろうか。細い眉《まゆ》、目尻のつりあがった猫のような目、小さな鼻に、不釣り合いなほど大きな口……。竜二の好みのタイプの、個性的な魅力のある顔立ちだった。

「あんた、入門したんやてなあ。私、あんたの兄弟子の笑酔亭梅春《うめはる》や。いや、姉弟子か。あははは。たまたま用事で来ててんけど、あんたが師匠の部屋から青い顔して飛んで出るの見えたからな」

「……………」

「酒飲まれへんのにむりやり飲まされたんやろ。師匠もむちゃしはる。青少年が急性アルコール中毒で急逝したらどないすんねん。あたしはあんたの救世主ゆうわけやな」

「……………」

「これからたいへんや思うけど、辛抱しいや。辛抱したら、私みたいに……なってもしゃあないか。あはははははは」

最後に、ポン、と背中を叩くと、にっこり笑って梅春は行ってしまった。竜二は、気持ち悪さがかなり薄らぎ、なんとなくほっとした気分になった。

◇

その日、竜二はいったんアパートに戻り、当座必要な身の回りのものを持って、ふたたび梅寿の家に戻った。建てつけの悪い玄関の扉と悪戦苦闘していると、千都子が目を丸くして彼を見つめたあと、

「お父ちゃん、お父ちゃん！　あの子、ほれ、鶏みたいな頭の子、戻ってきよったわ。絶対帰ってけえへん思とったけど、びっくりやなあ」

（しもた……）

竜二は内心舌打ちをしたが、もう手遅れだった。

◇

　こうして、竜二の噺家内弟子修業がはじまった。二階の、畳が半ば陥没しかけた三畳間をあてがわれた彼は、朝、六時に起き、顔を洗って、神さんに御灯《みあかし》をあげ、玄関先の掃除、アーちゃん（お母ちゃんの意。梅寿の妻、千都子のこと）が朝ご飯を作る手伝い、ご飯を食べてから家のなかの掃除……やることは山のようにある。竜二は、できるだけぶすっとした顔でそれらの作業をこなした。やりたくてやっているのではない、ということを示すためだ。最初は、その仏頂面を注意もされたが、いつしか家のものが皆慣れてしまったのか、何も言われなくなった。注意といえば、鶏冠頭についても千都子にうるさく言われたが、梅寿自身がまるでとがめないし、竜二も切るつもりはまったくないので、そのままになっていた。

　この家にはもうひとり内弟子がいた。二十三歳の笑酔亭梅雨《ばいう》である。この一門の内弟子期間は二年だが、もうすぐ年季があけ、独り立ちすることになる。有名落語家を輩出していることで知られるK大落語研究会の出身で、在学中に全国大学落語コンクールで優勝した経歴の持ち主だ。卒業と同時に梅寿の門を叩き、まだ内弟子修業中ではあるが、甘いマスクのゆえか、勉強会ではすでに固定ファンがついており、将来を嘱望されている……らしい。だが、竜二にとっては単なる「めちゃめちゃ嫌なやつ」であった。

「わからんことあったら、全部、梅雨にきけや」

　梅寿はそう言ったが、梅雨に質問しても「自分で考ええや」と言うだけで教えてくれない

し、しつこくたずねると、そんなこともわからないのかこの馬鹿はという態度をとる。しかたなく適当に自分流にやったら、

「誰がこんなやりかたせえゆうたんじゃ」

と、あとで梅寿から目の玉も喉仏も飛びだすほど叱られることになる。そんな様子を、梅雨は陰からこそっと見ているのだ。竜二はそれ以降、頑として何も教わらなかった。

そんな日々のなか、竜二はいろいろなことを知っていった。彼にとってはただの無茶苦茶なジジイにすぎない梅寿が、かつては関西落語協会の会長を務めたほどの名人だったが、大酒が災いして数年前に脳溢血《のういっけつ》で倒れてから、言葉があやしくなったこと。それでも深酒をやめようとせず、医者を困らせていること。税金の滞納で、家を差し押さえられ、弟子一同が肩代わりして支払ったこと。弟子は、筆頭弟子でテレビの人気者の笑酔亭梅々《ばいばい》をはじめ数多いが、廃業したものもまた数多いこと。

昼ご飯を食べたあと、ふつうは落語の稽古《けいこ》をするらしいが、梅寿は弟子にいっさい稽古をつけなかった。やむなく弟子たちは、師匠の高座を舞台袖で聞き覚え、それを自分なりに稽古したり、よその師匠に稽古してもらったりして、勝手にネタを固めていく。「捨て育ち」といって梅寿の流儀だそうだが、単に面倒くさがりなだけのようでもある。

師匠に仕事がある日はその世話をするために落語会や放送局などについていくわけだが、師匠に仕事がない場合は落語会の手伝いに行く。関西には、東京のような常設の寄席はないが、毎日どこかしらで落語会が開催されている。サンケイホールでの米朝《べいちょう》一門の会に代表

される、いわゆるホール落語から、地域の有志や落語好きが主催している地域寄席、若手が自主的に場所を借りて行う勉強会……などがあり、規模も内容も入場料もちがえどそれぞれに客を集めている。

落語会の手伝いが終わったら、帰宅して、師匠の酒の相手（といっても一緒に飲むわけではなく、話の聞き役をしている）をし、二時か三時頃、師匠が寝てから、やっと自室にひきとって、眠る。自分の時間というのはゼロに等しい。

こういう日々を送りながらも、竜二の心を占めていたのは、なんとかここを逃げだして自由になる……ということだけだった。だが、いつも次男の刑事がばきばき指の関節を鳴らしながら目を光らせていたし、お使いなどで外出したときも、

「おたくのお弟子さん、どこそこを歩いてたで」

とすぐに近所の人から報告がいくしで、なかなかその隙《すき》がない。とはいえ本当は、むりやり逃げようと思ったらできなくはないはずなのに、竜二はそうしなかった。毎日、ぐずぐず言いながらも狭い三畳に戻り、ぐずぐず言いながら寝るのだった。

入門して数日後のある日、事件が起きた。

2

竜二は、天王寺区の明星寺で開かれる地域寄席「明星寺寄席」の手伝いに参加した。今日は、師匠の梅寿が出演するので、兄弟子で今は年季があけている梅王《ばいおう》が車を運転し、梅雨と竜二は師匠のカバンを持って先に現地入りした。ほかの師匠の弟子も含めて五人がこの日の手伝いだが、梅雨と桂鍋墨《なべずみ》の二人は出演者でもある。梅寿のところに変な新弟子が来たという噂《うわさ》は広まっているらしく、よその弟子たちは皆、竜二の鶏冠を珍しそうに見るが、竜二が鋭い目つきで見返すと、あわてて視線を逸らす。

舞台袖で大太鼓の枠を組みたて、樫《かし》ばちで締《しめ》太鼓をあげ、鉦《かね》、銅鑼《どら》、拍子木などの鳴り物を整える。五人のうち林家門下の小鳥《ことり》という弟子が受付係《もぎり》をするために入り口に行き、鍋墨がチラシなどの配りものを用意するために別室に行った。舞台袖に残っているのは、梅雨と竜二だけだ。あと三十分で開演というとき、梅雨が有無を言わせぬ口調で言った。

「一番、入れろ」

一番太鼓は、開場を知らせる合図で、どん・どん・どんとこい……と聞こえるように打つが、竜二はこれまで太鼓はおろかどんな鳴り物にも触ったことがない。梅寿の家に鳴り物はなく、弟子たちはこういう落語会のときに早く来て練習をする。しかし、竜二はそんなことをする気にはまるでならなかったのである。

「兄さん、俺、打ったことありません」

「そんなことないやろ。鳴り物の腕は上方の噺家には必須や。これまでいっぺんも稽古しとるの見たことないから、さぞかし上手なんやろなあ」

開場間近ということで、かなりの数の客が寺のなかに設けられた受付付近にたまっている。梅雨は彼らのまえでいきなり本番をしろと言っているのだ。

そこへ、鍋墨が、チラシの束を抱えて入ってきた。

「そろそろ一番いこか」

「うちの竜二に打たしますわ。なかなか上達してきたらしいんで」

そう言うと、にっと笑い、竜二に長バチを渡した。竜二はバチを叩きつけて、そのまま帰ってやろうかとも思ったが、思い直して、太鼓に近づいた。一番太鼓のリズムは何度か聞いたことがある。バチの握りかたも知らぬまま、腕を交差させる。どん・どん・どんとこい……どん・どん・どんとこい……。明確なリズムが叩きだされた。

「ほう、うまいもんやな」

事情を知らない鍋墨はそう言って袖から出ていった。梅雨が歯ぎしりするのを見て、

「バンドしてましたから」

竜二はさらりと言って、してやったりと笑った。

今日の出演は、前座が笑酔亭梅雨、二番手が桂鍋墨、中トリが林家三祖礼《みぞれ》、中入り（休

憩）を挟んで、桂豚団地《とんだんじ》、曲独楽《きょくごま》の桂粟太郎《あわたろう》、トリが笑酔亭梅寿である。すでに、梅寿以外の出演者は全員楽屋入りしており、竜二は出演者にお茶をいれたり、着物の着つけを手伝ったりしながら、自分の師匠の到着を待っていた。

寺の廊下を、梅王と三味線を抱えた若い女性を従えて、梅寿がやってきた。上機嫌で楽屋の中央にどっかりあぐらをかいた梅寿にお茶を出したあと、竜二は梅王にきいた。

「あの女の人は……？」

「知らんのか。三味線の仲田水無月《なかたみなづき》や。今日、師匠は『たちきり』かけはるから、お囃子《はやし》のひと頼みはったんや」

上方落語には、落語の最中に、下座が三味線、太鼓、笛などの鳴り物を演奏して、演者と一体となって、ひとつの噺を形作っていく場合がある。演者が、「その道中の陽気なこと」と言うと、賑やかな音楽を演奏し、雪が降っている場面では、どんどんどん……と太鼓で雪を表現し、娘の幽霊が過去を告白する場面では、しんみりとした曲を奏でる。これを「はめもの」といい、歌舞伎と同じで、一種のミュージカル仕立てなのである。落語の鳴り物は噺家が担当することがほとんどで、今日のような小さな落語会では出演者が囃子方を兼ねていることが多いが、三味線だけは原則として必ず専門の女性が担当する。仲田水無月は、そういった専業の三味線弾きなのである。梅寿が水無月を連れてくることがわかっていたので、今日の会はほかの三味線弾きを頼んでいなかった。

「『たちきり』は三味線が第二の主役みたいなもんやからな。師匠は、これかけはるときは、必ず仲田あかねゆう子に三味線頼んではったんやけどな、おととし、自動車事故でその了が死んでからは、ずーっとこのネタ、封印してはったんや」

「それが、今日はなんで？」

「今日はな、その仲田あかねの三回忌なんや。師匠は、あかねを気に入って、『たちきり』やりはるときは必ず声かけてはったさかいなあ。妹弟子の仲田水無月に、あかねが使《つこ》てた三味線を弾かせて、『たちきり』をやって、あかねの供養しはるつもりなんやろな」

竜二は、目のまえで鼻くそをほじっているジジイのどこにそんな感傷的な神経があるのか不思議だった。

「あのな、ここだけの話やけどな……」

梅王は小声で、

「あかねは別嬪《べっぴん》やったさかい、いろんなやつらが言い寄ってた。粟太郎兄さんなんかも一時《いっとき》はずいぶんとご執心やったみたいやけど、手ひどう振られてたな。それというのも、あかねは、ほれ、あそこにおる鍋墨とつきおうとったんや。せやから、あかねが死んだときは、鍋墨、たいへんやったでえ。あとを追うて自分も死ぬ、ゆうてな」

梅寿は、水無月をまえにして何度も何度も三味線の入るきっかけ合わせの稽古を繰り返している。うまくいかないのか、時々、梅寿は牛のような不機嫌な声をあげ、そのたびに水無月は身体を縮こまらせる。

独楽を日本刀の刃先で回したり、糸を伝わらせたり、といった桂粟太郎の曲独楽の芸が終

わり、ようやくトリの梅寿の出番になった。彼は水無月の三味線を指さして、

「それは、あかねの形見としておまはんが引き継いだもんやそやな。今日はその三味線で、しっかり弾いてや」

「はい……」

緊張のゆえか細い声で応えると、震える手で水無月は三味線の調子を合わせた。出囃子が鳴り、梅寿は、のっそりと舞台に出ていった。ぺたっ、と座布団のうえに座り、

「ようこそのお運びでありがとうさんでございます。わたくしのところは、ごくお古いお噂をば、一席申しあげます。『丁稚《こども》、おい、丁稚……』」

梅寿は、枕も振らず、いきなり噺に入った。楽屋一同も、雑談をやめて、聞き耳をたてはじめた。竜二は、格別興味はなかったが、梅寿のだみ声が自然と耳に入ってくる。

「たちきり線香」は、上方落語屈指の大ネタのひとつで、船場《せんば》の大家《たいけ》の若旦那と芸者小糸との純愛を描いた噺である。初心《うぶ》な若旦那が、商売仲間の寄り合いで南地《なんち》の芸妓《げいこ》・小糸と出会う。小糸のほうもまだ芸妓になりたての十六、七の初心な娘で、ふたりは互いに一目惚れをしあう。若旦那は、小糸に会いたい一心で、毎晩茶屋に通い詰め、とうとう親戚一同が集まって、若旦那を百日のあいだ土蔵へ押し込めることになった。ようやく百日がたったが、その間、小糸から毎日、日に何通もの手紙が来ていたことを若旦那は知らされる。一目小糸に会いたいと、色町へ駆けつけ、茶屋へあがって、小糸に会わせてくれと言うと、女将《おかみ》が、小糸は死にましたという。誰が殺したんや、と半狂乱になる若旦那に、「誰が殺した、てなこ

と言われたら、あんたが殺した、言いとなりまんがな」。若旦那が蔵に放り込まれた口に、ふたりは芝居行きの約束をしていたが、若旦那はやってこない。振られたと思った小糸は、その日から店も休み、食事もとらずに、毎日手紙を書いたが、若旦那からの返事はない。八十日目に、若旦那が小糸のためにあつらえた三味線が、楽器屋から届いたのを見て、骨と皮ばかりになった小糸が、弾きたいと言いだし、抱えられるようにして、一撥《ひとばち》入れたが、そこで息絶える。すべてを知った若旦那が涙ながらに仏壇に線香を手向けているところに、小糸の芸妓仲間が供養にやってくる。と、仏壇に供えられていた三味線が、ひとりでに若旦那が好きだった地唄の「雪」を弾きはじめる。「わしは生涯、女房は持たんで」と泣く若旦那。ところが、突然、三味線は途中でとまってしまう。「なんでしまいまで弾いてくれんのや」といぶかしむ若旦那に女将が、「若旦那、小糸、もう三味線、弾けしまへんわ」「なんでや」「お仏壇の線香がちょうどたちきりました」……。

竜二は、驚いた。自分でも気づかぬうちに涙が滲《にじ》んできていたからだ。噺はちょうど、若旦那と女将が話をしている最中に、小糸の朋輩《ほうばい》が上がり込んでくるあたりにさしかかっていた。若旦那が追善《ついぜん》に来ていると聞かされた彼女たちは、

「小糸ちゃんの仇《かたき》！」

と一旦は声を荒らげるが、若旦那にもどうにもできん事情があったんや、と女将にたしなめられる。

（おもろい……）

若旦那に意見する番頭の、店の実務を任されているものならではの威厳や、芸妓なのに汚れていない小糸のいじらしさ、女将から小糸が死んだと聞かされ、世界が崩壊したかのようなショックを受ける若旦那の心理……聞かせどころは山ほどある。

（落語て、もしかしたらおもろいんかも……）

竜二は生まれてはじめてそう思った。竜二には、この日の梅寿の出来不出来はわからなかったが、皆が目を輝かせて彼の一挙手一投足に注目しているところから、かなりの出来映えと思われた。ただ、少し離れたところで三味線を弾きながら地唄を唄っている水無月は、大御所との共演という気負いのゆえか、撥を持つ手も震え、音もか細く、音程も悪く、声の抑揚も変で、竜二の目から見てもいまひとつの調子のようだった。

「やっぱりあかねにはかないまへんな」

桂栗太郎が小声で、林家三祖礼に話しかけているのが耳に入った。

「あかねは、ほんまに小糸になりきって弾いてましたさかいな」

「そやったなあ。いくら同じ三味線使《おんな》てでも、ああはいかんわ。水無月にはまだ無理やったかなあ……」

竜二が隣にいた梅雨に、

「あかねゆう人はなんで死んだんですか」

とたずねると、

「自動車事故や。このことあんまり言いたないねん。ここだけの話にしとけよ……」

梅雨は声をひそめたが、その実、ゴシップを話すのがうれしくてたまらない顔で、

「ある落語会で、師匠が『たちきり』かけはったんや。もちろん三味線はあかね姉さんでな。その会が終わったあと、姉さんは師匠とふたりで長いあいだ話し込んでたらしいんやが、その会場から急に道路に飛びだして……」

「はあ……」

「鍋墨くんから聞いたんやけどな、姉さん、師匠から、はめもののことで、ごっつう叱られたみたいなんや。師匠、あないして、追善に『たちきり』かけてはるけど、罪の意識感じてはるんちゃうかなあ」

　そのとき、アクシデントが起こった。仏壇の三味線が鳴りだす場面で、地唄の「雪」を弾きだしてしばらくした頃、水無月の三味線の絃が二本、同時に、高い音を発して切れた。続いて、残りの一本も切れた。水無月の動揺ははた目にもわかるほどで、絃の残っていない三味線を抱えて、放心状態になってしまった。あの世から小糸が若旦那に三味線をとおして語りかける大事な場面であり、じっくりとその音色を聴かさなければならないというのに、それが唐突に中断してしまったのである。楽屋に緊張が走った。竜二も、どうなることかと息を呑《の》んだ。しかし、梅寿はまったく動じることなく、噺を進めていった。客席も、三味線が途中でとまり、唄も聞こえなくなっていることを微塵も感じていない。地唄の場面には、中棹《ちゅうざお》という独特の三味線を使っている。気をきかせた鍋墨が、出囃子用に水無月が使っていた細棹《ほそざお》の三味線を取りに走り、彼女に差しだしたが、水無月はがたがた震えるだけで、受

け取ろうとしない。唇も紫色に変じ、歯の根もあっていない。鍋墨が彼女の手から三味線を引き剝《は》がし、むりやり細棹を押しつけたとき、すでに梅寿はサゲに入っていた。

「お仏壇の線香がちょうどたちきりました」

客席は、一瞬の間をおいて、大拍手に沸いた。

「お疲れさまでした」

口々に声をかけられて楽屋に引きあげてきた梅寿は、竜二に一言だけ言った。

「どや」

「すげえおもしろかったです」

入門間もない弟子が師匠に対して使うにはあまりに不遜《ふそん》な言葉だったが、

「あたりまえじゃ。わしを誰やと思とる」

梅寿は一応の威厳をみせて重々しく言ったが、会心の高座に内心はおそらく鼻高々なのだろう。その証拠に小鼻がぴくぴくっと動いた。

林家三祖礼が満面の笑みで近づいてきた。

「いやあ、堪能させてもらいました。三味線がとまってしもたときにはどうなるかと思いましたけど、噺に客を引き込んで、ほんまは鳴ってない三味線の音《ね》を聴かせはった。たいした芸や」

そうほめちぎると、梅寿は一瞬きょとんとした顔になった。

水無月がその場に両手をついて、ぽろぽろ涙を零《こぼ》しながら、

「し、師匠、申しわけありませんでした。急に、絃が全部切れてしもて……これまでこんなことといっぺんも……」

　皆は、梅寿がどれほど激怒するかとおそるおそるその顔色をうかがったが、

「うむ……まあ、まあまあるこっちゃ」

　梅寿は、意外なほどの余裕をみせて諭した。

「そういうとき、うろたえたらあかん。突発事故が起こったときは、落ちついて、そのあとどう処理するかが肝心なんや。客の心を摑んでしもてたら、どないでもなるゆうこっちゃ。うはははは」

　すると、鍋墨がぼそりと呟《つぶや》いた。

「突発事故が起こったときは、落ちついて処理すること、か……」

　やけに暗い表情だな、と思いながら、かつてあかねのものだった中棹の三味線を手に取った竜二が、

「おかしいな……」

　思わずそう言ったのを、梅寿が聞きとがめ、

「何や、何がおかしいねん」

「いや……この絃の切れ口、ちょっと変やと思て……。刃物ですぱっと切ったみたいになってるんです」

　梅雨が、竜二の肩をこづき、

「おまえに何がわかるねん。でしゃばったこと言うな」

「でも、俺、ギター弾いてましたから。演奏中に絃が切れたときは、こんな風には……」

「師匠がたの前やぞ。ひっこんどれちゅうねん」

「ちょお待て、梅雨。竜二にしゃべらせたれ」

梅寿が言った。

「わしも、切れ口のことには気づいとったんや。そもそも、一本やったらともかく三本一緒に自然に切れるわけあらへん。誰ぞが悪戯《てんご》したんとちゃうかいな」

「悪戯ゆうより、あかねの祟《たた》りやったりして」

何気なく言ったにちがいない林家三祖礼の一言に、楽屋はしんとなった。鍋墨が、

「そうかもしれまへんで」

振り絞るような声で言った。

「あかねは不幸な死にかたしよりましたさかいな。誰かに恨みを持ってて、成仏できてへんのかもしれん」

「おまえ、やけに引っかかるようなものの言い方するやないか。言いたいことがあるんやったら、はっきり言うたらどないや」

梅寿がぎろりとにらみつけたが、鍋墨はその眼力をはねかえすようににらみ返した。

「師匠……言うてもかましまへんのか」

「何やと？」

「あかねは喜びますやろか、師匠に追善なんかしてもろて」

「どういう意味や」

「あかねが事故ったんは、えらい動揺して道路に飛びだしよったからです。なんで、そないに動揺したんですやろ」

「こら、おまえ、わしはやな……」

梅寿はそこで言葉を呑み込み、うう……うう……と唸《うな》りながら楽屋一同を見渡していたが、桂粟太郎に目をとめ、

「粟太郎、おまえがやったんとちゃあうんか」

「へ？」

「へ、やあらへん。おまえが三味線に悪さしたのはわかっとる。なんで、こんなことしたんか、ちゅうとんねん」

「し、師匠……言うてええことと悪いことがおまっせ！」

「『たちきり』、つまり、『太刀切り』や。このなかで日本刀を持っとるんは、曲独楽のおまえしかおらん。刀で、三味線の絃に切れ目入れたやろ」

無論、無茶苦茶な言いがかりである。

「アホな！　なんで、わてがそんなことせなあきまへんねん」

「おまえ、あかねに言い寄って、小糸よろしく、しつこう手紙を渡しとったそやないか。振られたのをいまだに恨みに思て、あかねの追善をぶち壊す気ぃやったか」

そして、シャーロック・ホームズはわしでございという顔つきになった。

「師匠、なんぼなんでもそんな古いこと、いくらわてでもいつまでもうじうじ覚えてまっかいな。それに、日本刀で三味線の糸切ったら、えろう目立ちまっせ。そんなこと、いつどこででけまんねん」

「う……」

「三味線の絃切るぐらい、カッターでも鋏《はさみ》でもでけます。それやったら、ここにいるみんなが容疑者とちゃいまっか」

「じゃかあしゃい！　おまえ、それが大看板に対する口のききかたか。礼儀を勉強さらせ」

「そもそもこの三味線は、水無月が持ってきたもんですがな。ケースから出して絃張ったあとは、本人以外、誰もいじってまへんで」

「おまえな、わしが言いたいのはや、それでやな、そもそも……要するに……つまるところが……ええか？　結局やな……」

栗太郎の逆襲にたじたじとなった梅寿は、わけのわからないことを言いながら不機嫌極まりない顔で一歩さがった。もともと何か摑んでいたわけではないのである。栗太郎は、追い打ちをかけるように、

「冗談も時と場合によりけりでっせ。なんぼ梅寿師匠でも、証拠もないのに人を犯人扱いするやなんて……」

脂汗を流す梅寿を内心笑いながら盗み見ていた竜二は、ふと、床に目を落としたとき、あ

るものを見つけた。誰にもわからぬようこっそりつまみあげる。

（なんや……これ……？）

そのとき、竜二の頭にひらめいたことがあった。彼は大声で言った。

「ほんまや、師匠。冗談はやめてください。降りてきはってすぐに、俺に言うてたこととちがいます。真相をわかってはるんやったら、そろそろみんなに教えてあげたほうがええんとちゃいますか」

「う……」

梅寿は一瞬言葉に詰まったが、ここは竜二のだんどりに乗っておいたほうが得策と判断したらしく、

「ま、わしもいつまでも冗談《てんご》言うとる場合やないとは思とった。わしから言うのも、ほれ、その……あれやさかい、竜二、おまえから皆に申しあげい」

「わかりました。師匠が言うてはったことを俺から説明させてもらいます。三味線は水無月さんが持ってきたもんで、ほかの誰も触ってないとしたら、結論はただひとつ。水無月さん自身が絃を切りはったんです」

「ち、ちがいますっ。私、そんなことしてませんっ」

気色《けしき》ばむ水無月に、竜二は、

「はい。絃を切ったのは水無月さんですが、わざとやないんです」

「何が言いたいねん、おまえ」

梅雨がいらいらと急《せ》かす。

「俺が言うてるんとちゃいます。師匠が言うてはるんです。ねえ、師匠」

「わかったわかった。わかったから先言え」

「これ、見てください」

竜二はさっき拾ったものを皆に示した。

「何や、それ」

梅寿が言いかけるのを、竜二はあわてて制した。せっかくの趣向がパーになる。

「たぶん、三味線弾くピック……何ていうんでしたっけ、撥か、その撥の破片やと思います。

――て言うてはりましたよね、師匠」

「うむ」

「問題は、普通のものより薄く薄く削られてるゆうことです。触っただけで、指が切れそうなほど。まるで……剃刀《かみそり》の刃みたいに」

一同の目がそのかけらに注がれた。

「これ……私のとちがいます。私のは、えーと……これやもん」

水無月が、自分の撥を取りあげた。

「誰かが、水無月さんの撥を、この、薄く削った撥にすりかえたんです。こんなナイフみたいなもんで弾かれたら、絃はそら切れます。たぶん、最後の場面で気合い入れはったときに、ぶつっ、といったんとちがいますか。そのとき、先っぽがちょっと欠けたんでしょう」

水無月の顔から血の気が引いた。

「音が震えて聞こえたんも、音程がおかしかったんも、緊張のせいだけやなかったんですね
……と師匠が言うてはりました」

「誰がいったいそんなことを……」

林家三祖礼の問いに、竜二は応えた。

「絃が切れた三味線を、水無月さんから受け取ったのはどなたでしたっけ。そのひとしか、
細工した撥をもっぺん元の撥にすりかえられんかったはずですから」

刺すような視線が鍋墨に集中した。

「ち、ちがう。俺そんなこと……」

顔のまえで手を振る鍋墨に、梅雨が腕まくりして言った。

「どこかに撥を隠してるはずや。ぼくが身体検査しましょか」

その一言で覚悟を決めたのか、鍋墨は言った。

「そんなん必要ない。撥はここにあるがな」

彼はふところから、三味線の撥を取りだした。その先端は、少し欠けていた。

「鍋、なんでこんなことしたんじゃ」

梅寿が言うと、鍋墨は彼をぐっとにらみつけ、

「師匠、ご自分の胸にきいてみはったらどうですか」

「なんやと？」

「師匠が、あの日、きつう叱りつけたから、あかねは……あかねは事故にあいよったんです。師匠はあかねの仇です。それやのに……追善興行やなんて……おためごかしに……。俺は、師匠の『たちきり』、めちゃめちゃにしたろと思て……それで……それで……」

「どアホかあ、おんどれは！」

梅寿は、爆雷のような声で怒鳴った。

「わしはあかねを叱ったことなんぞない。あのとき、あかねはわしに、おまえの年季があけたら、すぐにでも一緒になりたいが、そのことを許してもらえるよう唐墨《からすみ》師匠にわしから頼んでもらえんか、ちゅうて相談に来よったんじゃ。自分ひとりの考えやさかい、おまえには内緒にしといてくれて頼まれとったんや。そんなことも知らんと、女の腐ったみたいにぐじゅぐじゅぐじゅぐじゅと……このへたれがあっ！」

「う、嘘や。そんなん、う、う、嘘や」

「おまえ、わしがあかねを叱ったて誰にきいたんや」

「そ、それは……」

鍋墨は、ちらと水無月を見た。水無月は、顔を伏せると、突然、

「すんません……私が……私があかね姉さんを殺したんです！」

そう言って、泣き崩れた。これには、竜二も驚いた。鍋墨も呆然《ぼうぜん》としている。

「ま、わしもそんなとこやないかとは思とったんや。しゃあけど、全部が全部わかっとるわけやない。懺悔《ざんげ》のつもりで、何もかも話してみ」

しゃくりあげながら水無月が話したのは、次のようなことだった。彼女も、鍋墨が好きだったのだ。落語会のあと、あかねが梅寿に、鍋墨との結婚のことを話しているのを立ち聞きして、嫉妬にかられた水無月は、姉弟子を陰に呼び、自分は鍋墨と昔からずっと関係があって、結婚も約束している、あなたは鍋墨に騙《だま》されており、そのうち捨てられる運命なのだ、という意味のことを捲《まく》したてた。小糸のように初心だったあかねは、すっかり彼女の言葉を信用してしまい、そのまま道路に走りでて事故にあった。鍋墨には、梅寿が叱責したからだと言い訳したものの、その日以来ずっと、水無月は罪の意識にさいなまれて過ごしてきた。梅寿から、あかねの三回忌に「たちきり」をかけるから、形見の三味線を弾くようにと命じられ、断ることもできず、悶々《もんもん》としながらも今日を迎えた。案の定、音程もまともにとれず、声も出ず、心ここにあらぬ状態で下座を務めたが、最後の「雪」を弾く場面で、いきなり絃が三本とも切れたのは、あの世からあかねが手を伸ばしたとしか思えず、恐怖で身体が金縛りにあったように動かなくなった……。

「すんません……私が……悪いんです……鍋墨さん、師匠……すんませんでした……」

じっと聞いていた鍋墨は、唇を嚙みしめながら梅寿に一礼すると、部屋を出ていった。梅寿は、しばらく水無月を見おろしていたが、

「いまさら、何を言うてもしゃあないが……生涯かけて姉弟子の菩提《ぼだい》を弔うこっちゃな」

梅寿がそう言ったとき、かたわらに立てかけてあったあかねの三味線が、とぅーん……と、鳴るはずのない音を発した。

「師匠、名推理だしたなあ。快刀乱麻ちゅうか、お見事でおました」

梅王を付き添いに、水無月をむりやりタクシーに乗せて帰らせたあと、皆が会場の片づけに行き、楽屋に残っているのは、梅寿と竜二、それに林家三祖礼の三人だった。打ちあげに参加せずに帰るという三祖礼が感心したように首をひねった。

「なあに、たいしたことやおまへん。日頃から頭を鍛えとったら、あんなもん、屁ぇみたいなもんだ」

そう言ってからから笑う梅寿に、竜二はあきれてものが言えなかった。

「出過ぎた真似をしました」

陰でこっそり頭を下げた竜二に、梅寿は、

「気にすな。まあ、わしにもだいたいのところはわかっとったんやが、若いもんに花持たせるのも年寄りの役目やさかいな」

行き過ぎようとして、梅寿はふと立ちどまり、

「わかったか。噺家ゆうても、よその世界と何にも変わらへん。汚いもんや。おまえ、嫌や思たら、いつでも出てってええで」

「はい」

竜二はにっこり笑った。梅寿の「たちきり」に魅せられた彼にはその気は失せていた。落

◇

語ってすごいではないか。芸の力で、聞こえないはずの三味線や唄を、聞こえていると客に思わせる……。そのことを梅寿に言うと、彼はこともなげに、

「ああ、あれか。わしも、降りてきて、はじめて気ぃついたんや」

ほ、ほんまかいな、このおっさん……。膝《ひざ》が抜けそうになった竜二に梅寿がにやりと笑いかけ、

「わしの耳には、ずっと唄も三味線も聞こえとった。――空のうえからな」

マジなのか洒落《しゃれ》なのか竜二が判断しかねていると、

「あ、あかん……」

突然、梅寿は血相を変え、

「わ、わし、裏口から出るさかい、あとは頼むで。わしはとうに帰った。行き先はわからん。ええな」

早口で言うと、駆け足で去っていった。入れ替わりに、数人の男たちがどやどやと現れた。皆、坊主頭で、サングラスをかけ、派手なネクタイにエナメルの細い靴をはいている。どこからどう見ても完璧《かんぺき》なヤクザだ。しかも、全員、体格がボブ・サップ並にごつく、逆らおうものならひとたまりもなくぼこぼこにされるだろう。

「おらんな。おい、兄ちゃん、あのジジイどこ行きよったんじゃ」

「あ、あのジジイて……」

「梅寿や。隠したらためにならへんど」

「隠してません。師匠はとうに帰らはりました。行き先はわかりません」

「嘘つけ。靴箱に、靴が残っとったわ。そのへんに隠れとるんちゃうか」

「い、いえ、師匠はよう裸足で歩きはりますから」

「われ、わしらなめとんのか」

梅雨が入ってこようとしたが、彼らに気づいてあわてて引き返したのが襖《ふすま》の隙間から見えた。

「す、す、すんません。師匠がおらんので、また次にしてもらえませんか」

「梅寿はな、二年前にわしらから百万借りたくせに、ああだこうだぬかしていまだに返さんのじゃ。今日は耳そろえてきっちり払うて、あいつのほうからゆうたさかい、わざわざ来たんやないか。手ぶらで事務所帰れるかい。おまえ、梅寿の弟子やったら、百万立て替え」

「そんなん言われても……たぶん、師匠は忘れてはるだけなんで、たぶん次はきっちり……」

先頭の男が竜二の胸ぐらを摑んで、ダース・ベイダーのように持ちあげた。喉が絞めつけられ、呼吸ができない。酸欠になりかけの頭で竜二は思った。

（やめたる。噺家なんか絶対にやめたる……）

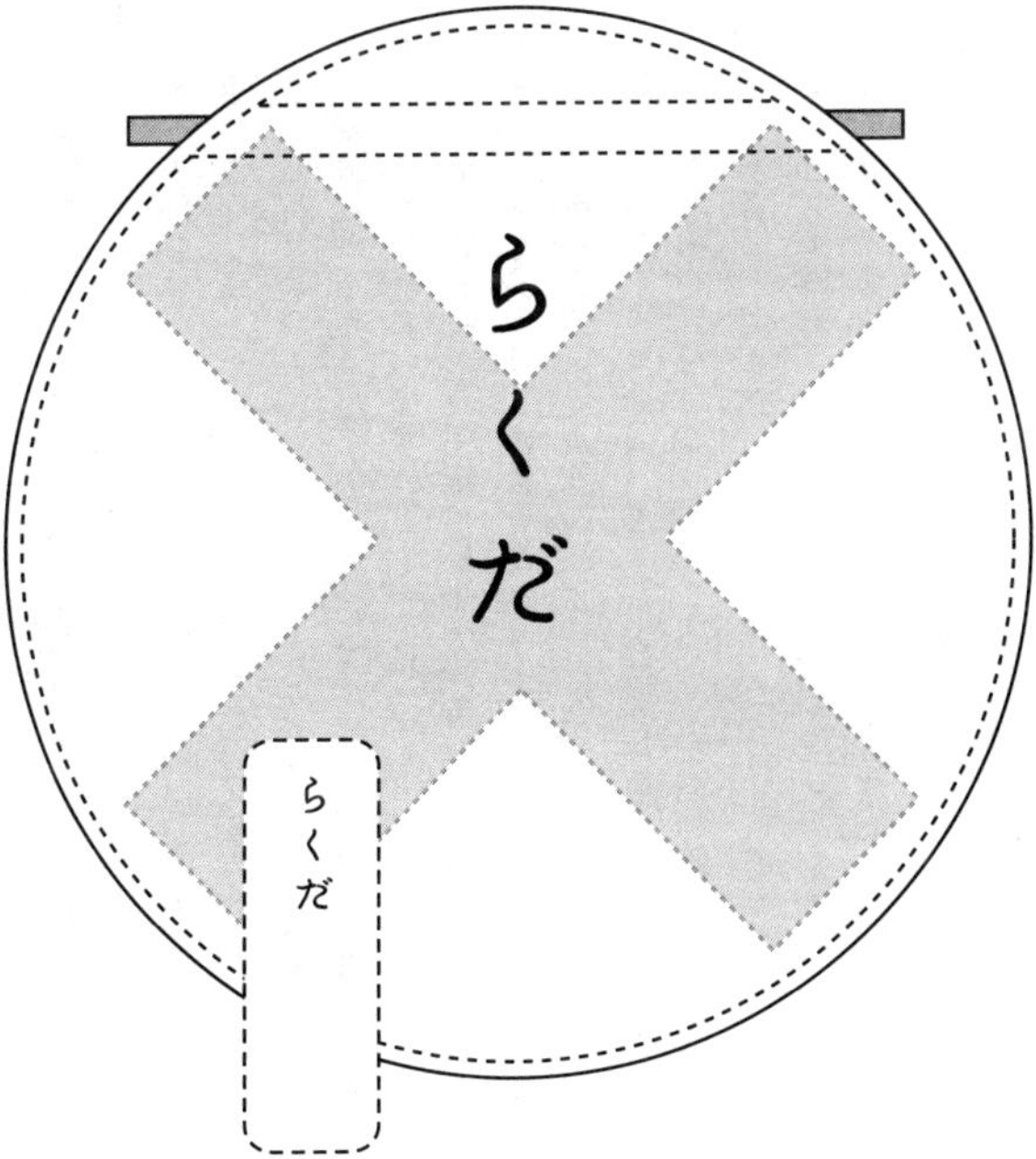
らくだ
らくだ

上方屈指の長講酒ネタです。豪放磊落《らいらく》で有名な故六代目笑福亭松鶴《しょかく》師が得意とされていました。

タイトルになっている「らくだ」の卯《う》の助《すけ》は、噺《はなし》のはじめから死んでいます。サスペンス劇場のような導入がなかなかいいですね。兄貴分のやたけたの熊五郎は死んでいることを「ごねる」と表現しています。「かんかんのーう、きゅうれんす」とは江戸時代、長崎に興った流行歌「九連環《きゅうれんかん》」の一節だそうで、のちに大坂・江戸でその中国風の踊りが大ブームになったらしいです。

酔狂の噺には豪快さの反面、なぜか孤独な人間の悲哀が感じ取れます。紙屑屋が酒で身上を潰《つぶ》した話を酔うほどに語る件《くだ》りは、アルコールに侵され惰性に流された虚しき人生のほろ苦さが滲《にじ》み出ているように思えてなりません。熊五郎親分、酒癖のよろしくない紙屑屋と盃を酌み交わしているうちに、立場が逆転するところがこの噺の一番の見どころです。

サゲは火屋《ひや》を火屋と言ったところから、酒の冷《ひや》酒との地口落ち。でも、いまでは最後まで演じられることが少なくなりました。

そのころ、日本にもらくだが生息していたという記録が残っているようです。らくだのパッチがその時分からあったかどうか、定かではありませんが……。

馬とロバを掛け合わせれば「ラバ」。では馬とらくだを掛け合わせれば……、

「バラクーダ？」

（月亭八天）

1

びんぼーん。玄関のチャイムが鳴った。接触が悪いせいか、貧乏ーんに聞こえる。戦後すぐに建てられたこの長屋にぴったりだ。

「来はったで。お父ちゃん、起こしてきてんか」

アーちゃんにそう言われた竜二は、いちおう抗《あらが》ってみた。

「俺、嫌です」

「あてかて嫌やがな。あんた、弟子っ子やろ。師匠起こすのは弟子の仕事やで。つべこべ言わんと早《は》よ行きっ」

こういうとき、もうひとりの内弟子である兄弟子の梅雨は、タイミングを見計らって、たくみに別室に逃れているのだ。やむなく梅寿の部屋のまえまで行く。ずごーっ、ずごーっ、という雷のようないびきが聞こえてくる。大きくため息をつき、襖《ふすま》をあける。布団をはねのけ、脚をがにまたに広げ、腹巻きの裾《すそ》から手を入れて無意識に臍《へそ》を掻きながら眠りこけている、「人間に進化しきっていない猿」のような皺《しわ》だらけの老人。これが、竜二の師匠であり、名人と呼ばれた笑酔亭梅寿その人なのである。

「師匠、起きてください」

少し目があく。

「な、なんや、竜二か。去《い》ね」

ふたたび目が閉じられた。去ねと言われても去ぬわけにはいかない。かなり強く揺り動かす。

「きのう、飲み過ぎて、ねぶたいねん」

そんなことはわかっている。部屋中に熟柿《じゅくし》くさい臭《にお》いが充満しているのだ。

「でも、師匠、浅卑新聞のインタビューのかた、もう来られてますよ」

前触れなく鉄拳が飛んできて、竜二の額に炸裂《さくれつ》した。くらくらっとなったが、ひっくり返ることだけはかろうじてこらえた。一瞬、殺意を覚えたが、我慢する。竜二はこの家に来てから、我慢を学んだ。なんとなれば、我慢しなかったら、やったことが三倍にも四倍にもなって返ってくるからである。

「そんなもん知らん。約束した覚えない。断れ」

梅寿は、こどものように頭から布団をかぶった。

玄関のほうから、梅雨が記者とカメラマンを出迎えている声が聞こえてくる。

「いらっしゃいませ。お待ちしておりました」

「梅寿さん、どこ？」

「はい、もう間もなく参りますので、客間でお待ちください」

客間などというものはない。上がりがまちに続く三畳をそう呼んでいるだけだ。

「――私、梅寿の弟子で梅雨と申します。おととしの全国大学落語コンクールで優勝したとき、浅卑新聞さんの文化欄で取りあげていただいたことがあります。その節はありがとうございました」

「へえ、そうなの」

「今、がんばって修業中です。よろしくお願いいたします」

ちゃっかり自分を売り込んでいる兄弟子の声を聞きながら、竜二は焦った。

「師匠、記者のかた、待っておられますよ」

「じゃかあっしゃい！　何遍も言わんかてわかっとるわい。どこのど腐れ新聞か知らんが、朝っぱらからしょうもないことさらしやがって、ぼけっ」

丸聞こえである。

梅寿は、アーちゃんのいれた茶をがぶりと飲むと、

「うはー、胸悪なってきた。――竜二、おまえ、先行っとけ。わしはあとから行く」

「え？　でも……」

「ええから、先行け。五分したら行くさかい、ど腐れ記者にそう言うとけ」

片手を広げて突きだす師匠に、竜二は反論することもならず、

「わかりました。ほな……」

三畳に入り、梅雨と談笑している記者に、

「すんません、お待たせしてますが、あと五分で参りますので」

「きみは何や？　えらい頭しとるなあ」

下駄のように四角い顔をした記者はいきなり、竜二の鶏冠《とさか》頭を引っ張った。

「こんな頭で古典落語ができるんかなあ。梅寿さんも何を考えとるんや」

竜二は、頭を下げたまま、じっと我慢した。

「落語は日本の誇る伝統文化や。それを継承するゆう気持ちのないもんが、遊び半分で入門しても、すぐやめてしまう。そういうことがわかっとるんかなあ、梅寿さんは」

「………」

「それに、五分で来るゆうけど、約束の時間からもう十五分もたっとるで。我々、記者は忙しいんや。次のスケジュールが詰まっとる。そういうことにだらしないのは、芸人としてはたしてどないやろなあ」

がらりと襖がひきあけられ、不機嫌そのものの顔つきをした梅寿が立っていた。全身から酸っぱいような酒の臭いをたちのぼらせ、染みだらけのよれよれの浴衣《ゆかた》をだらしなく羽織り、青白い顔の肌は妙にかさついていて、張りがない。

「師匠、こちら、浅畢新聞の芸能記者さんで……」

梅雨が紹介しようと身体の向きを変えたとき、

「おおえっ、おえっ、うえっ……」

梅寿は、カメラマンの顔面に思いきり嘔吐《おうと》した。

◇

インタビューは中止になり、記者とカメラマンはかんかんに怒って帰っていった。もう二度と、浅卑新聞がらみの仕事は来ないな、と竜二は思った。だが、怒っているのは梅寿も同様で、

「なんじゃ、あの記者は。日本の誇る伝統文化？　カスめが、落語のことなんもわかってえへん。あんなど素人を、イ、イ、インタビューに寄越すな」

「いえ、師匠、あのかたは、宮間《みやま》さんとおっしゃいまして、浅卑の文化欄でずっと落語会の批評を……」

「じゃかあしわ！」

梅雨の横面に、持っていた歯ブラシを思いきり押しつけた。プラスチック製の歯ブラシは九十度ぐんねり曲がって、床に落ちた。

「わし、批評家、嫌いや」

ぼそりと言うと、浴衣の裾をずるずる引きずりながら、寝間へ戻っていった。ぴしゃりと襖がしまるのを待って、梅雨が右頬《ほお》についた歯ブラシの痕《あと》をこすりながら、

「師匠も無茶しはる。芸人はマスコミには絶対ええ顔しとかなあかんねん」

「作り笑顔でもですか」

竜二が言うと、梅雨は顔をしかめ、

「あたりまえやろ、芸人やねんから」

◇

午後一時頃、ようやく梅寿は起きだしてきた。梅寿は機嫌よく奈良漬けで茶漬けを二杯食ったが、その間、朝の一件に関しては、一言の言及もなかった。

玄関の戸があき、パンチパーマにサングラス、縦にストライプの入った背広に虎の刺繡《ししゅう》をほどこした幅広のネクタイという身なりの男が入ってきた。一見、それもん風だが、梅寿の次男で難波署刑事課の竹上刑事である。彼が梅寿の息子であることは、署には内緒になっている。親が噺家《はなしか》だと知れると、押しがきかなくなるというのが理由らしい。

「ああ、しんど。しんどいわー」

「なんや、二郎。長いこと家あけやがって。死んだか思とったわ」

「あほなこと言わんといて。拳銃《チャカ》の密売が横行しとってな、ここんとこずっと署に泊まり込みやったんや」

「ポリさんが、昼間っから家におるよってに、とうとう警察クビになったか思たんじゃ」

「なんでやねん。徹夜徹夜の捜査が続いて、やっと今日、帰宅のお許しがでたんや。シャワー浴びたら寝るさかいな」

「もう事件は片づいたんか」

竹上刑事はかぶりを振り、

「雑魚《ざこ》は捕まえたんやけどな……お父ちゃんはこれから劇場か？」

「さあ……なんやったかいな」

梅雨が、電話の脇に貼ってある酒屋のカレンダーを見ながら、

「千日前のマルイホールで、『吸血亭ブラッド・笑酔亭梅寿型破り落語会』です。七時開演で、師匠はトリですから、出番は九時過ぎだと思います」

「ああ、あれ、今日やったか」

気のなさそうな返事。

「ブラッドて誰や」

「知らん。東京のやつでな、外人の噺家らしいわ。会社がどうしてもわしと組ませたいゆうんで、しゃあなしに引き受けたんや。なんでもそいつのあだ名が『らくだ』ゆうらしゅうて、会社がわしに『らくだ』かけえ言いよんねやが……どうも気がのらんな」

「らくだ」のブラッドこと吸血亭ブラッドは、最近テレビのバラエティ番組などでも活躍している外国人の噺家である。黒い着物にサングラスという黒ずくめの衣装で、毒舌を叶く。共演のタレントをこづいたり、酔っぱらって高座を務めたりと破天荒なところがあり、それがまたカルトな人気につながっているようだ。竜二は、その噺家に興味を持った。梅寿と似ているかもしれないと思ったからだ。梅寿が所属している大手プロダクションである松茸芸

能が、ふたりの共演をもくろんだのも不思議はない。

「外人のくせにあだ名がらくだやなんてセンス悪いやっちゃで。ジラフといわんかい」

らくだはキャメルである。

「——二郎、おまえも聴きにくるか」

「そんな暇あらへん。夕方から南港《なんこう》に出張《でば》らんならんねん。とにかく眠いさかいおやすみ」

竹上刑事は欠伸《あくび》を連発しながら風呂場に入っていった。

「ほな、師匠、ぼくと竜二は先行ってますけど、もうじき梅王兄さんが車で迎えにきはりますから、よろしくお願いします」

梅寿は、柱時計を見て、

「まだだいぶ間ぁあるな。ちょっと出かけて……」

腰を浮かしかけたのを梅雨はあわててとめた。こういうとき、梅寿は、時間どおりに戻ってきたためしがない。つい先日も、パチンコに熱中して、テレビ録《ど》りをすっぽかし、大騒ぎになったところだ。

「わかっとる。テレビでも見とるわい」

不機嫌丸出しになった梅寿は、中身の出た座布団のうえにあぐらをかくと、白黒テレビをつけ、たまたまやっていた昼メロを見はじめた。

2

関西には、常設の寄席はない。落語は、花月《かげつ》などの演芸場で漫才や喜劇に混じって演じられているが、寺や神社、公民館などを借りての地域寄席、大きなホールでのホール落語などもさかんである。

この日は、普段は演劇やコンサートなども行っている小ホールを借りてのイベントで、主催は松茸芸能である。先に会場入りした竜二と梅雨は、よその弟子たちとともに会場のセッティングなどを手伝った。今日の出演は、梅寿とブラッドのほかに、林家快調《かいちょう》、桂大納言《だいなごん》、それに、漫才の柿実《かきのみ》うれる・うれないであり、林家門下の五月《さつき》という女弟子と、桂門下の小納言《しょうなごん》、それに、ベテラン漫才師柿実うれる・うれないの付き人であるチカコという若い女が前座として参加し、会社やホールのスタッフとともに働いている。林家五月が受付係《もぎり》を手伝いにいき、梅雨と桂小納言が鳴り物を整えているあいだ、竜二とチカコが楽屋の茶出しをすることになった。厨房の大薬缶で湯を沸かしていると、チカコがなれなれしく話しかけてきた。

「あんた、すごい髪してるね。落語家さんのくせに、そんなんかまへんの？」

チカコ自身も、髪の毛を緑色に染めている。小顔で、鼻が低く、唇も小さいが、目だけがやたら大きく、フクロウのようだ。スリムで、背が低く、竜二の胸ぐらいまでしかない。

竜二が黙っていると、

「あーあ、つまんない。落語会の手伝いなんて馬鹿みたい。ねえねえ、サボって、お茶しにいかへん？」

「仕事があるだろ」

「かまへんやん、ちょっとぐらい。それに、あたしの仕事、こんなんすることとちゃう」

「じゃあ、何なんだ」

「あたしは、お笑いやるためにこの世界に入ったんや。あんな古くさい……」

楽屋のほうをちらと見ると、吐き捨てるように、

「漫才師の付き人するためやないねん」

きいてみると、彼女は竜二と同い年の十八歳。小さいときからお笑い好きだったが、テレビでジキル・ハイドという漫才コンビのコントを見て、これこそ新しい笑いだと衝撃を受けた。高校を中退して、昨年、松茸芸能の養成学校に入り、卒業後、同期生と漫才をはじめたのだが、指向性があわず、三カ月で解散。それからは、ピン（ひとり）でやっているが、舞台の機会もあまり与えられず、会社からうれる・うれないの付き人を命じられたのだという。

「先輩の付き人をやりながら、芸を盗んだり、芸人としての心得を学べ、という意味じゃないかな」

「封建時代やないねんから。それに、あんなやつらに何も学ぶことあらへん。あたしのほう

から教えたりたいぐらいや。ベタな駄洒落《だじゃれ》とかお決まりのギャグとか、すぐに下ネタ連発したり、どついたり走ったり……ああいうのをぶち壊そう思てあたしはこの会社入ったのに……」

「で、その『新しい笑い』は見つかったんか」

チカコは弱々しくかぶりを振り、

「そんなすぐに見つかるわけないやん。なかなかどうして茨《いばら》の道やわ」

その言い方がおかしかったので、竜二がくすっと笑うと、

「その髪の毛見てたらわかるわ。あんたも、新しい落語を見つけよう思てがんばってんねやろ」

「え？　いや、俺は……」

「古典落語とか嫌やろ。わかるわかる。爺《じじ》むさいし、しょうもないし……同じネタを何十年もみんなで繰り返し繰り返しやっとるんやろ。聴くほうは、ええかげん飽きてるのに、演《や》ってるほうは誰もそれに気づいてないねん」

そうかな、と竜二は思った。彼は、落語のことをよく知らない。梅寿は稽古《けいこ》をつけてくれないし、落語会の手伝いをするときに、太鼓を叩いたり、着物を畳んだり、お茶を出したりするあいまに、出演者の芸を舞台袖でかいま見る程度だ。たしかに、二度目に聴くと飽きてしまう演じ手もいる。だが、以前に聴いた梅寿の「たちきり線香」のすばらしさは彼にもわかった。あれははじめて聴いたせいだったのだろうか……。いつのまにか落語のことを真剣

に考えている自分に気づいた瞬間、竜二はたまらない自己嫌悪を覚えた。

「俺は古典落語がええとか悪いとか思てない」

「え……？」

「俺はな、落語そのものが嫌いなんや。俺はそのうちこんなことやめて、バンドするねん」

チカコは、珍獣を見るような表情になり、しげしげと竜二の顔を見つめた。

「こら、竜二！」

梅雨の罵声《ばせい》が飛んできた。

「いつまで湯沸かしてるんや。はよ持ってこんかい！」

◇

出演順は、桂大納言、林家快調、中トリが吸血亭ブラッド、中入りを挟んで、うれる・うれない、トリが笑酔亭梅寿である。すでに、梅寿以外の出演者は全員楽屋入りしていた。

吸血亭ブラッドというのは、三十五、六歳のアメリカ人で、金髪碧眼《へきがん》。がたいは熊のように大きく、背は二メートル近い。

「師匠、お茶が入りました」

受付の手伝いを終えて戻ってきた林家五月が茶をすすめると、

「これだから上方の贅六《ぜえろく》はやんなっちまうんだ。東京じゃ俺にこんな間抜けなものを持ってくるような前座はひとりもいねえよ。もうちっと気のきいたもん持ってきやがれ」

たしかに流暢《りゅうちょう》な江戸弁をしゃべる。

「えっ、じゃあ何を……」

「酒だよ。アルコールに決まってんだろ。ミルク飲んでちゃあ、いい芸はできねえよ。うっははははは」

言いながら、五月の手を握り、胸を触ると、

「おめえ、なかなかいい身体してんじゃねえか。終わってからやらせろよ」

五月は蒼白《そうはく》になって手を振り払うと、奥に逃げ込んだ。彼女は、東京生まれで、三年ほどまえに関西に来て、林家快調の弟子になったらしい。噺家としては少し暗い性格だが、修業熱心で筋もいい、と梅寿が評しているのを聞いたことがある。関西弁にも少しずつ慣れてきているようだ。

「ちっ、冗談のわからねえ女《あま》だ」

そう言うと、持参のウイスキーをラッパ飲みにした。狭い楽屋で、皆が窮屈そうに身を縮こまらせているのに、ひとり、何人分もの座布団を占領し、客席まで聞こえるような大声で、クスリを打って高座を務めたらわけがわからなくなって気がついたら道で寝ていた、だの、大学の落研《おちけん》に講師に行って部員の女子大生と三Pをした、だの、ニンニクステーキ五人前平らげたあと豚骨ラーメンを三杯食べた、樽酒《たるざけ》の飲み比べをして相撲取りに勝った、だの、自分がいかに絶倫で大食漢で酒に強いかという下卑た自慢話をがなりたてる。

「嘘に決まってる。いくらなんでもステーキ五人前にラーメン三杯やなんて……」

という梅雨の呟きを聞きとがめた林家快調が小声で、

「いや……そうとも言えんで。わし、まえに東京で仕事あったとき、終わってから神田のガード下の回転寿司に入ったら、あいつがおったんや。ひとりで寿司、三十皿ぐらい食べとったなあ。それだけでもびっくりしたんやが、食べ終わって勘定すませて出ていったあと、三分ほどしてすぐに戻ってきよってな、『なんだかものたらねえから、もうちっと食うか』言いながら、また三十皿や。あれには参ったで」

「そう言うたら、わても聞いたことありますわ」

桂大納言が言った。

「ソープランドで同じ女相手《タレ》に三時間やりまくったあと、金払《はろ》て出ていった。やれやれ思とったら、また戻ってきて、『やりたらねえから、もっぺんやらせろ』言うて、また三時間。絶倫にもほどがあるゆう話でっせ」

そんな噂《うわさ》をされていると知ってか知らずか、ブラッドはウイスキーを一本あけてしまうと、桂小納言に、

「おい、そこの禿《は》げデブ」

小納言はまだ若いが、たしかに頭は薄く、肥えている。

「酒、買ってこい。うめえやつだぞ。安もの買ってきやがったら承知しねえからな」

楽屋のすぐ外の廊下に立っていた竜二はカッとして、隣にいた梅雨に、

「注意してきましょか」

「アホ、やめとけ。俺らは前座で、相手は東京から来たゲストやで。快調師匠も大納言兄さんも何も言うてはらへんし、見て見ぬふりしてたらええんや」

たしかに誰も何も言うてはいないが、それはごっついアメリカ人の傍若無人な態度にびびっているからだ。

「松茸芸能の担当者はどこにいるんです」

「用事思いだしたゆうて、会社に帰ってしもた」

「ブラッドのマネージャーは？」

「今回は誰も連れてきてないみたいやな。――ええか、逆ろうたらあかんぞ。おまえが揉《も》めたら、親父《おや》っさんに迷惑かかるんやぞ」

そのうち、ブラッドはかなり酔っぱらって、ゾウアザラシのように畳に寝そべると、

「きのう、別の落語会に出たんだが、上方の噺家にゃあろくなやつぁいやしねえな。麦昼《ばくちゆう》、公団地《こうだんじ》、啓支《けいし》……なんてえのはもういい歳《とし》だしよ、それに続く中堅どころは数が足らねえし、若手はどいつもこいつも物真似だ。それに比べると東京は層が厚いぜ。実力あるやつらがひしめいてる。上方のいい芸を聴かせてもらいにわざわざ来てやったのに、がっかりしちまったよ」

そう言って、小納言の買ってきたダルマの黒い瓶をごくりとあおる。竜二は梅雨の脇腹をつついたが、梅雨は腕時計に目をやり、

「もうそろそろ開演やな。ゲストもええし、トリは親父っさんやし、だいぶ入ったなあ。あ、

そや、俺、ちょっと用事あるから、外へ出とくわ。おまえ、あとのこと、しっかりせえよ」

トラブるのが嫌なのだろう、梅雨は楽屋口を離れて、どこかに行ってしまった。

とがめるものがいないので、ブラッドの暴言はますますエスカレートし、

「しっかし、よくこんな小さな会に俺を呼ぼうと思ったな。芸人のクラスってもんがわかってねえんだ。東京じゃ、とっても考えられねえよ。俺ぁただの噺家じゃねえ。テレビで顔も売れてるタレントだぜ。ギャラも安いしよ、ああ、馬鹿馬鹿しい。小咄《こばなし》のひとつもしたら、すぐ降りてくるからそのつもりでいてくれや」

これだけ酔ってたら、小咄ですら危ないんじゃないか、と竜二は思ったが、続くブラッドの言葉に血管が切れそうになった。

「今日、トリで出る梅寿にしても、型破りってことを売りものにしてるみてえだが、脳溢血《のういっけつ》で倒れたあと呂律《ろれつ》が回らねぇんだろ？　昔の名前で出ていますってやつだ。前は知らねえが、今はトリのとれる芸じゃねえ。あんなもの聞かされる客がかわいそうだ。なんなら、俺がトリをとってやろうか」

竜二は楽屋に入り、ブラッドのまえにずかずかと進んだ。あんなジジイのこと、けなされても俺と関係ない……彼の理性はそう思うのだが、身体が勝手に動いたのだ。

「あのなあ、おっさん、ええかげんに……」

竜二が、ブラッドの真正面から言葉を叩きつけようとしたとき、チカコが彼の脇をすり抜けて、

「おっさん、黙って聞いとったら言いたい放題言いやがって、ええかげんにせえよ！　何さまやと思とんねん、このボケ！」

泥酔状態のブラッドは、酔眼朦朧《もうろう》として彼女を見返していたが、急にライオンのような形相になり、

「このちんちくりんが、俺に向かって……」

サザエのような拳骨をかためて、チカコに殴りかかった。竜二は、ブラッドとチカコのあいだに身体を割り入れ、ブラッドの拳を平手で受けとめ、その勢いを利用して相手の身体を床に倒した。ブラッドは、楽屋のまんなかで仰向けに大の字になると、何が起こったのかわからない様子でしばらく目をしばたたかせていたが、やがていびきをかいて寝てしまった。

楽屋のあちこちから、緊張のほぐれる、ふーっというため息が複数聞こえた。

漫才師の柿実うれるが、チカコの頬を平手打ちした。

「何を……」

チカコは言いかけたが、下を向き、

「すんません……でした……」

「あんたは芸のほかにも、覚えんならんことがまだまだありそやな」

「………」

そのとき、二番太鼓が響きわたり、笛が吹き鳴らされ、開演を告げた。出囃子《でばやし》とともに、大納言が高座にあがる。

「付き人のくせに、東京から来たゲストに暴言を吐くやなんて、身の程知らずもええとこや」

いつのまにか戻ってきていた梅雨が棘《とげ》を含んだ口調で言い、竜二が何か言い返そうとしたとき、

「梅寿師匠がいらっしゃいました」

これまたいつのまにか戻ってきていた林家五月がそっと彼に耳打ちした。東京育ちだけあって、きれいな標準語だ。礼を言って竜二が廊下に出ると、向こうから、梅王に肩を借りた梅寿がおぼつかぬ足取りでよたよた歩いてくる。真っ先に竜二の頭に浮かんだのは、「車で事故った」ということだが、そうではないらしい。顔が真っ赤だ。

「すまん!」

梅王が両手で拝む真似をした。

「出しなに、薦被《こもかぶ》りとカラスミが届いてな、師匠……二升ちかく飲みはったんや」

「二升……!」

竜二はがっかりした。だいじな高座のまえに大酒を飲むとは……。これでは、吸血亭ブラッドと同じ、いや、彼以下ではないか。

(チカコが、落語家を悪しざまに言うのももっともだな……)

これではとてもトリは無理だろう、と竜二は思ったが、

「大事《だん》ない大事ない。心配せえでもええ」

酒臭い息を吐きながら梅寿は機嫌良く楽屋に入っていく。その梅寿の顔が引き締まった。中央にどでんと寝そべる、高いびきの外国人を見いだしたからだ。

「えらいすんまへんけどな、ちょっと場所をあけてもらえまへんやろか」

梅寿の異常なほどの低姿勢に、竜二はぞっとした。梅寿は、普段は荒っぽい言葉遣いで弟子を叱りとばすが、本気で怒ったときは、口調が気味悪いほど丁寧になる。

ブラッドはかすかに目をあけ、

「何だと、場所をあけろ？　俺は酔ってんだよ」

そう言うと、ふたたび目を閉じた。

「酔うとるのはお互いさまですわ。楽屋はみんなで使うもんだ。そないして寝てはったら、ほかのもんの迷惑だす」

そのとき、高座を終えた大納言が、

「お先に勉強させていただきました」

と声をかけたのをきっかけに、柿実うれないが梅寿に挨拶《あいさつ》し、世間話をはじめたので、梅寿の気がブラッドから逸れた。揉め事を起こさぬようにという
うれないの心遣いである。それはよかったのだが、必死につないでいた二番手の快調がついにつなぎきれなくなって降りてきた。とうとうブラッドの出番である。ブラッドは、楽屋の根太《ねだ》を揺るがすような大いびきをかいている。

「師匠、ブラッド師匠、出番です」

林家五月が彼を揺り動かすが、巨体の外国人はびくりとも動かない。

「師匠！　師匠！」

ようやくブラッドは片目をあけ、

「なんでえ、やかましいやい。俺ぁ酔ってるって言ってんだろ」

「もう上がりです。し、師匠、お願いいたします」

五月の声は異様なほど震えていた。

「馬鹿野郎、高座務められる状態かどうか、前座ならそれぐれえ判断しろい！」

ブラッドは、五月を突き飛ばすと、ごろりと俯《うつぶ》せになって、寝入ってしまった。

「しゃあないな……」

梅寿は、酔いも怒りも感じさせせぬ落ちついた声で、

「ここにおられたら……まわりの迷惑や。隣に部屋あるやろ。そっちに布団敷いて移せ」

数名が、ナマコのようになったブラッドの巨体をえっちらおっちら隣室に運んでいった。

「誰じゃ、あんなアホ、東京からわざわざ呼んだやつ。だいたいあのガキ、落語でけるんか」

梅寿の問いに、林家快調が答えた。それによると、吸血亭ブラッドは、師匠を持たない一匹狼の噺家だが、今は某一門の客分になっている。アメリカンジョーク的な艶笑噺《バレ》を得意とし、下ネタの連発と毒舌で人気があるという。本人が豪語しているように、たしかに精力絶倫で、食いものも人の二倍以上は食べ、酒にもめちゃくちゃ強く、そのことを売り物にして

いる。女性タレントやテレビ局の女性スタッフへのセクハラも激しく、これは噂だが、なかには暴行されて自殺した女芸人もいるという。

「あだ名は、らくだ、ゆうらしいですわ」

「それはわしも聞いとる。せやさかい会社はわしに『らくだ』せえ言うたんやが……。そないゆうたら、さっき運ばれてくとこ……まるで『らくだ』の願人《がんにん》坊主やったな」

快調がくすくす笑って、

「出番はどないしましょ」

「入れ替えなしゃあないやろ。次は……わし、上がるわ。この御仁はトリに回ってもらえ。その頃には醒《さ》めとるやろ」

そう言うと、大きなげっぷをした。梅雨が、いかにも梅寿を気遣うような声で、

「そんな、師匠……そない酔うてはったら無理ですわ。ぼくが、誰か代役頼んでみます。電話してきますわ。何でしたら、隣に師匠の分も布団敷いて……」

「じゃかあっしゃい！」

梅寿が梅雨を殴りつけた。梅雨は鼻から血を流してその場に倒れた。

「前座の分際ででしゃばるなよ。わしをあんなガキと一緒にすな。なんぼ酔うてもな、噺はでけるわい。わしはプロヘッショルナルやで」

梅寿は、太く熱い息をふうと吐くと、もう一度げっぷをし、身体を左右に揺らしながら、のっそりと舞台に出ていった。ぺたっ、と座布団のうえに座り、

「しばらくのあいだ、おつきあいを願います。わたくしのところは、ごくお古いお噂をば一席申しあげますが……『おい、らくだ！　らくぅ！　留守かいな』」

梅寿は、順番が変わった説明もせず、ネタに入った。その声に、二升酒の影響はまるで感じられなかった。

「らくだ」は、酔っぱらいの噺である。らくだというあだ名の男がいた。人から金を脅しとり、それで博打を打ち、大酒を飲み、うまいものを食って日々を送る無頼漢であるが、あるとき、手料理した河豚《ふぐ》にあたって死んでしまう。そこに訪ねてきたのが、兄貴分のやたけたの熊五郎。葬式を出してやりたいが、金がないので、通りかかった紙屑屋を呼び入れて脅しつけ、月番の家に使いに出して、香典を集めて持ってこさせる。次に、家主《いえぬし》の家に行かせ、酒と肴《さかな》を用意しろと言わせるが、家主に拒絶され怒った熊五郎は、紙屑屋にらくだの死骸を背負わせ、家主の家で「かんかんのーう、きゅうれんす……」と「かんかん踊り」を踊らせて、恐れいった家主から酒肴《しゅこう》をまきあげる。熊五郎に酒を強引に飲まされ、もともと酒に飲まれる性質《たち》の紙屑屋は、一杯が二杯になり、とうとうへべれけになる。立場が入れ替わってしまい、「俺の酒が飲めんのか」と熊五郎を脅しつける紙屑屋。べろべろに酔っぱらったふたりは、らくだの死骸を漬け物の樽に入れ、差し担《にな》いにして、「葬礼《そうれん》や葬礼や、らくだの葬礼や」と囃しながら千日前の火葬場に向かう。ところが、らくだの死骸を樽から放り出してしまい、あわてて拾ったが、まちがえて、橋のたもとで酔いつぶれて寝込んでいた願人坊主を樽に入れてしまう。目をさました坊主が「ここはどこだ」ときくと、「火屋《ひや》だ」……。

（おもろい……めちゃおもろい……）

竜二はいつのまにか噺のなかに没入していた。熊五郎が、気の弱い紙屑屋に、らくだの死骸の股ぐらに首を突っ込ませ、自分はうしろから手と首を動かしてかんかん踊りを踊らせる場面では、前座という立場も忘れて大笑いした。

（このおっさん……ほんまはすごいんかも……）

竜二には、落語の善し悪しはわからないが、今日の梅寿は入神の出来なのではないかと思った。「冷酒《ひや》でええからもう一杯」と梅寿がサゲを言ったのに、聴き入っていた小納言が、チョーンチョーン！　と中入りの拍子木を入れるのを忘れていたことでもそう感じた。客席は熱狂した。

降りてきた梅寿は、またしても大きなげっぷをしながら、竜二に、

「酔うとっても、いけとったやろ」

「は、はい……」

梅寿は、竜二の心中を察していたらしい。

「お客さんはどないしとる。中入りのあいだには、そろそろ起きてもらわんとな」

「わてが起こしまひょ」

大納言が隣室への襖をあけた。そこにブラッドが立っていた。

「ああ、起きてはりましたんか、師匠」

「い、いや、また寝るとこだ」

ブラッドは布団に潜りこんだ。

「何ゆうてはりまんねん。起きとくなはれ、ブラッド師匠……」

「眠てえんだよ。寝かしといてくれよ」

「梅寿師匠と替わっていただきましたんで、師匠の出番はトリになりましたんや。せやけど、もう中入りでっせ。頼んますわ、起きとくなはれ」

「俺ぁ寝起きがいいんだ。出囃子が鳴ったら、すぐに起きるよ。だから、頼まあ。あと二十分……いや、十五分だけ寝かせてくんな」

ブラッドは掛け布団をはなさず、大納言はため息をついて引きあげてきた。

「しょうがおまへんな。ご本人が言うてはるとおり、出番直前にむりにでも起こしたらよろしわ」

やがて、中入りが終わり、膝がわりの漫才がはじまった。トリがどうなるかわからないので、うれる・うれないはしゃべくり漫才をじっくりと披露し、喝采を浴びた。

「さあ、もう待ったなしや。どうあっても起きてもらわなならん。おい、梅雨……」

師匠の命に「わかりました」と応えて梅雨が隣室に入ったあと、しばらくして、鶏が首を絞められているような悲鳴が聞こえてきた。客席まで丸聞こえだ。

「どないしたんや」

駆けつけた皆のまえで、梅雨は震える声で、

「し、し、死んでます……」

3

吸血亭ブラッドは、口から血へどを吐いて死んでいた。血は布団をぐずぐずに濡《ぬ》らし、畳にまで染み込んでいた。落語会は中止され、警察がやってきた。難波署の竹上二郎警部補である。少し遅れて、府警本部の刑事たちもどやどやと現れた。

「お、お、お父ちゃん……これ、どういうこっちゃねん」

仮眠を叩き起こされたらしい竹上刑事は、目をしょぼつかせながら梅寿の耳もとでささやいた。

「知るか。いつのまにか死んどったんじゃ」

「そんなアホな」

弱々しく頭を振る彼に、刑事のひとりが、

「被害者の手荷物から、これが見つかりました」

そう言って、ビニール袋に包んだものを示した。

「け、拳銃やないか！　――なんで東京から来た芸人がハジキ持っとるんじゃ」

「さあ……」

「マル暴の線もあるな。本署の四課に知らしとけ」

検死の結果、死因は毒物による中毒死とわかった。死亡時刻は、一時間以内と漠然としている。毒物の特定や、死亡時刻の絞り込みは、署に運んでの解剖を待たねばならない。被害者が死んでいた小部屋には、楽屋とのあいだの襖のほかに、廊下に通じるドアがあったが、その廊下からは非常階段を通ってホールの裏口にしか行けない仕組みになっている。裏口に立っていた守衛は、出演者以外の出入りはなかったと証言しているため、観客が犯人である可能性は少ないとして、客たちは連絡先を書かされたうえで解放された。ホール関係者は、当時は別階にいたことがわかっている。というわけで、主要な容疑者は、楽屋にいた噺家たちに絞られた。梅寿、梅王、梅雨、竜二、快調、五月、大納言、小納言、うれる・うれない、チカコの、計十一人である。楽屋に全員が集められ、事情聴取は竹上刑事と本署の大神《おおがみ》刑事が担当した。痩《や》せて、引き締まった身体つきの大神刑事は、神ソリとあだ名される切れ者で、竹上にとっては大先輩に当たる。

「警視庁に照会したところでは、死んだ吸血亭ブラッド、本名ジェイムズ・ブラックゆう男は、どうやらかなりの悪《ワル》やったみたいやな」

大神刑事が一同に言った。

「婦女暴行で二年、くらい込んどる。相手の女が自殺したんや。それ以外にも、書類送検されたことが三回あるし、事件にならんかったトラブルは数知れずや。暴力団とのつきあいも半端やなかったようで、警視庁の捜査四課がずっと目ぇつけてたらしい。毒舌も半端やなかったらしいから、業界にも敵は多かったやろ。十七歳のときに、兄のトーマス・ブラックとともに来日しとる。ふたりで〈ブラック団〉ちゅう不良外人グループを作って、自分がそのリーダーにおさまって、池袋あたりを根城に悪さばっかりしとったらしい。詳しい素性は、今、アメリカに問い合わせとるとこや。――竹上くん」

うながされて、竹上刑事が言った。

「ほたら、質問させていただきます。被害者は、酒に酔って、隣室で寝ていた、と。最後に、生きている姿を確認したのはどなたですか」

大納言が蒼《あお》い顔で挙手をした。

「何時ぐらいか覚えてはりますか」

「梅寿師匠の高座が終わったとこやったさかい……八時半ぐらいでしたかいな」

梅雨が、如才なく、簡単な流れを紙に書いて示した。

開場……六時半
開演……七時
「道具屋」桂大納言（〜七時二十分）
（ブラッド眠る）
「胴乱《どうらん》の幸助《こうすけ》」林家快調（〜七時四十五分）
（ブラッド隣室へ）
「らくだ」笑酔亭梅寿（〜八時半）

（ブラッドの生存が桂大納言によって確認）
中入り（〜八時四十分）
「漫才」柿実うれる・うれない（〜九時五分）
（ブラッドの死が笑酔亭梅雨によって確認）

「さすが大学出やなあ。人ひとり殺されたゆうのに、落ちついてきちんとまとめはるわ」

大神刑事が、聞きようによっては嫌味にもとれる言い方で言った。

「ちゅうことは……殺されたんは八時半から九時五分の間やな。高座にあがってはったかた以外は、みな、楽屋にいてはりましたんか」

「そうですなあ。中入りのときも、隣の部屋はおろか、誰もトイレにも行かなんだし……全員ここか、このまえの廊下におりましたわ」

と梅王が答えた。

「隣の部屋、廊下に通じるドアがありまっせ。外部からの侵入者の犯行ちゅうことは考えられませんか」

と竹上が言ったが、大神刑事は即座に、

「それやからおまえはアホやちゅうねん。なんで観客を帰したか考えてみ。外から現場に直接行くには非常階段通らなあかんうえに、守衛が出演者以外の不審者は見かけてない、ゆうたからやろ」

「あ……せやったせやった。それやったら、誰が殺《や》ったんですやろ。出演者は、お互い見張りおうてたようなもんやから、それやったら誰にも殺せませんがな」

「どアホ！　それを見つけるのが、我々の仕事やろ！」

大神刑事は声を荒らげた。しきりに頭を掻く竹上を、梅寿が歯嚙《はが》みしながらにらみつけている。大神刑事がいなかったら、頭を二、三発どついているところだろう、と竜二は思った。強面《こわもて》だった竹上刑事の情けない様子は、竜二にとって驚きだった。

「あのー……ちょっとよろしいか。まちごうてるかもしれんのですけど」

小納言がおずおずと手をあげた。

「かまいません。何でも言うてください」

「梅寿師匠があがってはるとき、あんまりええ出来でしたんで、皆が舞台袖に集まって聴き入ってましてん。でも、全員がいてたかどうかはわからしまへん。あのときやったら、誰にも気づかれんと、そっと隣の部屋に入って、寝てはるブラッド師匠に毒を飲ませることができたんとちゃいまっしゃろか」

「なーるほど」

「あ、でも、あかんわ。梅寿師匠が降りてきはったあとで、大納言兄さんがブラッド師匠を起こしにいきはりました。そのときはまだ生きてはったんやから……」

そのとき、突然、竹上が叫んだ。

「わかった。わかりましたわ」

そして、桂大納言に向き直ると、

「最後にブラッドの生きてる姿を見たんは、あんたひとりですね」

大納言は首を縦に振った。

「それがあんたの嘘やったら？」

「――はあ？」

「あんたはブラッドに声をかけるふりをして、ひとり隣室に入り、熟睡していたブラッドを殺し、何食わぬ顔でみんなのとこへ戻ってきた。そうやないのかっ」

「そうやないです」

大納言は冷静に返事をした。

「ブラッドはんは、熟睡してたんやなしに、そこに……」

彼は、隣の部屋の隅を指さし、

「立ってはったんだ。それに、あの人と私のやりとりはみんなも聞いてはったと思いますけど」

皆は口々に、ブラッドの声も聞こえたと証言した。大神刑事が、とどめを刺すように、

「おまえな、証拠もなしにええかげんなこと言うな。皆さんの心証が悪なるやろ。おまえひとりのせいで、警察はアホやて思われる」

「は、はあ……いや、自分は、その……」

「おまえに刑事課はむりやったかもな。少年課でジャリの補導しとったほうがよかったんと

ちゃうか」

「そ、そんな……自分は刑事として……」

と、突然、

「うはははは……」

梅寿が急に笑いだした。

「頭の悪いおまわりさんに頼らんでも、この事件はとうにわしが解決したったで」

皆の目が点になった。竜二は、息子をかばおうとして梅寿がでたらめを口走っていると思ったが、フォローするには遅かった。梅寿は、円座の中央で仁王立ちになり、

「よう聞け。これは『らくだ』や」

「へ？」

「まず、殺されたブラッドゆう男のあだ名が『らくだ』やった。本人の素行も、落語のらくだ並の極道ぶりや。それに、酔うたあげく河豚の毒飲まされて死によった。これも、らくだの殺されようと似とる」

そして、シャーロック・ホームズはわしでございという顔で見得を切った。

「師匠、飲まされたんが河豚の毒とはまだ決まってまへん」

梅雨が注意すると、

「河豚に決まっとる！　黙ってえ、ボケ。そのうえ、あのガキは拳銃も持っとった。河豚すなわち『鉄砲』や。それでやな、そもそも……要するに……つまるところが……ええか？

結局やな……」

だんだん歯切れが悪くなってきた。脂汗を滲ませながら、梅寿はふと死骸があったあたりに目をやり、

「わかったあ！　かんかん踊りや」

一同、きょとんとした顔になる。

「落語では、やたけたの熊が紙屑屋と一緒に、らくだの死骸にかんかん踊りを踊らせよる。それや」

竜二は思わず「どれや」と言いそうになった。

「まだ、わからんか。揃《そろ》いも揃ってアホばっかりかい。大納言の会《お》うたブラッドはな、もう死んどったんや。わしの高座のあいだに、誰ぞが殺りよったんやな」

「どういうこっちゃねん、お父ちゃん」

思わず竹上がそう口走ったが、誰も気づかなかった。

「犯人は、ブラッドの死骸をうしろから持ちあげて、あやつり人形みたいにして動かしとったんや。かんかん踊りみたいにな。ブラッドはあのとおり、ごっつい体格やさかい、背中に隠れるのはたやすいがな。それ以外に考えられんやろが。あれだけ達者に死骸を操るゆうのは、犯人はおそらく……」

皆は、梅寿の言葉を待った。

「文楽の人形遣いやな」

皆はこけた。

「声はどうなりますねん。ここにいるみんな、ブラッドはんの声を聞きましたで。あれはたしかに本人の声やったと思いまんねんけど……」

うれないが言うと、梅寿は即座に、

「声色《こわいろ》や」

「へ？」

「声帯模写のこっちゃ。犯人はおそらく人形遣いで物真似の名人やな」

大神刑事が肩をすくめると、

「ま、梅寿さん……むだな時間を費やすのも飽きてきましたんで、そろそろ聴取を進めさせていただきたいんですが……」

そのとき、竜二の頭にひらめいたことがあった。らくだというあだ名の外国人……〈ブラック団〉……らくだの死骸と願人坊主が入れ替わる……まさか……。

竜二は梅寿に言った。

「師匠、ちょっと耳を貸してください」

「どっちの耳や」

「どっちでもいいんです」

竜二は早口で何事かを梅寿にささやいた。梅寿は最初怪訝《けげん》そうな面もちであったが、やがて重々しくうなずくと、

「ま、わしもだいたいそんなとこやろとは思とったんやが、ここはおまえから皆に説明したほうがええな」

そして、一同に向き直ると、重々しい口調で、

「うちの竜二が皆さんに申しあげることがある言うとります。申しわけないが、しばらく聞いたってもらえまっか」

竜二はあとをひきとった。

「師匠は、この事件の真相をとうにわかってはるんですが、このとおりの口べたなので、私のほうから申しあげます」

「な、なんやと、わしは噺家やで。噺家が口べたでつとまるかい!」

「師匠、ちょっと黙っとってください。俺は、師匠にかわって説明するんですから」

梅寿はぶすっとして口を結んだ。

「ブラッド師匠が殺されたのが、小納言兄さんが言うてたみたいに、師匠が『らくだ』を演ってはって、みんなが袖に集まってたときやとすると、そのあと大納言兄さんが会ったブラッド師匠は誰やったのでしょう」

竜二は竹上に向かって、

「ブラッド師匠は、兄のトーマス・ブラックとともに来日した、て言うてはりましたが、もしかしたら、ブラッド師匠とトーマスは双子の兄弟やったんとちがいますか」

「おまえ、双子の入れ替えトリックやと言いたいんか。そんなこと現実にはそうそうあるも

んやないぞ」

竹上は鼻で笑った。

「でも、師匠はそう言いはりました。ねえ、師匠」

やむなく梅寿は重厚にうなずく。

「そもそも、なんでブラッド師匠は『らくだ』ゆうあだ名になったんでしょうか」

「それは、おまえ、あいつが大酒飲みで乱暴もので嫌われものやから、落語のらくだと重ね合わせて……」

梅雨が何を今さらという顔で言うと、

「そうでしょうか？　アメリカ人に『らくだ』てなあだ名つけるのはおかしいと思いませんか。ブラッド師匠は、〈ブラック団〉てゆう不良外人のグループを作ってたんですよね。双子の兄がいて、そのグループを兄弟で束ねてたとしたら、そのグループは『双子〈ブラック団〉』て呼ばれてたんとちがうかなあ」

「竜二、おまえ、じらすのもええかげんにせえよ。はよ結論を言え」

梅雨が怒鳴った。

「『双子〈ブラック団〉』……つまり、フタコブラクダです。たぶんその語呂合わせで、ブラッド師匠に『らくだ』てゆうあだ名がついたんだと思います」

「なかなかおもろい考えやが……ちょっと強引ちゃうかなあ」

大神刑事が顎《あご》の無精ひげを撫でながら言った。

「ブラッド師匠が双子やないかと思た理由《わけ》はもう一つあります。大酒飲みで大食いで精力絶倫というのを売り物にしてたそうですけど、顔が同じの兄弟が途中でこっそり入れ替わったら、酒も食事もセックスも倍できますよね……と師匠が言うてはりました」

林家快調がぽんと手を打ち、

「そうか。寿司屋で大食らいしといて、一旦、外へ出る。そこで入れ替わったら、また大食できるわなあ……」

「なんぼなんでもそんなアホなこと……」

そう大神刑事が言ったとき、部下の刑事が入ってきて、一枚の紙を彼に示した。大神刑事は眉根《まゆね》を寄せ、

「梅寿さんの言いはったことが当たってたみたいやな。アメリカから照会結果が届いたが、ジェイムズ・ブラックには双子の兄のトーマス・ブラックがおり、一緒に来日してる。これはひょっとしたら……」

そのとき、大神刑事の携帯が鳴った。しばらく相手の話を聞いていたその顔が強《こわ》ばった。やがて、電話を切ると、

「ついさっき、ジェイムズ・ブラックが、新大阪の駅で警視庁の三課に逮捕された。南港での拳銃密輸容疑や。相手の中国人マフィアも捕まった。東京からずっと尾《つ》けとったらしいわ。しゃあけど……」

彼は、隣室の布団のうえにある血痕《けっこん》を見つめ、

「ほしたら、ここで死んでた男は……」

「兄のトーマスでしょう……と師匠が言うてはりました」

と竜二が言った。

「たぶん、ブラッド師匠は、拳銃の取り引きをするために南港に行って、アリバイ作りのための身代わりとして、楽屋には兄のトーマスがいた。途中で入れ替わるはずやったのが、いつまでたっても弟が戻ってこない。兄のトーマスには高座は務められん。しかたなく、わざとウイスキーをがぶ飲みして泥酔して、舞台に出んでもすむようにしたんです。寝てしもたら、まわりにはどうしようもないですから。それを、誰かが……毒を飲ませて殺したんです。梅寿師匠の高座のとき、隣の部屋への目がなくなったときに、咄嗟《とっさ》にやったんやと思います……と師匠が言うてはりました」

「ふむ……それで？」

大神刑事はまじめに聞いている。

「そこへ、本物のブラッド師匠が戻ってきた。非常階段を使って外から入ってきたんですが、みんな、師匠の高座に集中してたんで、気づかなかったんです」

「おかしいやないか。守衛は、不審な人間の出入りはなかった、言うとるで」

竹上刑事が口を挟むと、

「出演者以外の出入りはなかった、ゆうたんや。ブラッドは出演者やろ」おまえ、しばらく口つぐんどれ」

大神刑事に一喝され、竹上はすごすごとうしろにさがり、梅寿は天を仰いだ。

「ブラッド師匠は隣室に入り、そこで、血を吐いて死んでる兄のトーマスを見つけました。そのとき、大納言兄さんが、襖をあけはったんです」

「わてが会うたのは、ブラッド本人やったんやな……。でも、ブラッドはそのあと、布団に潜りこみよったで。兄貴の死骸と同衾《どうきん》した、ちゅうことか。うわっ、気色悪《きしょく》」

「なるほどな……」

大神刑事は低く呻《うめ》くと、感心したように梅寿に、

「そこまではええとしよ。問題は、誰がブラッドに毒を飲ませたかちゅうことやが、師匠はそれもわかってはりますのか」

梅寿が狼狽《うろた》えた顔で竜二に視線を送ったとき。

「すみませんっ」

林家五月がその場に両手をついた。梅寿に向かって頭を下げると、

「梅寿師匠はお見通しのようなので、もう何もかも言うてしまいますっ」

竜二がそっとウインクしたので、梅寿は腕組みをして、

「あんたが、ここで洗いざらいしゃべってくれたら、お上《かみ》にも情けちゅうもんがあるわいな。なあ、刑事はん」

大神はうなずいた。

「さ、五月、おまえ……!」

師匠の林家快調が呆然《ぼうぜん》として、泣きじゃくる弟子を見つめた。

◇

トーマス・ブラックを毒殺したのは、林家五月だった。ブラッドは、そっくりの双子がいることを利用して女性に悪さを働いていた。本人たちは悪洒落《わるじゃれ》のつもりだったのかもしれないが、芸人だった五月の五つちがいの姉が、その手口でブラッドに暴行され、あられもない姿を写真に撮られて、自殺した。ひと月後に結婚を控える身だった。当時、単身、大阪に来て、林家快調に弟子入りしていた五月は、ブラッドが服役したこともあって、復讐心を押し殺して噺家修業を続けていたが、こうして目のまえに本人が現れると、怨嗟《えんさ》の炎を抑えきれなくなったのだという。使用した毒物は、姉がネットで購入し、自殺したときに使った薬品の残りを形見として所持していたものだ。桂大納言がブラッドを起こしにいったときには心臓が爆発しそうになったが、ブラッドが生きて、しゃべっているのを聞いて、卒倒しそうになった。しかし、すぐに入れ替わりに気づいたという。

「弟子の不祥事は師匠の責任だす」

とうなだれる快調に梅寿は言った。

「五月が悪いんやない。ましてあんたに罪はない。悪いのは、あのふたりやがな。こんなことで、将来のある噺家が芽ぇ摘まれるのはおもろない……」

梅寿は本気で怒っている様子だった。彼は、大神刑事に頭を下げ、

「あんさんのお力で、なるべくあの子の罪が軽うなるようはからっとくなはれ。それと……芸人が殺されたわけやさかい、新聞に出るのはしゃあないとして、あの子のことはできるだけ伏せてもらうわけにはいかしまへんか」

「わかりました。努力します」

と言うと、大神はぽんと竹上刑事の肩を叩き、

「ええ親父っさんを持ったな。——行くで」

打ちあげをする気にもならず、三々五々解散ということになった。梅王と梅雨が車を取りに行き、梅寿と竜二だけが楽屋に残っていた。ステテコ姿で床に直接あぐらをかき、差し入れの一升瓶から湯呑《ゆの》みに酒を注がせながら、梅寿が言った。

「わかったやろ、竜二。二郎はな、外面《そとづら》は強面やが、ほんまはあんなもんや。わが子ながら情けないわ。おまえも、びびることあらへん。せやさかい、噺家、やめたかったらやめや」

竜二が何か言おうとしたとき、ドアがあき、梅雨が入ってきた。

「師匠、浅卑新聞の記者さんをご案内してまいりました。客席におられたそうで、さっきの事件のことお話ししたら、師匠にご用やそうで……」

記者は満面の笑みで言った。

「ああ、梅寿さん。今日、聴かせてもらってました。お弟子さんに聞いたんですが、殺人事件があったそうですな。ええとこに居合わせたもんや。今をときめく人気者の吸血亭ブラッドを毒殺したんは、林家快調の女弟子やそうやないですか。これは特ダネになる。現場にお

られた梅寿さんのコメントをいただきたいんですが……」

「あんた、五月のこと、記事にしはる……？」

「もちろんです。芸能記者としてはこれほどの……」

梅寿は、いきなり、一升瓶で記者に殴りかかった。間一髪でかわした記者は血の気のひいた顔で、

「な、な、何しはるんです、梅寿さん！」

「じゃかあしい。おまえ、殺したる」

「ちょ、ちょ、ちょっとむちゃくちゃだ。お、おい、きみたち、このジジイをなんとかしろよ」

「梅雨、竜二、こいつの手足押さえとけ」

竜二は大喜びで師匠の言いつけに従い、梅雨も嫌々ながらに手伝った。

「や、やめろ。やめないか。貴様ら、訴えてやる」

梅寿は一升瓶を逆さまにして記者の口に突っ込むと、鼻をつまんだ。記者はごくごくごく……と酒を飲みくだした。およそ六合ほど飲ませたところで、

「梅雨、こいつの服、脱がせ」

「え……でも……」

「脱がせゆうたら脱がせ。おまえ、破門になりたいんか！」

梅雨は、記者を丸裸にした。

「師匠……脱がしました」

「よっしゃ、梅雨、かんかん踊りや」

「か、勘弁してください、師匠」

「おまえ、わしの言うことがきけんのか」

ぐでんぐでんになり、ぐったりしている全裸の記者を、梅雨は泣きながら背中に背負うと、

「かんかんのーう、きゅうれんす……」

そう歌いながら、楽屋のなかをぐるぐるとまわった。

「竜二、写真撮れ」

「了解っ」

記者の持っていたカメラで竜二は写真を撮りまくった。竜二がフィルムを抜くと、梅寿は記者の耳もとで、

「この写真、でかく引きのばして、新聞社の入り口に貼られたなかったら、五月のことは書くな。わかったな」

記者は完全にびびってしまったようで、ロボットのように何度も何度も首を縦に振った。

梅寿は満足そうに、

「そうか。このたびだけはさし許す」

楽屋を出たところで、竜二は梅寿に言った。

「師匠……」

「なんや」

「噺家……おもろなってきました」

梅寿はうなずいたあと、

「今のやりかたはブラッドに習《なろ》たんや。あいつもちょっとは人の役にたったんかいな」

そう言って、にたりと笑った。

時うどん

ときうどん

お馴染みの噺《はなし》です。東京の『時そば』はひとりの男がそば屋にベンチャラを連発して、最後に時を訊いて銭をごまかします。これを見た間抜けな男、次の日同じ時刻に行けばよかったものを明《あ》かの宵から行って失敗します。大阪の『時うどん』は最初はふたりで一杯のうどんを食べますが、片割れが翌日もう一度挑戦し失敗するというもの。江戸流が二軒のそば屋の屋号や箸《はし》や器や麺つゆの味の対比で笑いを取るのに対して、上方流はひとりの男がまるで落語のようにふたりの人間のセリフを真似るところに面白味があります。

昔の時刻の数え方は二時間を一刻《いっとき》とし、九ツ(零時/正午)、八ツ(二時)、七ツ(四時)、六ツ(六時)、五ツ(八時)、四ツ(十時)となります。基準は太陽の出入り。日の出を明け六つ、日の入りを暮れ六つと呼び、それを六等分しただけですから当然季節によって誤差が生じます。子供が昼下がりに食べるおやつの語源は八つ時(二時から三時)に食べるところから「お八つ」になりました。

その時分、うどんもそばも値は幕府のお達しで二八の十六文に統制されていたと伝え聞いています。二八そばとは小麦粉とそば粉の割合のことですが、そもそもはこの値段からきたという説もあります。真冬真夜中、肩へ荷を当てがい廻ってくる屋台のうどん屋。その建前(売り声)が聞こえてくると、心にポッと灯りがさしたような気持ちになったとか。コンビニもカップラーメンもなかったころの、お・は・な・し。

(月亭八天)

手がすべったのだ。だが、わざとやったのだと思われてもしかたがない、と竜二は思った。それほど、雁花《かりばな》いたしの前座いびりは陰湿だった。我慢に我慢を重ねたものの、もうこれ以上辛抱ならん、先輩か大師匠か知らんけど、殴ったる……竜二がそう覚悟を決めた瞬間、盆を持つ手がつるっとすべり、載せてあったグラスのなかのコールコーヒーが雁花いたしの禿《は》げ頭にかかったのだ。

「こらあ、おんどれ！」

いたしは鼻や耳の先まで真っ赤にして怒った。が、竜二は彼の目をにらみつけて、一歩も引かなかった。

1

その日、狭い楽屋はごった返していた。松茸芸能が経営する演芸場のひとつであるここ「難波座」には、楽屋が二箇所しかない。ひとつは最上階で、そこは新喜劇の俳優たちが使用している。もうひとつは、地下二階にあるこの、通称「根の国」だ。人づきあいが苦手なもの、窮屈さを嫌うものなど、自分の出番が来るまで喫茶店に行ったり、パチンコをしたりと、よそで時間をつぶしている芸人も多いが、それでもたいへんな人口密度であった。竜二は、そんななかを縫うようにして、皆にお茶を配っていた。

「ちょっと、きみ」

いたしが不機嫌そうに声をかけてきた。

「タバコ買《こ》うてきて」

「はあ」

「はあ、やない。はい、と返事せんかい」

「はい。銘柄は……」

「そんなことも知らんのかいな。わしはマイルドセブン二箱に決まっとるやろ。ぐずぐずしとらんと、はよ行ってこんかい」

そう言うと、いたしはすりきれた革財布からよれよれの千円札を抜いて、竜二にほりなげた。自分の師匠にならともかく、どうしてよその師匠にこうまでされなければならないのか。

「いたし師匠、この子、梅寿師匠とこの前座さんで、最近入ったばっかりですねん。まだ楽屋のこととかよう知らへんさかい、堪忍したってください」

漫才師の柿実うれるがフォローしてくれたが、いたしはじろりと彼を見、

「こない混んどる楽屋や。役立たずの子やったら連れてこんほうがその分空《す》いてええんちゃうか。だいたいこんな鶏冠《とさか》頭さらしとるガキに、ろくな使いもでけへんやろけどな」

拳を握りしめた竜二に、うれるの相方のうれないが小声で、

「竜二くん、はよ買うといで」

落語会とちがって、演芸場の楽屋にはいろんな先輩、師匠がいる。何を言われてもご無理ごもっともで、はいはい言うてきいとけよ、でないと梅寿師匠の看板に傷がつくんやで、と兄弟子の梅雨にしつこく言われたのを思いだし、憤りをこらえながら自動販売機のところまで行くと、千円札使用中止のランプがついている。しかたなく階上の事務所まで行って、両替えしてもらい、マイルドセブン二箱を購入し、楽屋へ戻った。

「遅い」

ドアをくぐるや、いきなりいたしの罵声《ばせい》がとんだ。

「カメでももうちょっと早《はよ》う使いしよるで。ほんまに近頃の若いもんは先輩の用事もでけへんのやな。わしらの若い時分は、先輩に何か言いつけられたら往復駆けていったもんや。それをのろのろのろのろ寝起きのカメみたいに……」

「あの……千円札が使用中止で、事務所まで……」

「きみら、言い訳だけはうまいねんな。ぐだぐだ言い訳するまえに、一言、遅なってすんませんの言葉が出んか」

「すんません」

「小さい声で聞こえんなあ」

「すんませんでしたっ」

「おい、きみ、千円でマイルドセブン二箱やったら五百円やろ。釣りが足らんやないか。駄賃がほしいんやったら、言うたらちゃんとやる。釣り銭ガメるようなせこい真似すなよ」

柿実うれるが、

「いたし師匠、タバコはこないだ値あがりしましたさかい……」

「あ、そやった。しゃあけど、きみが釣りを返すときに、一箱二百七十円、二箱で五百四十円ですさかい、千円からの釣りは四百六十円になります、いうて渡してくれたら、こんな誤解はうまへんわな。先輩や師匠連に使い頼まれたときはそないするもんや。こんなこと、今は誰も教えへんのかなあ。ま、普通、教えてもらわんでも、そのぐらいのことピンとくるもんやけど」

頭の血管が二、三本ぶちぶちっと音をたてたとき、入り口で、

「冷《レー》コー、お持ちしました」

という声が彼の頭を冷やした。奇術師の一流斎《いちりゅうさい》コパンダが、近所の喫茶店に出前を頼んだのだ。竜二が、コパンダから代金を受けとり、出前持ちに手渡そうとしたとき、いたしが言った。

「気ぃつけよ、コパンダはん。こいつ、釣り、ネコババしよるさかいな」

ぶちぶちぶちぶちっ。せっかく元通りになっていた頭の血管がふたたびちぎれていく。もう限界だ。それでも竜二は、震える手で出前持ちからコールコーヒーを受けとると、盆に載せ、コパンダのところまで運ぼうとした。そして、いたしの横を通過しようとしたときに、

事故が起こったのだ。

◇

「すんまへんっ」

間髪をいれず、声をあげたのは、竜二ではなく、柿実うれないだった。彼は、自分の手ぬぐいをすばやく取りだすと、いたしの頭や顔を拭き、

「さいわい、服にはかかってまへんわ。ホットでなかったんが、不幸中の幸いでんなあ。こないして、こないして、こないしといたら……もう大事おまへん。あー、よかったよかった」

うれないは竜二の横に立つと、うしろから彼の首を摑《つか》んで下に引きおろし、

「この子もこないして謝ってますさかい。悪気はなかったんですから、ご立腹はごもっともですが、堪忍したってください」

「いんや、勘弁でけん。頭からコーヒー浴びせかけられて、はいそうですか言うとれるか。今日はケチがついた。わしは舞台にあがらん」

「そうおっしゃらずに、頼んますわ」

そんなあいだも、竜二の師匠である笑酔亭梅寿は、楽屋の一番奥にステテコと腹巻き姿ででんとあぐらをかき、出前のきざみうどんをずるずる啜《すす》っている。梅寿は、最初から一部始終を見ていたにもかかわらず、まるで関心なさげであった。

「一歩まちごうたらグラスが頭にぶつかって、割れて、大怪我しとったかもしれんのや。ちょこっと謝られたぐらいで許せるかい。こんなどんくさいガキ、弟子にとるやなんて、ははは、笑酔亭もどないかしとるわ」

いたしが叫ぶのを聞いて、楽屋一同はひそかに梅寿の顔を盗み見た。梅寿は、持っていた鉢を畳にどんと置き、皆のあいだに緊張が走った。

「やっぱり、『木村食堂』のうどんは最高やな。出汁《だし》も、粉《こ》ぉも、どこがどうちゅうわけやないけど、世界中さがしてもこれ以上のうどんはないわ」

一同はずっこけた。梅寿はうどん好きである。つねに二日酔いなので、麵類しか喉《のど》を通らないせいかもしれないが、毎日一食はうどんを食べる。竜二もまえに一度「木村食堂」の素うどんを食べたことがあったが、突出した要素はないのに、たしかになぜかうまく感じた。

「竜二くん、あんたはもう、上へ行っとり。ここにおったら、かえってこじれる。あとはぼくらがなんとかしとくさかい……」

柿実うれるが竜二にささやきながら、出ていくように手振りで示した。楽屋を出しなに振り返ったとき、今のごたごたに興味を示さず、超然としている人物を、梅寿のほかに竜二はもうひとり見いだした。それは、雁花いたしの相方のまっせであった。いたしの隣でお茶を飲みながら、にこにこ笑っている。まっせは、いたしの実弟だが、極端な無口で、楽屋などで彼がしゃべっているのを竜二は見たことがない。

2

竜二は鬱勃《うっぼつ》とした怒りを抱えたまま、人ひとり通るのがやっとの狭い階段をあがった。柿実うれる・うれないの心遣いはありがたかったが、そのせいで気持ちはまるですっきりしない。もちろん、あそこでケツをまくっていたら、芸人としての竜二は終わっていたかもしれないが、それでもとりあえずはスカッとしただろう。その場のことはその場で解決する、というポリシーでこれまで生きてきた竜二だが、梅寿の弟子になってからけ、「我慢」を強《し》いられることがやたらと多く、それが一番の苦痛だった。

（あのクソジジイ……弟子がいじめられてるのに、うどん食うてる場合か）

梅寿がらみの苦痛が、もうひとつあった。竜二は来月、初舞台にあがることになっていた。梅寿がそう決めたのだ。小さな地域寄席の開口一番ではあるが、彼にとってはたいへんなプレッシャーである。それまでに芸名をもらい、初舞台用の噺《はなし》を一席覚えなければならないわけだが、梅寿は、一度も稽古《けいこ》をつけてくれないうえに、何をやれ、とネタさえ決めてくれない。笑酔亭の捨て育ちといって、梅寿が弟子にめったに稽古をつけないのは有名だが、それでもごくたまには気まぐれに稽古をつけることがあるし、新弟子が最初に覚える噺は、さすがに梅寿が教えることになっている。しかし、竜二にはそれすらしない。入門以来八カ月がたつのに、彼はいちども稽古してもらったことがないのである。梅寿の機嫌がいいときを見計らって、彼はいやいやながら頭を下げ、

「師匠、稽古つけてください」

と何度か頼みにいったが、

「いやや」

いつもその一言で終わった。

(あのクソジジイ……ほんま、噺家やめたろか。何にも教えんと、こきつかうだけこきつかいやがって、何が師匠じゃ、ボケ)

◇

関西には、東京のような常設の寄席はないので、吉元興業や松茸芸能などの大手興行会社に属する噺家は、ホール落語や地域寄席に出演するだけでなく、こうした演芸場で、漫才や新喜劇、奇術などにまじって、高座にあがらねばならない。この「難波座」では出番は一日二回、十日間で一区切りである。ほとんどの客は漫才や新喜劇目当てで、酔って騒ぐ客や野次を飛ばす客もおり、噺家にとってはやりにくい環境であるにもかかわらず、梅寿はなぜかよく演芸場の仕事を入れた。今日は、十日間興行の初日であった。

舞台袖から少し入ったところに、お茶をいれるための給湯室がある。「難波座」では、前座や弟子たちは、楽屋の入り口、舞台袖、それにこの給湯室あたりで待機するのがふつうで

あった。なかに入ると、チカコが湯呑《ゆの》みを洗っていた。「難波座」にはお茶子がいないので、お茶いれや洗いものは前座が持ちまわりで担当する。

「あんた、いたし師匠に怒られてたやろ。ここまで聞こえてたで」

「用事でも何でも、自分の弟子にやらしたらええやないか」

「弟子はいてへんねん。誰があんなおっさんとこ弟子入りする？」

そらそうだ。

「気にせんとき。あのおっさんにはみんなやられとんねん。あたしもまえに、化粧のしかたが悪いゆうて、さんざんあぶらしぼられた。漫才の若手のこと、いっつもボロカスのケチョンケチョンに言うてるけど、どうせもう先のない漫才師や。若い、ゆうだけで腹立つんやろ」

「あの人らて、有名？」

「全然。でも、キャリアは長いらしいで。もう六十超えてるやろ。うれる師匠に聞いたんやけど、いたし師匠は、若い頃、漫才やらはるまえは、腹話術とか手品とか漫談とか……とにかくいろんなことをしはったあと、いたし・かゆしゆうコンビで漫才はじめはってん。その頃は、松茸でも期待の星やったみたい。でも、相方が急に料理人になるいうて芸人やめても、しゃあなしに解散したらしいわ。そのあと、今の相方で弟さんのまっせ師匠と組みはったんやけど、泣かず飛ばずでうん十年……ゆうとこやろ」

「テレビでも見たことないもんな」

「一回も出たことないんちゃう？　ずっとずっと昔に、いたし師匠だけちょこっと出てはったの、見たことあるけど。あと、ラジオはたまーに出てはるわ」

「おもろいんか」

「そやなあ……人間的には大嫌いやけど、漫才師としては実はたいしたもんちゃうかと思うことあるねん。とくに、いたし師匠のボケは古い古いパターンやけど、なんていうか……天才的なとこあるねんわ。でもな、まっせ師匠のツッコミが遅いねん。眠《ねむ》となってくるぐらい、ゆったりしたツッコミやし、そんなアホな、とか、ええかげんにせえ、とか、おんなじことしか言わへん。あれでは、今の客は笑わへんわ」

そういうことは竜二にはまだよくわからない。

「今のしょうもない若手よりははるかにうまいとは思う。ゆうか、いたし師匠、もっとええ相手と組んだら、人気出ると思うねんけどな……」

「なんで、そうせえへんのやろ」

「実の弟を見放されへんのちゃう？　それに、同じコンビで何十年もやってきたら、今さら新しい相方と組むような冒険する気にならへんのやろ。ああ……嫌やなあ、あんな風になりたないわ」

「…………」

「――それよりな、今度、『鰻谷《うなぎだに》劇場』でイベントあるねん。見にけえへん？」

「鰻谷劇場」は、松茸芸能が若手芸人の登竜門として作った小さな小屋であり、大きな劇場とはちがい、やる側も見る側も若い熱気にあふれている。

「あんたも今度、初舞台やねんてな。なんか、おもろいこと考えてんの？」

「おもろいこと……？」

「古典落語をそのままやっても、全然おもろないやろ。顔、白塗りにしたり、頭になすびのせたり……いろいろ工夫して笑いとらな」

おもろいことどころか、何の予定も立っていないのだ。竜二が顔をしかめたとき、

「……このうどんが八文かい！」

舞台から女性の声が聞こえてきた。姉弟子の梅春が高座にあがっているのだ。

「梅春姉さん出てはるから、ちょっと聴いてくるわ」

笑酔亭梅春は、竜二より九歳年上の二十七歳。すでに年季があけて、独り立ちしている噺家で、今回の出演者でもあった。舞台袖に行き、耳を傾ける。ネタは「時うどん」だった。空腹のふたり連れが深夜に屋台のうどんを食べようとしたが、ふたりの所持金を出しあっても、一杯分の代金十六文に一文足らない。ひとりが、わしに任せとけと言うので、一杯のうどんを半分ずつ食べる。代金を支払う段になって、

「銭が細かいさかい手ぇ出してんか。いくでえ、一つ、二つ、三つ、四つ、五つ、六つ、七つ、八つと……うどん屋、今、何どきや」

「たしか、九つで」

「十、十一、十二、十三、十四、十五、十六……と」

うまく一文ごまかした連れのやり口に感心した相方が、翌日、宵の口から同じことを、今度はひとりでやってみようとする。前日と何から何までそっくりにやればだいじょうぶと、ふたり分のセリフをひとりでしゃべり、うどん屋に気持ち悪がられたりして、とうとう支払いになり、

「一つ、二つ、三つ、四つ、五つ、六つ、七つ、八つと……うどん屋、今、何どきや」

「四つでおます」

「五つ、六つ、七つ、八つ……」

四文損をするというのがオチ。

「やっぱりおもろないなあ、古典落語て。だって、誰でも中身もオチも知ってるし……」

いつのまにかチカコが横に来ていた。

「ほら、客、だーれもウケてへんやろ。あたりまえやて。いつもいつもおんなじネタやってたら、やるほうも聴くほうも飽きるし……」

たしかに客はまるでウケていない。竜二もそのことには気づいていた。落語会ならけっこう笑いをとれる梅春なのだが、こういった演芸場の客にははまっていない。

「うるさいな。黙って聞けや」

「ふーん……」

チカコは竜二の顔をのぞき込んだ。

「な、なんやねん」

「あんた、あの人のこと、好きなんちゃう?」

「あ、アホか!」

梅春の高座が終わり、ぱらぱら……とまばらな拍手が来た。

「お疲れさまでした」

降りてきた姉弟子に竜二は頭を下げた。チカコは顔をそむけて、ぷいとどこかへ行ってしまった。竜二は、梅春の羽織を持ち、楽屋へ戻る姉弟子のおともをした。ショートカットにしているのは、噺のなかで男性を演じるからだそうだが、ロングヘアにしても似合うと竜二は思っていた。猫のようなつりあがった目と、いかにも噺家らしい大きな口が顔を特徴づけている。

「聴いてたん?」

「はい……」

「あかんかったやろ。また、師匠に叱られるわ」

「いい出来でしたよ」

「あははは。あんたにはまだそんなことわからへん。けど、客見たら、一目瞭然や」

「客が悪いんです」

梅春の疲れた顔が一瞬なごんだ。

「あんた、今度、初舞台やてな。がんばり」

「はい。でも……」

「いっぺんも稽古つけてもろてへんらしいやん。師匠の許しなしに、いきなりよその師匠に教わりにいくわけにもいかんしな」

「師匠は、俺のこと嫌《きろ》てはるんです」

「そんなことないて。私もはじめは、嫌われてるて思てた。女に落語はでけん、ゆうのを何度も頼み込んで、『梅春ゆう芸名でもええんやったら、弟子にしたる』言われて……」

「え……？」

「私な、噺家なるまえは、ミナミのソープで働いてたんや。師匠はそのこと知ってはって、梅春《ばいしゅん》とも読めるこの芸名にせえ、言いはったんや」

「ひ、ひどいですね。やっぱりあいつ……」

「ちゃうねん。——私は、どうしても噺家なりたかったから、梅春ゆう名前をもろたけど、最初は嫌やったで。この名前で舞台あがってたら、来てはるお客さんがみんな、私のまえの仕事に気づくんちゃうか、みたいに思えてくるねん。高座で泣いてしもたことかてあるで。でも、師匠はな、女の私がこの世界でやっていくには、もっともっとつらいことある、名前ぐらいのことで嫌がるようやったら、とてもやっていかれへん、ゆうて教えてくれてたんや」

「そうでしょうか……」

「年季があけるとき、師匠が言うてくれた。おまえは、ひと目見たとき、春の梅みたいにほんのりと華やかな芸人になると思たさかい梅春てつけたんやが、重荷やったら変えてもかまへんで、て。でも、私もその頃はこの名前が好きになってたから、変えんかったんや」

はじめて聞く話だった。

「師匠、気まぐれやろ。そのうち、稽古する気になりはるて。それまで待っとき」

梅春はにっこり笑って、女性用の楽屋へと入っていった。

◇

興行は、こうして日々無事に過ぎていった。無事といっても、竜二はほぼ毎日、雁花いたしにいじめられ、そのたびに歯を食いしばって耐えたので、奥歯がぐらぐらになってしまっていたが。

七日目の一回目のこと。梅寿は、ハイカラうどんの汁を一滴残らず啜ると、

「『木村食堂』のうどんはうまいわ。日本一や。こないして毎日食うても飽きんなあ。あそこの親父、よう知らんけど、ただもんやないで」

梅寿の機嫌がよさそうなので、竜二が意を決して、

「師匠……今度の初舞台のことですけど……稽古つけてください。お願いします」

そう言うと、

「ま、そのうちな」

それで話は終わった。竜二が恨みがましい目で師匠の後頭部をにらみつけていると、雁花いたしが時計を見、

「そろそろ出番やな。ほな、どなたはんもお先」

相方のまっせをうながして、楽屋を出ていった。少し間をおいて入ってきたのは、背広姿のふたり連れだった。どう見ても芸人ではない。チカコが竜二の耳に口をつけて、

「サングラスのほうが松茸芸能のテレビ部のえらいさんの田畑《たばた》さん。うしろの人は、読瓜テレビの芸能番組のひと」

田畑というらしいサングラスをかけた小太りの男が、すでにステテコ姿に戻っている梅寿やほかの芸人たちに小声で言った。

「師匠がた、ちょっとご相談があります。楽日《らくび》に、テレビ録りあるゆうのは聞いてもろてますね」

十日目の二回目は、「漫才ヤングバトル」という特番をこの劇場で録るため、本来七時終演のところを一時間早めて六時にはね、そのあと客を残したまま番組を録るとは聞いてはいたが、竜二にも梅寿にも関係ないことなので、とくに気にもとめていなかった。

「実は……雁花いたし・まっせ師匠のことなんですけど、会社としては、あの人たちの芸を高く買っておりまして、現在のような、知るひとぞ知る状態はけっしていいことだとは考えておりません。あの人たちの芸は、うまく媒体に乗せさえすれば、今の茶の間にも十分通用すると思うんです」

「そうですそうです」

柿実うれるが首を強く縦に振った。

「いたし・まっせ師匠があんな状態ゆうのはぼくも納得いかんかったんや。芸はしっかりしてはるし、会社がもっとちゃんとテレビの仕事をさせてあげたら、人気も出るはずやのになあ、て前から思てましてん」

「何をおっしゃる」

田畑はサングラスをはずした。意外とかわいい目だった。

「ぼくらは昔から何度も何度もあのおふたりにテレビの仕事をお願いしてました。それを、いた・ませさんのほうから、ずっと断ってはったんです」

竜二はもちろん、楽屋の誰もが驚いた。うれないが腕組みをして、

「そ、それは知らんかったなあ……。けど、なんでまた……」

「テレビに出たら芸が荒れるとか言うてはりましたけど、本心かどうかわかりません。まえに何かあって依怙地《いこじ》になってはるんかもしれませんが……今があのコンビを売りだす最後のチャンスだと思うんです。ぼくは、『伝説の漫才師』というキャッチフレーズで売りだすつもりなんで、なにとぞ皆さんにご協力いただきたいのです」

彼は頭を下げた。楽屋一同、ふむふむとうなずいたが、梅寿は顔をそむけている。

「で、その方法なんですが、いた・ませさんを『漫才ヤングバトル』に出演させようと思ってるんです。若手漫才ばかりの企画に『遅れてきた新人』を放り込んで、大暴れしてもらったらどうかと。若手をおさえて優勝でもしたら、話題になりますよ、これは」

「あれ、特番やけど、ごっつい視聴率の人気番組やろ。そら一躍、時のひとになるわ。おい

しい話やがな」

うれるがうらやましそうに言った。

「ですが、いたし師匠にこの話をしたら、けんもほろろに断られました」

「ふーん、変わっとるなあ。かわりにぼくらを出してほしいわ」

とうれないが言った。

「でも、たしか予選はもう終わってるんとちゃいますか」

声帯模写のモーシャ山口が口を挟んだ。

「そうなんです。そこで考えたのは、十日目のいた・ませさんの出番自体を予選ゆうことにして、審査してもらうという手です。当然合格するでしょう。出番のあと、『予選通過してるから、今からある決戦に出てくれ、若手に喝を入れたってくれ』ゆうたら、あの人らもやる気になるんちゃうかと思うんですわ」

竜二はなるほどと思った。いくらテレビ嫌いでも、常平生《つねへいぜい》、あれだけ若手漫才師をけなしているのだ。勝負の場を設定されたらあとへは引けまい。

「皆さんにお願いというのは、番組のこと、当日まで黙っていただくことと、我々がそのことをいた・ませさんに打ち明けて、番組に出てくれるようにお願いしたとき、お口添えをしていただくことです。がんばって売りだしたいゆう会社の熱意をあの人らにわかっていただかならんのはもちろんですが、同業の芸人さんもみんな、いた・ませさんがテレビで大活躍するのを期待してるゆうことが伝われば、気持ちが動くと思うんですよ。どうかよろしくお願いします」

　ふたりは頭を下げた。

「わかりました。協力させてもらいます。な、みんな」

　柿実うれないが言うと、一同がこぞって了承の旨を口にするなか、

「しょうもな……」

　梅寿がぼそっと言った。田畑はむっとした表情で、

「師匠は、気に入らはりませんか。実力はあるのに売れてない漫才さんにチャンスを与えることがいかんちゅうんですか」

「本人らがテレビ出たないゆうてはるねんから、ほっといたったらどないだ」

「そんな……同じ芸人として、師匠、もったいないと思いませんか、あの芸が埋もれていることが」

「思いまへんな。それに、テレビに出えへん、イコール埋もれてるとも思いまへんな」

　嫌味な口調であるが、田畑は挑発にのらなかった。

「ま、いろんな意見があるということで。——とにかく会社としてはそういう方針ですので、皆さん、できるだけご協力ください」

　もう一度頭を下げると、そそくさと楽屋を出ていった。

「なにが『伝説の漫才師』じゃ。伝説なんぞになってしもたら、芸人おしまいや。——竜二、去《い》ぬで」

梅寿は不機嫌極まりない顔で立ちあがると、「お先」も言わずに楽屋を出ていった。そのときは、竜二には梅寿の真意がまだ理解できていなかった。

3

とうとう、その十日目が来た。十一時半からの一回目のプログラムがつつがなく進行していた。楽日はスペシャルプログラムで、いつもの出演者に加えて、「漫才ヤングバトル」に出演する若手漫才コンビたちも出演する。竜二と年齢の近い若い芸人たちが披露する漫才は、どれも斬新な切り口の現代的なネタで、鋭いボケ・ツッコミの応酬、シュールなギャグ、スピード感など、新しい笑いにあふれていたし、なにより彼らのやる気がひしひしと伝わってきて、竜二の心を揺さぶった。チカコが言っていた「新しい笑い」を、はじめて目の当たりにする思いだった。彼がなによりも驚いたのは、客席の熱い反応で、九日目までとちがって観客席は若者で埋まり、若手たちのしゃべりの一つひとつに過剰といっていいほどのウケ方をしていた。

(チカコの言うてたとおりや。落語は、おんなじことを毎日毎日しゃべるだけで、古くさい。落語よりも漫才のほうがぜったいおもろいわ……)

竜二はそう思った。

毎日毎日といえば、梅春は、連日、意地になったように「時うどん」をかけていた。が、相変わらずあまりウケない。聴いているのがつらくて、竜二は舞台袖から楽屋に戻った。

「今、あがっとるの、ヒデコか」

梅寿がきいた。ヒデコというのは梅春の本名である。竜二がうなずくと、

「また、『時うどん』やろ。ウケとるか」

「いえ、あの……」

「そやろな」

そう言うと立ちあがり、

「着替えるで」

「え？　師匠はまだまだですけど」

「わかっとるわ。けど、今日はヒデコのあとにあがる」

「で、でも、メクリ（舞台横に出す、出演者の名前を書いたもの）とか……」

「どうにでもなる」

言いだしたら絶対にきかない梅寿の性格をさすがにわかってきている竜二は、しかたなく着替えを手伝った。梅寿と竜二が階段をのぼり、舞台袖に到着したのと、梅春が高座でオチを言うのが、ほぼ同時だった。ぱらぱらと拍手があった。

「すんまへんな、コパンダはん。わて、次あがらせてもらいますわ」

袖の椅子に座って出番を待っていた奇術師のコパンダが目を丸くしているのを尻目に、梅

寿は、スタッフが暗転中に片づけようとしていた落語用の台のうえにあがり、座布団にどっかり座ってしまった。竜二はあわてて、出番が急に変わったことを皆に告げ、出囃子《でばやし》用のテープをかけてもらうことや、メクリをとばしてめくる段取りなどをお願いした。スタッフたちは、

「梅寿師匠のことやからしゃあないな」

と苦笑いして承知してくれた。降りてきた梅春が竜二に、

「何があったの？」

とたずねたが、竜二にも答えようがない。出囃子が終わると、梅寿はいきなりネタに入った。梅春が息を呑む音が竜二にも聞こえた。「時うどん」だった。たった今、梅春がやり終えた同じネタを、梅寿は高座にかけたのだ。

（何考えとんねん……）

竜二は混乱した。これは一種のいちびりなのか、梅春へのあてつけなのか、それともとう酒毒が頭にまわったか……。

客席もとまどっていた。

「これ、今、女の人がやったやつと一緒やん」

「なんでおんなじもんやるねん」

そういうささやきがあちこちから聞こえ、

「おい、梅寿、耄碌《もうろく》したんとちゃうか。ネタまちごうてるでっ」

「私ら漫才見にきたんや。二席も続けて落語なんか聴きたないわ」

ここぞとばかりに声を張りあげる酔客や若い客もおり、しばらくはざわついていたが、そのうちざわめきは笑いに変わっていった。くすくす笑いはしだいに大きくなり、翌晩も出かけていった喜六が、ひとりでふたり分のセリフを言うあたりでどっと爆笑が来た。爆笑は爆笑を呼び、笑い転げて椅子から落ちる客もいた。梅寿がオチを言って頭を下げると、万雷の拍手が来た。酔客たちも若者も手を叩いていた。竜二も、そのなかのひとりだった。ふと横を見ると、チカコが必死になって笑いを嚙《か》み殺していた。

降りてきた梅寿はぶすっとした顔で、

「どこでやっても落語は落語や。気楽に、自分が楽しみながらやったら、ちゃんとウケるねん」

誰に言うでもなくそう呟《つぶや》くと、

「さ、帰って、屁こいて寝よ」

そのまま早足で楽屋へ向かった。あわててあとを追う竜二に、梅寿が大声で言った。

「竜二、うどんはうまいなあ」

「は……？」

「うまいもんは毎日食うても飽きん。きつね、ハイカラ、天ぷら、しっぽく、おかめ……目先はいろいろ変えられるけど、ここは変えたらいかん、ちゅうとこは絶対変えたらいかんのや」

古典落語のことを言っているのだと気づいた竜二が振り返ると、梅春が黙って頭を下げていた。

◇

一回目のプログラムはつつがなく終わり、芸人たちは立ち見が出るほどの満席を素直に喜んでいる。だが、なぜか梅寿ひとり仏頂面をしていた。理由はわからないが、とにかく異常に機嫌が悪い。あれほど好んでいた出前のうどんもほとんど残しているほどだ。竜二は、若手漫才師たちへの特別待遇がその原因かと思っていた。東京の仕事やテレビ局の仕事で超多忙な彼らは、タクシーで劇場へ乗りつけ、梅寿たちが使っている楽屋とは別の階にある専用の楽屋で着替えると、舞台を務め、また、あわただしく次の仕事へ向かう。十日間を務めあげた芸人たちのなかには、彼らの人気ぶり、待遇のよさなどへのやっかみを公然と口に出すものもいた。雁花いたしもそのひとりで、

「何の芸もない連中が、しょうもないネタを、稽古もせんと舞台にかけよる。また、客も客で、それをきゃあきゃあ言うてウケる。カスめが。昔はもっと耳の肥えた客がおったけどなあ。会社も会社や。客が入りさえすりゃ単純に喜んどる。芸人をきちんと育てようという気ぃがないねん。なあ、梅寿はん、そう思いはらへんか」

梅寿は「うう……」と呻《うめ》いただけである。

「廊下ですれちごても挨拶《あいさつ》もしよらん。わしらはおまえらとはちがうねん、テレビも出てる

し人気もあるねん、ゆう顔をしとる。普通は、ちゃんとこっちの楽屋に来て、よろしゅうお願いします、ゆうて挨拶するわな。会社も、金の稼ぎ方ばっかり教えんと、そういう芸人のいろはを教えとかんとあかんのちゃうか」

そのとき、楽屋の入り口で、

「すんませーん、『木村食堂』です。毎度おおきに。食器下げにきましたー」

若い出前持ちが声をかけた。梅寿は立ちあがると、うどんの鉢を片づけようとした彼のまえに仁王立ちになり、

「まずい」

「——へ？」

「うどんが、まずいゆうとるんじゃ！」

それは、楽屋の天井の漆喰《しっくい》がぱらぱら落ちてきたほどの大喝だった。出前の若者は一メートルほど後ずさりし、恐怖に目を大きく見開いて、梅寿を見つめている。

「すすすすんませんでした」

「今日はいつもの職人が休みか。こら、ど素人がこさえたんとちゃうやろな」

「ち、ちがいます。店長が、いつもどおりに作ってます」

竜二はあきれ返った。不機嫌の原因は、「うどんがまずい」ことだったのだ。どうでもええやん、そんなこと。

「ほたら、打ち方しくじったんか。出汁のとり方失敗しよったんか」

「店長にかぎって、そんなことないと思います」

若者はびびってしまっているためか、言葉尻が妙にあがるイントネーションで答えた。

「粉ぉを変えたんか。出汁昆布《こぶ》かかつぶし変えたんか。汁の味つけ変えたんか」

「そ、それもきのうと一緒ですわ」

「嘘つけ、ボケ！」

梅寿がアルミ製の灰皿を投げつけると、若者は「ひっ」と叫んでそれをかわした。

「なーんか変えとるはずや。きのうまでとはぜんぜん味ちゃう。こんなうどん、まずうて食えるか、ダボっ」

「すんませんすんませんすんません。今日はお代はけっこうです。失礼しますっ」

出前の若者は、一礼すると、ものすごいスピードで階段を駆けあがっていった。しかも、食器は放置したままだ。竜二はふと、その食器に目をやり、

「師匠……もしかしたら……」

「なんや、竜二」

「粉も出汁の材料も味つけも変えてない。打ち方も出汁のとり方も同じ。鉢も、『木村食堂』のマークが入ったいつものやつ。それなのに急に味わいが変わったとしたら……」

「もったいつけるな。はよ、言え」

「これとちがいますか」

竜二は、うどんの鉢のうえに置かれた割り箸《ばし》を手に取った。そばで聞いていた柿実うれる

が、

「アホな。割り箸ぐらいで味が変わるかいな」

「いや、待て」

梅寿はその割り箸を受けとると、しげしげ眺めたあげく、ぺろっと口に入れ、渋面をつくると、

「なるほどな。すかすかの安もんのうえに、なんかけったいな味がついとるわ。たぶん固めたり、光沢出したりするための薬がかかっとんねやろ。それが熱い出汁に漬かると、薬が溶けでて、嫌ーな味になりよんねん」

梅寿は、ばきっとその箸を折り、

「あの店、割り箸を安もんに変えよったんか」

そう言うと、ごろりと横になり、

「箸のちがいを看破するやなんて、わしの舌もたいしたもんや。なかなかのブルメやな」

看破したのは梅寿ではなく竜二だし、ブルメではなくグルメであると楽屋一同が同時に思ったが、口に出すものはいなかった。

◇

雁花いたし・まっせの舞台がはじまった。テレビクルーが彼らを撮影していたが、ふたりは撮られていることに気づいていないようだった。

「わるい。モニタールームにコーヒー五つ持ってきて」

テレビ局のスタッフが給湯室に顔を出して、そう言った。たまたまいたのは竜二ひとりだった。露骨に舌打ちしてインスタントコーヒーをいれ、モニタールームに運ぶ。スタッフのほかに、竜二ですら名前を知っている有名なタレントや笑芸作家、小説家などがパイプ椅子に座り、モニターに見入っていた。画面には、いたしとまっせが映っていた。審査員たちに見られているともしらず、彼らはいつもどおりの手慣れたネタを淡々と披露している。相変わらず、ツッコミの間の遅い漫才で、まっせは、いたしのボケにかぶることなく、きっちりとつっこむ。これでは今の客は笑わないと、竜二ですら思った。だが……見ているうちに、竜二はどことなく違和感を感じはじめた。何か……おかしい。食い入るようにモニターを見つめる。どうやら、顔が大映しになったときに違和感を感じるということがわかった。

(なんか変やねん。でも、どこが……)

「もう、ええで。出てってちょうだい」

ありがとうの言葉もなく追いたてられ、竜二はモニタールームを出た。だが、違和感を感じた理由は、いくら考えてもわからなかった。

トリは、梅寿だった。客席は立錐《りっすい》の余地もないほど満杯だったが、ほとんどはこのあと行われる「漫才ヤングバトル」のための場所取りをしている若いファンたちで、落語を真剣に聴こうとしているものは少なかった。

「これでお役ごめんや」

言い残して梅寿は舞台に出ていった。

「えらい満員でわての人気もたいしたもんやなあと思て喜んでましたら、今日は、漫才なんたらバトルゆうのがあるそうで、今いてはるお客さんはみんな、落語が聴きたいわけやない、バトルの場ぁ取るためにいてはるらしい。まあ、しばらくのあいだ我慢しておつきあいを願います。『これ、定吉、定吉』……」

竜二は、梅寿が一回目で聴かせた「時うどん」のように、若手漫才に集まった若い客を落語の世界に引きずり込み、大爆笑させてほしい、と思った。そうすれば、自分がこれからやらねばならない古典落語というものの力を信じることができるだろう。だが、竜二の期待に反して、梅寿はまともにそのネタを覚えていないのか、思いだし思いだしやっている様子で、口調もたどたどしく、つじつまの合わない箇所もあったりして、客席の反応は鈍い。それでも、強引に話を運ぶと、そこそこの笑いは起こったが、一回目の「時うどん」の出来とは雲泥の差だ。

「珍しいなあ、師匠が『平林《たいらばやし》』やりはるやなんて」

梅春がぼそりと言ったので、

「このネタ、珍しいんですか」

「前座ネタやけど、師匠がやりはるの聴いたことないわ。たぶん長いことやらはったことないんとちゃうやろか」

竜二にもそう思えた。彼にはどうして梅寿が、やりつけていない前座話を、楽日で盛りあがる客にぶつけたのか理解できなかった。梅寿がようよう一席をやり終えたとき、竜二は手に汗を握っている自分に気がついた。降りてきた梅寿は、さほど機嫌が悪くもない様子で、〈月の法善寺横丁〉の鼻歌を歌っている。

（わけわからんわ、このおっさんだけは……）

竜二は首をひねりつつ、楽屋へ向かう梅寿に続いた。

4

「『漫才ヤングバトル』やと？」

雁花いたしが大声をあげた。サングラスをかけた田畑がにやりと笑って、

「どうです、悪い話やないでしょう」

「アホか。考えてからもの言いや。わしら、ヤングでもなんでもないがな。立派なロートルやで。あんなガキどもに混じって、漫才でけるかい」

「師匠はいつも、最近の若手漫才に辛口の意見を言うてはるでしょう。くちばしの黄色いひよっこどもに、がつーんとほんまもんの芸をみせたったらどうです。ええチャンスやないですか」

「何もわかっとらん審査員連中に、わしらの漫才、今さら点数つけられてたまるかい。失礼

な話やないか」

「それでしたら、審査員の度肝抜くような漫才して、百点満点とりはったらどうですか。めちゃめちゃ話題になりますよ。師匠がたを、『伝説の漫才師』ゆうキャッチフレーズで、これから売っていこう思てますねん。テレビにもばんばん出演してもらいます。いた・ませ師匠の真価を全国に見せつけてやりましょう」

いたしの目が輝いた。彼は一瞬、身を乗りだした。しかし、隣に座るまっせをちらと見て、ふたたび座りなおしたとき、彼の目から輝きは失せていた。

「やっぱり、あかんわ……」

彼は肩を落として、

「ええ話やとは思うが、断らせてもらう」

「な、なんでですか！」

田畑は大声を出した。

「そうでっせ、いたし師匠。せっかくの機会ですやんか」

柿実うれないが言った。

「そうそう、師匠らの貫禄やったら、優勝まちがいないわ」

柿実うれるが言った。

「老人パワーで若手をぶっとばしたら、世間のお年寄りをどれだけ勇気づけるかわかりまへんで。やってください、師匠、我々も応援してまっさかい」

一流斎コパンダが言った。ほかの芸人たちも口々に、「漫才ヤングバトル」に出るように熱っぽくすすめ、田畑がそれらを総括するように、

「皆さんもこない言うておられます。それに、言うたらなんですけど、これは……会社の業務命令です。協力していただきます」

追い詰められた形になったいたしは、急に下を向くと、

「す、すまん。言うてくれるのはありがたいんやが……でけへんのや」

田畑はむっとした様子で、

「ここまで言うてるのにあかんのですか。それやったら、あかん理由を聞かせていただけますか」

「テレビは……あかんのや」

「芸が荒れる、ておっしゃりたいんでしょ。そんなことおませんわ。おふたりほど芸がしっかりしてたら、テレビやろうが映画やろうが媒体は関係ありません」

「いや、実はな……わしら実はテレビが怖いんや」

「は？」

「恥をしのんで言うで。わしら、ほとんどテレビに出たことないやろ。せやから、テレビのまえで何してええんかわからんねん。不細工な真似するよりは、出んほうがええと思うんや」

「あはははは、そんなこと考えておられたんですか。師匠がたには、いつもどおりの漫才を

やっていただいたらそれでええんです。何にも注文はつけません。それに、気ぃついておられなかったと思いますけど、さっきの舞台も録画させてもろてました。本番もそれと一緒ですわ。テレビカメラなんか無視して、普段のままの……」

突然、雁花いたしが田畑に歩みより、その胸ぐらを摑んだ。

「な、何するんですかっ」

「おまえ、さっきの舞台、撮っとったんか」

「そ、そうです、予備審査のためです。予選の結果は九十七点。全出場者のなかでも最高得点です。作家の氏本《うじもと》先生もほめておられましたよ」

「じゃかあしわ！」

いたしは田畑の頰《ほお》を張り飛ばした。サングラスが外れて、床に落ちた。

「誰が撮影してええゆうたんや。勝手な真似するな」

「ぼ、ぼ、ぼくはよかれと思て……」

「それが余計な真似や言うねん。ええから、わしらのことはほっといてくれ」

吐き捨てるように言ったいたしが、まっせをうながして、楽屋を出ていこうとしたとき、

「ちょっと待てや」

梅寿が楽屋中に響くような声で言った。皆はぎょっとして梅寿を見た。梅寿は、いたしではなく、そのうしろにつきしたがっているまっせをにらみつけ、

「まっせはん、あんたはどない思とるんだ」

いたし・まっせ両人の顔がひきつった。

「あんた、舞台ではけっこうしゃべるわりに、楽屋では『口なしの花』やな。いつもいたしはんがひとりでしゃべっとるだけや。まあ、男ちゅうのはあんまりぺらぺらしゃべるもんやない。言葉多きは品《しな》少なし。三言しゃべれば氏素性があらわれる。口あいて五臓の見える欠伸《あくび》かな。男のしゃべりはみっともない。しゃあけど、なーんにも言わんゆうのも困ったもんやで。わしら、いたしはんの意見はようわかった。今度はまっせはんの意見を聞きたいもんやな」

だが、まっせは赤い顔でぶるぶる震えるだけで、何も言おうとはしない。見かねた柿実うれるが、

「まっせ師匠、たまには自己主張しなはれ。あんさんもテレビには出たないんでっか」

応えはなかった。

「うはははははは……」

梅寿が傍若無人な笑い声をあげた。

「まるで『時うどん』やな。自分の意見を持たんと、人にくっついて、その真似ばっかりしとる。そんなアホな、どついたろか、やかましわ、ええかげんにせえ、やめさせてもらうわ……それ以外の言葉は知らんのか。あれやったら、いたしはんひとりで漫才やっとるようなもんや。漫才ゆうのはふたりでやるもんじゃ。なんぼ長いことやっとってもそんなあたりまえのことがわかってない漫才師が、コンテストで優勝やと？　ちゃんちゃらおかしいわ」

田畑が割って入り、

「梅寿師匠、そこまで言わなくてもいいでしょう。ぼくらは、いた・ませ師匠を売りだそうと一生懸命がんばってるんです。それに水さすようなこと……。いたし師匠、まっせ師匠、悔《くや》しないんですか。何とか言うてください」

いたしもまっせも顔を伏せている。その様子を見ていて、竜二はふとモニタールームで感じた違和感を思いだした。「時うどん」……ひとりで漫才をやっている……テレビに出ないかたくなな態度……。

竜二は、梅寿のそばに寄り、耳もとでささやいた。

「な、な、なんやと！」

小声というものを知らない梅寿が頓狂《とんきょう》な声を出し、竜二はあわてて彼のまえに飛びだし、

「師匠、師匠はわかってはったんですね。さすがやわ、師匠」

「きみは誰だ」

田畑が怪訝《けげん》そうな顔で言った。

「俺は、梅寿の内弟子で、竜二と言います」

「そんなことはどうでもいい。今、たいへんなときだ。前座がしゃしゃりでる幕じゃないよ。ひっこんどき」

田畑のまえに、梅寿がずいと進みでて、

「こいつはわしにかわって説明するゆうとるんじゃ。聞いたらんかい。わしもだいたいのあ

らましは摑んどるんやが、ま、竜二のほうが詳しゅうわかっとるさかいな」

田畑はそれ以上押せず、引きさがった。

「えーと……『時うどん』ゆうネタは、前の晩、ふたりの男が掛けあいでしゃべっていたセリフを、次の日、ひとりだけでしゃべってしまうところに笑いが生まれるわけです。そうですよね、師匠」

「そんなんわかっとる。はよ、結論を聞かせ」

「だからこれは、師匠のお考えなんですって」

「じゃかあし。とっとと言え」

「まっせ師匠が楽屋でしゃべってはるの、俺、見たことありません。舞台でもほとんどはいたし師匠がしゃべりはって、まっせ師匠は、ツッコミの決まり文句を言いはるだけ。それも、いたし師匠のボケにかぶらんような間で、ゆったりとつっこみはります。これやったら、いたし師匠がひとりでしゃべってはるのとおんなじですわ。——もしかしたら……ほんまにひとりで全部しゃべってはるんとちゃいますか」

そのあと竜二は、「と師匠が言うてはりました」と付け加えたが、誰も聞いているものはいなかった。楽屋中を、「そんなアホな」「ええかげんにせえ」とツッコミの常套《じょうとう》フレーズが飛び交った。だが、竜二は平然として、

「そうでしょう、いたし師匠」

雁花いたしは蒼白《そうはく》な顔で竜二を凝視したまま、何も言おうとしない。かわりに田畑が、

「き、き、きみ、失礼なことを言うな。何の証拠があってそんなめちゃくちゃなことを……」

そのとき、楽屋の入り口のほうから声がした。

「もう、ええやないか、いたし」

染みだらけの前掛けをした初老の男が、岡持ちを持って立っている。

「お、来てたんか」

いたしが低い声で言った。男は岡持ちを置くと、

「私、木村と申します。『木村食堂』の主《あるじ》でおます。柿実うれる師匠から電話で、梅寿師匠が、割り箸を変えたせいでうどんがまずなったとお怒りやと聞きまして、あわてておわびに参りましたんや」

「うどん屋が何を……」

と言いかける田畑に覆いかぶせるように、

「昔は、そこにおるいたしくんと漫才やっとりました」

「えっ、じゃああなたが、いたし・かゆしの……」

柿実うれないの言葉に彼は首を縦に振り、

「かゆしでおます。私が芸人をやめたんは、いたしくんに、下手なツッコミするぐらいやったら黙っといてくれ、言われたからですねん。いたしくんは完璧《かんぺき》主義やから、私がツッコミにいろいろ工夫しても、それがかえって邪魔になるんですな。案山子《かかし》かぬいぐるみを横にお

いて、ひとりでしゃべってるほうがええんです。それに気づいたさかい、私は別の道に入りましたんやが、おかげで今は繁盛させてもろてまっさ」

「箸さえ元どおりにしたら、世界一や」

梅寿が言った。

「いたし・かゆしが解散したあと、いたしくんは弟さんのまっせくんと組んで、また漫才をはじめよりました。相変わらず、ひとりでしゃべりまくる漫才やなあ、と思て最初の頃は聴いてましたが、あるとき、気づきましたんや。あれ？　いたしくん……ほんまにひとりでしゃべっとるがな、て。いつの頃からか、まっせくんは、舞台で声を出さんようになりました。ツッコミも全部、いたしくんがひとりで言うとって、まっせくんはそれに合わせて口をぱくぱくさせとるだけや。あれは、いたし・まっせをはじめて、五年目ぐらいやったかなあ」

そう言って、木村食堂の主はいたしのほうを向いた。いたしは、こくり、とうなずき、

「そや」

「で、でも、なんでまたそんな……」

柿実うれるが皆の気持ちを代弁して言った。いたしは、まっせの喉を指差して、

「こいつが、喉の癌《がん》になりよってな……手術はうまいこといったんやが、声が出せんようになった。相方を替えよかとも思たけど、実の弟やしな。もうええ、おまえの分までわしがしゃべったる、ゆうて……それ以来こんなことになったんや。楽やったで、ひとりでぼけてひとりでつっこんだらええねんから。若い頃、声帯模写やってたんが役に立ったわ。今まで、

誰にも見破られたことない。でも、テレビには出られへん。アップになったらバレてまうからな」

　しばしの静寂のあと、田畑が興奮して叫んだ。

「すごいっ。すごいことじゃないですか。何十年も、実はひとりでふたり分の漫才をやってたやなんて……これはたいへんな芸ですよ。これでまた『伝説の漫才師』の伝説がひとつ増えました。こうなったらどうあってもおふたりには『漫才ヤングバトル』に出ていただきますからね。ひとりでやってるんやて審査員に説明したら、優勝まちがいありませんっ。これはいけるっ」

「アホンダラっ！」

　梅寿が雷のように吠えた。田畑はびくっとして直立不動になった。

「おのれはなんもわかっとらん。漫才ゆうのはふたりでやるもんや。掛けあいやからこそおもろいんじゃ。ひとりでふたり分しゃべるのんの何がえらいねん。噺家やったら誰でもやっとるこっちゃ。このどアホっ」

　たしかにそうだ、と竜二は思った。漫才というのは個性のぶつかりあいである。そこに笑いが生じるのだ。ひとり二役のスタイルを何十年にもわたって人前で貫いてきたのはある意味立派だが、腹話術師が人形を相手にしゃべっているようなもので、実際には自己完結しているのだから、漫才ではなく漫談ではないのか。

「あんたらの漫才、なんかおもろないとずっと思とったんやが、今日、そのわけがわかったわ。一足す一が二になるはずや思て聴いとったら、実は一割る二やったんやからな。弟のこと思うんやったら、もっと早《はよ》うに商売がえさせたらよかったんや。長いあいだ、あんたの横に突っ立って、案山子の役させられてた弟の気持ち、考えてみい」

見ると、まっせは涙を流していた。いたしも目を真っ赤にして、

「わしも、テレビに出て、ばりばりやりたい気持ちはあったんや。けど、そないしたらバレてまう。若いやつがどんどんテレビで活躍しとるのを見てたら、いらいらしてな……つい楽屋でも若い人に当たったりしてしまう。でも、ようわかった、梅寿はん。わし、自分で勝手に足かせはめとったんやな。あんたの一喝で目がさめたわ。わしはこれから、やりたいようにやる」

田畑が顔を輝かせて、

「ほな、出てくださいますか、『漫才ヤングバトル』に」

いたしはかぶりを振り、

「いや、今日限り、いたし・まっせは解散する。ほな、これで失礼しまっさ」

呆然《ぼうぜん》とする田畑を尻目に、いたしは、まっせとともに、楽屋を出ていった。ふたりの足取りが、これまでとはうって変わった軽快なものに竜二の目には映った。

◇

数日後、雁花いたしが菓子折を持って梅寿をたずねてきた。竜二がお茶を持っていったあ

と、障子のそとでこっそり聞き耳を立てていると、

「これからは、ひとりでやりたいことをやろうと思てます。ずっとそう思てましたんやが、師匠の言葉で吹っ切れましたわ。少々遅いかもしれませんが……」

「そらええ。そういうことに早いの遅いのいうことはおまへんで」

「そうですか。それを聞いて安心しました」

いたしは梅寿のまえに両手をつき、

「師匠、わしを弟子にしとくなはれ」

梅寿も、竜二も仰天した。押し問答のすえ、いたしはむりやり、弟子入りを承知させて、晴ればれとした顔で帰っていった。

「竜二……そこにおるんやろ」

茶を啜りながら、梅寿が言った。

「おまえの今度の初舞台のネタな……」

「は、はい……？」

「『平林』や。こないだ、稽古つけたったやろ」

竜二ははっとした。

「わからんとこは梅春にきけ。あんじょう覚えんとどつき倒すで。ええな」

竜二は、そっとその場を離れた。顔を引き締めようとしても、だらしなく笑顔がこぼれてしまい、どうしようもなかった。

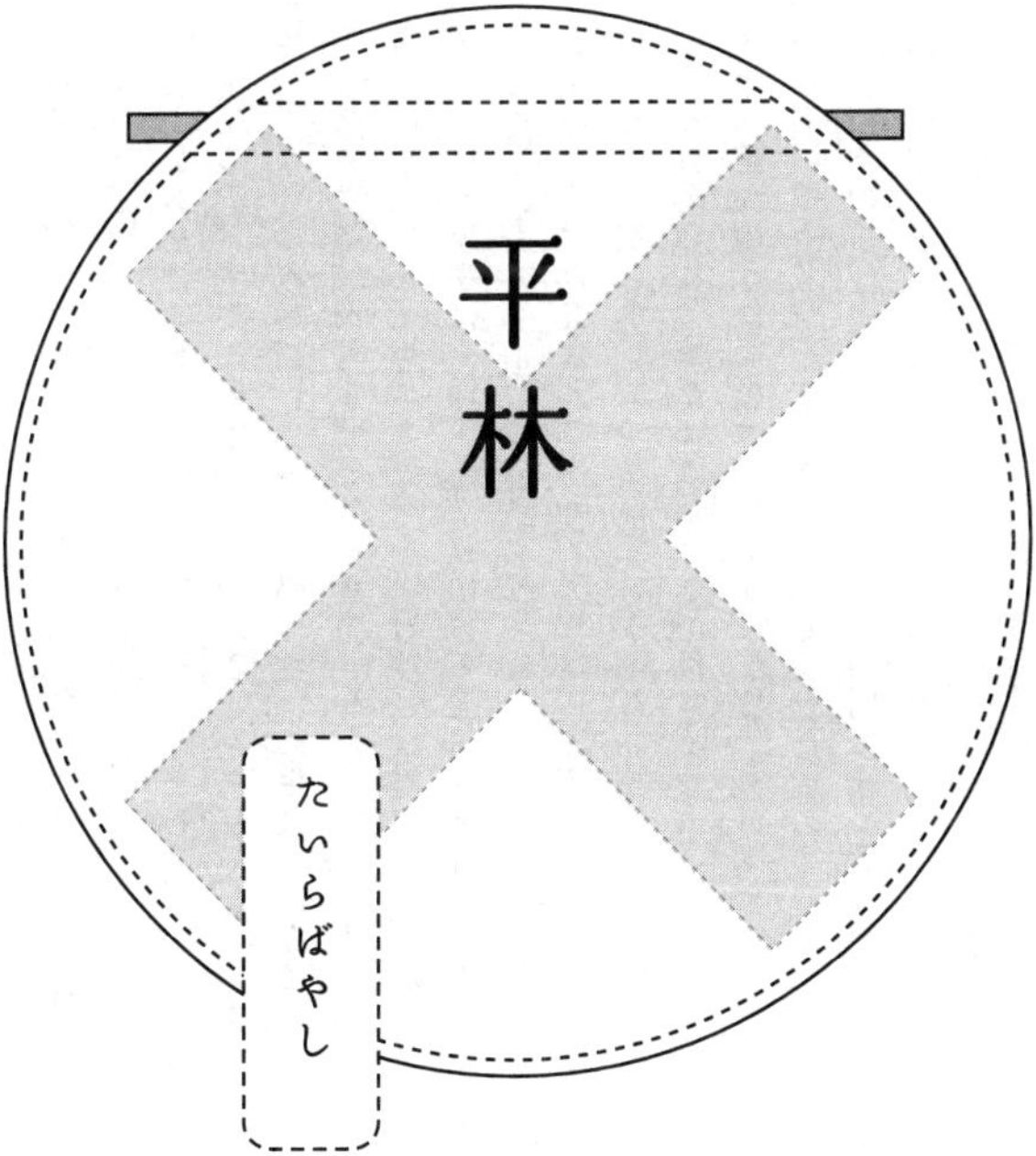
平林
たいらばやし

この演題、東京では「ひらばやし」、大阪では「たいらばやし」と発音されます。

愛すべき丁稚《でっち》・定吉《さだきち》とんシリーズには、ほかにも『やいと丁稚』『月並丁稚』『明礬《みょうばん》丁稚』などがありますが、この子は典型的なイチビリ（＝いつもふざけてばかり）で注意力が散漫なのか、すぐに教えてもらったことを忘れてしまいます。こういう子供が大きくなると『くっしゃみ講釈』や『八五郎坊主』の主人公になるのでしょうね。

昔は落語や講談が耳学問として重宝されたと言います。この「平林」の分解は、漢字を知らない子供にとってもユニークな学習法とは思いませんか。

「司」という漢字は「同」を二枚におろして片身の骨付きのほうだという小咄《こばなし》もあります。「鉄」という字は金を失うと書くし、「努」は女の又《また》に力と書く。「哲」という字をわたしは小さいころ、カタカナの「キ・ケ・ロ」と覚えていたことを思い出します。

「林」という字を木が二つ並んでいるから「拍子木」と読んだ男、これは「はやし」と読むのだと教えられ「囃子《はやし》には拍子木が付き物や」。

先年、某局の子供向けテレビ番組の影響で『寿限無《じゅげむ》』がブームになり、当時二歳のうちの娘もあの長い名前をすっかり暗唱していたものでした。『平林』はフレーズも短く節もついているので、いずれまた子供たちの間で流行る日が来ることを切に願ってやまないのであります。

（月亭八天）

1

イライライライイライイライラ。竜二はいらついていた。梅田の某テレビ局に向かう路地を、大荷物を抱えて足早に歩く。なかには師匠の衣装一式が入っていた。今から、梅寿が出演する生番組の放送があるのだ。

平日の昼間。まわりはちゃらちゃらしたかっこうのアベックばかり。イライライライイライラ。竜二は、ゴミ箱をあさっていた野良犬のケツを蹴《け》りあげた。犬はこちらを向いて唸《うな》ったが、腹が減りすぎているのか、またゴミ箱に顔をつっこんだ。舌打ちをして、竜二はふたたび歩きだした。

いらだちの理由はひとつではないが、その根本には、三日後に迫った初舞台があった。噺家《はなしか》として梅寿に弟子入りして九カ月。とうとう人前で落語を披露するときが来たのだ。師匠によってネタは「平林」と決められたが、例によって、稽古《けいこ》はつけてくれない。しかたなく、暇をみつけては九歳年上の姉弟子、梅春のところに通っているが、梅春の稽古は厳しかった。言いまちがえたりすると容赦なく物差しが飛んでくる。それも、今どき珍しい鯨《くじら》尺《じゃく》である。きのうも、梅春にさんざんダメを出されたあげく、

「こんなんやったら、明々後日《しあさって》初舞台どころか、一生かかっても舞台になんかあがられへん」

と決めつけられた。一度や二度ならともかく、こう毎日だとこたえる。いらだちのもうひとつの原因は、芸名だった。梅寿はいまだに名前をつけてくれない。兄弟子や、同時期に入門したよその門下の弟子にきくと、だいたい初舞台の遅くとも二週間ぐらいまえには名前をもらったという。当日の朝までにつけてくれればいいわけだが、なんとなくおしりが落ちつかないし、メクリのこともある。当日いきなり、めちゃくちゃな名前をつけられて、さあ舞台にあがれと言われても困るではないか。

ばふんばふん、というやかましいバイクの空ぶかしの音と、排気ガスの臭気に顔をしかめながら、角を曲がったとき、

「おい、竜二やんけ」

横合いから声がかかった。聞き覚えのある声にひょいと見て、竜二は内心、

(しまった……)

と思った。バイクにまたがった三人の若者がこっちを見ている。左から、カーティス、トミー、グレイだ。もちろん本名ではなく純日本人である(ちなみに竜二は「ドラゴン2」と呼ばれていた)。ワタリの広い学ズンというズボンにカラー学ラン。バイクはどれも改造車

で、三段シートに目一杯もちあげたロケットカウル、エビッパネと呼ばれる一メートル以上あるテール、数本の旗棒をたて、電飾でこれでもかというほど飾りたてている。「義多義多連合会・祈願特高精神発露」という意味不明の文字。

（こいつら、まだこんなことやってんのか）

竜二はあきれた。たしかに彼も、高校一年の頃、この三人とつるんでバイクを乗りまわしていた。つるんで、というより、正確にはパシリだったわけで、よく菓子パンやジュースを買いにいかされ、金がないときは万引きもさせられた。毎日、理不尽に殴られるので、それが嫌ですぐにグループを抜け（裏切りものとしてさんざんしばかれたが）、バイクをたたき売った金でギターを買ってバンドを組んだのだ。カーティスたちはそのあと、ど目立ち系の暴走族に入り、本格的にバイクにのめりこんだらしい……というのは風の便りで聞いていた。

「聞いたで、竜二。おまえ、落語家になったんやて」

「え、ああ……まあ……」

「劇場とか出てるんか。俺ら聴きにいったるで」

トミーがカーティスの胸を突き、

「アホかあ、おまえ。こいつまだ弟子入りしたばっかかやろ。そんなもんどっこも出れるかいや」

その言葉にちょっとムッとした竜二は、うっかり言わずもがなのことを言ってしまった。

「ふーん、そうかあ」

三人はにやにやと笑った。

「明々後日、初高座か。こら、ええこと聞いた。俺らでぶんぶん盛りあげたるわ。チームの連中、みんな呼んだる」

竜二は、顔から血の気がひいていくのを感じていた。

「難波の『カナイホール』やな。何時開演や」

「ま、まだ決まってないんや」

「んふふふ、そんなわけあるかいや。どうせ、『ぴあ』で調べたらわかるわ。ほな当日、夜露死苦」

三人は、ばふんばふんと去っていったが、グレイが振り返りざま、

「逃げんなや、ドラゴン2」

竜二は頭を抱えて、その場にしゃがみこんだ。

(あかん……俺の初高座、潰《つぶ》される……)

彼らがまともに落語を聴くわけがない。会場でものを壊して暴れたり、騒いだり、ほかの客を殴ったりして、嫌がらせするつもりに決まってる……。竜二は、目のまえのテレビ局までの道のりが百キロにも感じられた。

◇

竜二のいらいらは、梅寿のテレビの放送が終わった頃には最高潮に達していた。三人組の

ことだけではない。機嫌の悪い梅寿にどつかれたのだ。

梅寿が出演したのは、主婦向けの生番組の、司会の男性アナウンサーが出演者にインタビューするというコーナーだった。三谷耳子《みたにみみこ》という、耳が大きいのが売りの若い女性タレントがアシスタントで、顔はそこそこかわいいが、アホなのだった。いきなり冒頭で、

「本日のゲストは、落語家の……」

と言ったあと絶句しているので、司会者が小声で、

「しょうすいてい、しょうすいてい」

とささやくのが丸聞こえである。ゲストの名前の読み方ぐらい調べとけよと、客席の後方で見ていた竜二が思った次の瞬間だった。

「しょうすいてい……うめしゅさんです」

梅寿の顔色がみるみる変わるのが、竜二の立ち位置からもわかった。司会があわてて、

「あははは。うめしゅ、とも読めますよね。お酒が好きなことで有名なかたですから、その読み方のほうがふさわしいかもしれませんが、しょうすいてい・ばいじゅ、師匠でいらっしゃいます！」

梅寿は、苦虫を十四ほどまとめて噛《か》みつぶしたような顔で、

「ばいじゅ、でおます。梅酒は甘いさかい、嫌いでんねん」

と言ったきり、無言でそっぽを向いた。結局、十分程度のそのコーナーは、へそを曲げた梅寿の非協力的な態度のせいで何の盛りあがりもなく進み、終了間際、司会者が、

「最後になりますが、今後の高座のご予定などおうかがいしたいんですが」

「そうですな……明々後日、難波の『カナイホール』ゆうとこで、えーと、午後六時から独演会がおます。二百人ぐらいしか入らん小さいとこやが、まだまだチケットが売るほど余っとるらしい」

ギャグなのだが、誰も笑わなかった。

「わての弟子、そこにも来てます竜二ゆうのんが初高座ですねん。どうぞ皆さん、お運びをお願いいたします」

梅寿は頭を下げた。

「笑酔亭う……梅寿師匠でした」

三谷耳子がひきつった声でそう言って、番組はＣＭに入った。梅寿は、司会者や三谷耳子の謝罪の言葉も聞こえぬげにさっさと席を立った。

竜二はうれしかった。彼の初高座を、梅寿は気にかけてくれていたのだ。

「お疲れさまでした」

頭を下げたところへ、梅寿の鉄拳が飛んできた。顎《あご》にずこーんとまともに入り、竜二はふっとんだ。テレビカメラに激突し、鼻面を強打した。たらっ、と熱い血が鼻孔から流れでるのがわかった。

「おのれがわしの名前の読みをちゃんと言うとかんからやろ。全国的に赤恥かいたわ。このボケが！」

頭がぼーっとして口のきけない竜二にかわって、三谷耳子がフォローした。

「師匠、私にもいけないところがありました。相手が有名なタレントさんやないときは、ちゃんと名前の読み方調べとかんと、失礼になりますもんね」

フォローになってない。竜二はこの馬鹿女の口を両手でふさぎたかったが、彼女は追い打ちをかけるように、

「でも、師匠、だいじょうぶですよ。この番組、ローカルですから全国的に恥をかいたわけでは……」

梅寿は憤りを竜二に向け、彼の胸ぐらを摑《つか》み、サザエのようなげんこつを振りかざして、もう一発どつこうとした。そのとき、

「すいません、師匠っ」

若い男が、前後ろにかぶっていた野球帽を脱ぎ、竜二と梅寿のあいだに割って入るようにしてその場に土下座した。

「なんもかんもぼくが悪いんです。いつも出演者の皆さんのお名前は、カンペにかならず振りがなを振るようにしてるんですが、うっかりしてしまって……。ぼくは落語ファンで、とくに梅寿師匠の大ファンなんで、師匠のお名前を読みちがえるなんてありえないと、頭のどこかで決めつけてたためだと思います。でも、なかには落語をあまり知らないタレントもいるわけで、ぼくのミスなんです。どうか、そのお弟子さんを叱らないでください。お願いします」

自分のファンと聞いて、梅寿の表情がやわらいだ。

「あんたは？」

「この番組のＡＤをしています古沢と申します。まだ駆けだしなんで、毎日失敗ばかりで本当に失礼しました」

「まあまあ、手ぇあげとくなはれ。漢字の読みゆうもんはむずかしさかい、とくに生番組のときはおまえが気ぃつけなあかんで、ゆうことを教える意味で叱っとっただけですよって、本気やおまへんねん」

本気じゃないのにあそこまで殴るか？　竜二は頭が沸騰しかけたが、なんとか自分を抑えた。ここでケツをまくったら、このＡＤの気持ちを無にすることになる。

「それに、あんたのことどうこう思とるわけやない。わしも短気すぎた……かもしれん。ほな、去《い》なしてもらうわ。竜二、行くで」

歩きだそうとした梅寿の足がとまった。

「おい、竜二、裏口はないのんか」

見ると、スタジオの出口に、サングラスをかけたいかつい体型の男がふたり、立っている。いつもの借金取りだ。家に来ても、梅寿はかならず居留守をつかうので、こうしてテレビ局にまで押しかけてきたのだろう。状況を察したＡＤの古沢が、

「こちらから出られます。どうぞ……」

すかさず道案内をし、梅寿は小走りでそちらに向かう。竜二は、顎と鼻先をさすりながら、

とぼとぼあとに続いた。

2

家までの道すがら、梅寿は、

「あのAB、なかなか人間ができとる。えらいやっちゃ。機転もきくし、わしのファンやゆうのもえらい。それにくらべておまえは……」

と竜二をののしり続けた。げっそりしたが、今からもっとげっそりすることが待っているのだ。師匠に断ってから、竜二は梅春のアパートを訪れた。

「あんた、どないしたん、その顔？」

開口一番、梅春はそう言った。

「え？」

「気ぃついてないんかいな。これ見てみ」

差しだされた鏡を見て、竜二は驚いた。鼻が真っ赤に腫《は》れあがり、ピエロのようになっている。顎は青黒く内出血し、とても自分の顔とは思えない。

「喧嘩したんか？　芸人は顔が命やで。まして、初高座ひかえてるのに、注意せなあかんやん。師匠に知れたらめちゃめちゃ叱られるで」

「はあ……」

「とにかく時間ないから、稽古《けいこ》するで」

言いながら、梅春はいつもの鯨尺を取りだし、びゅん、としならせた。狭いアパートの一室で、年上とはいえ若い女性とふたりきりだというのに、うわついた雰囲気はかけらもない。

「よろしくお願いします」

頭を下げ、扇子と手ぬぐいを取りだすと、座布団のうえに座り直す。

「しばらくのあいだ、おつきあいを願います。『これ、定吉、定吉』『へーい』『なんや、そこにおったんか。おまえは返事がうれしいな。奉公してるときは、立つよりも矢声《やごえ》というて返事が一番じゃ』……」

「平林」である。

丁稚《でっち》の定吉が主人から、平林という得意先に手紙を届けるよう言いつかるが、相手の名前を忘れてしまい、どこへ手紙を届けたらいいかわからなくなる。字が読めない定吉は、宛先を通行人などに読んでもらうが、最初にたずねた相手は「上がたいら、下がはやし。『たいらばやし』さんやな」。次にたずねた相手は「上がひら、下がりん。『ひらりん』さんと読むんや」。三番目にたずねた相手は「上の字は、一《いち》と八《はち》と十《じゅう》ちゅう三つの字が一組になったあるねん。下は、木《もく》がふたつで、『一八十《いちはちじゅう》の木々《もくもく》』さんやな」。四番目にたずねた相手は「ちがうちがう。これは『一つと八つで十木木《とっきっき》』さんやで」。わけがわからなくなった定吉は、順番に並べたてればどれか当たるだろうと、「たーいらばやしかひらりんか、いちはちじゅうのもーくもく、ひとつとやっつでとっきっき」と節をつけて踊りながら歩きまわる。それを見た人が「あんなこと言うてるやつの気がしれんな」「いや、字がしれんわ」……。

それだけの話である。愛すべき小品といえぬこともないが、つまらない前座ネタといえばそれまでだ。オチまでやり終えると、梅春が何度もかぶりを振りながら、

「あかんなあ……。全然や。私がまえに言うたこと、ひとつもできてないやん。——最初からもっぺん」

しかたなく、ふたたび、

「しばらくのあいだ、おつきあいを願います。『これ、定吉、定吉』『へーい』『なんや、そこにおったんか。おまえは返事がうれしいな』……」

いきなり肩を鯨尺でひっぱたかれた。まるで、座禅だ。

「なんべんも言わせんといて。旦那と丁稚の会話が、同い年の友だちがしゃべってるみたいに聞こえるねん。旦那は四十五、六、丁稚は十歳ぐらいやろ。主従関係ゆうもんを感じさせな」

そう言われても、竜二は丁稚の経験も誰かの主人になった経験もない。

「もっぺんや。やってみ」

「しばらくのあいだ、おつきあいを願います……」

毎日この繰り返しなのだ。結局この日も、三時間近く「これ、定吉」と格闘を続け、稽古は終わった。梅春はため息をつき、

「あと二日でできあがるかどうか自信ないけど、私も師匠に言われて引き受けた以上、ええかげんにでけへん。明日、今言うたとこが直ってなかったら承知せえへんで」

「………」

「それとな、あんた、その髪」

梅春は、竜二の鶏冠《とさか》頭に目をやり、

「本番までに切っときや」

「え？ 切らなあきませんか」

「あたりまえやろ。漫才師やないねんで」

「でも……師匠はなんも言うてはりませんでしたけど」

「自分で考えたらわかるやろ。その頭見て、お客さんが古典落語の世界に入ってくるかどうか……」

「はあ……」

「はあやあらへん。この先、一生、噺家《はなしか》でやっていく気ぃあるんやったら短《みじこ》うし。これ……」

梅春は五千円札を竜二のまえに置いた。竜二がきょとんとしていると、

「散髪代や」

◇

竜二が出ていったあと、梅春は深いため息をついた。

（あの子……うまいわ。私なんかよりずっとうまい。腹立つわ、ほんま……。落語て、やっぱり生まれもっての素質なんかなあ……）

なにより腹立たしいのは、その素質豊かな竜二が、落語をとくに好きではないらしいことだ。

（初高座のときは、噺を覚えるだけで精一杯で、大きな声を出せ、とか、しっかりまえ向いてしゃべれ、とか、その程度のアドバイスしかでけへんもんやけど……あの子にはつい、何年もやってる噺家相手にして稽古してるみたいな気になってしもた。本人さえやる気になったら、ええ噺家になれるはずやのに……）

梅春は、鯨尺で自分の手をぺしっと叩くと、

（私も……男やったらなあ……そんで、あの子ぐらい才能あったら、もっとがんばって……）

そして、もう一度、深い深いため息。

◇

明日が初高座という日の夕方、竜二は、梅寿の許しを得て、「鰻谷劇場」にチカコの舞台を見にいった。電車で二駅ほどだが、竜二は徒歩でいくことにした。梅春に、歩きながらネタ繰りをするように、と言われていたからだ。一歩一歩、リズムをとりながら、口のなかで

呟《つぶや》くように稽古する。

「えー、しばらくのあいだおつきあいを願います。『これ、定吉、定吉』……」

はたからは、ぶつぶつ言いながら歩いている危ないやつにしか見えないだろうが、そういった周囲の目が気にならなくなるぐらい没頭せよ、というのが梅春の教えだった。

劇場の入り口に、チラシがべたべた貼りつけてある。なかに、チカコの名前もあった。竜二と同い年のピン芸人であるチカコは、漫才師柿実うれる・うれないの付き人をしながら、漫談で舞台に立っているというが、竜二はまだ実際にそのライブに接したことはない。

「鰻谷劇場」は、松茸芸能が若手芸人の登竜門として作った小さな小屋だが、竜二は入るのははじめてだった。驚いたことに、場内は立ち見も出るほどの満席状態だった。しかも、年齢層は十代から二十代前半まで。年寄りがかなりを占める落語会とはまるで雰囲気がちがう。だが、落語会との一番のちがいは、舞台を見つめる客の熱い視線だった。演者の一言ひとことに食らいつくように反応し、笑い、叫び、拍手する。同年代の共感というだけでは片づけられない、客席と舞台がひとつになった熱気がそこにあった。また、何を言っても笑う、いわゆる「甘い客《あまきん》」ではなく、寒い芸人のときの反応は露骨に寒い。古典落語の場合は作品自体に力があるから、演者が下手でもそれなりに笑いをとれるし、内容が空虚でも熱演ならばお義理の拍手も来る。しかし、ここにはそんな優しい客はいない。おもしろくない、と思われたらいっせいにブーイングがはじまり、芸人は途中で舞台を降りざるをえなくなる。そのかわり、ウケるときはめちゃめちゃウケる。同年代というのはそういうものだ。一番厳しく、一番理解してくれる聴き手のまえで、芸人たちは鍛えられるのだ。

そのうちに、チカコの出番になった。舞台衣装とは思えない、「ストップ・ジ・エイズ」と印刷されたTシャツによれよれのジーパンというラフな姿である。ただ、ベルばらのオスカルみたいな、でかい金髪のかつらをつけている。

「こんにちは～、チカコでーす」

男性比率が圧倒的に多いお笑いの世界で、彼女がどんなことをしようとしているのか。完全に客のひとりとなって、竜二は食らいつくような目を舞台に向けた。

「冬は嫌ですねー。とくに我々、女性はいろいろ気ぃつかいますわ。女て寒がりでしょ。寒いから、どこ行くにもいろいろ重ね着しますやん。もこもこになるんです。ふだんの三倍ぐらいの体積なったりして。あたしら、まだましですけど、太ったおばはん、いてますやろ、ほら、皮下脂肪ためるにためた、みたいなおばはん……」

言ってから客席を見渡し、

「あー、よかったわー。今日はそういう人来てはらへんみたいですね。こないだこれ言うて、ふと客席見たら、最前列にトドみたいなおばはんがずらー並んどって、どないしよか思いましたけど、その人ら皆、自分のこととちゃう、みたいな顔してわあわあ笑《わろ》てましたけどね。ああいう人らが電車に乗ったら、まわりの人、気の毒ですわー」

チカコは、この場にいない年齢層の人間をボロカスに言うことで客を摑むと、そのまま、「冬場のおばはんの生態」を続けざまに列挙して、笑いをとった。「安もんの冬服を着込んだおばはんの静電気で電車が走る」とか「おばはんの皮下脂肪だけを分離して乗せるための皮下脂肪専用列車を朝晩のラッシュ時だけ走らせる」とか。そのうち、ネタはどんどんシュールになっていき、それにつれて客席の反応も加速していった。あまりのシュールさに途中から一部の客がついてこられず、脱落していったが、チカコは無視して突っ走った。そのため、終わったときに拍手したのは客席の半分ほどだったが、その拍手は熱かった。

竜二は席を立った。顔はたぶんひきつっていたと思う。最初は楽屋に訪ねていくつもりだったが、すっかりその気も失せ、彼は正面出口から外に出た。しばらく歩いていると、うしろから、

「来てくれてありがとーっ」

チカコがはあはあ言いながら追いついた。

「舞台から見えてたで。すぐに帰ってまうやなんてひどいやん」

「修業中やし自由きかへん。それに、あした、初高座やから」

「忙しいんや。で……どやった？」

「何が」

竜二はすっとぼけた。

「何が、て今のあたしのやつやん」

「――おもろかった」

「そう」

チカコはほっとしたように破顔した。

「でも、まだまだやわ。半分ぐらいにしかウケてなかったやろ。残りの半分にもウケんと……」

「ネタがシュールすぎるねん。ええんちゃうか、誰でもわかるネタにするより、半分置いてきぼりにしても」

「あたりまえやん。ああいうネタのままで、全員を笑わせたるねん。それが当面の目標や」

興奮した口調でまくしたてるチカコがうらやましかった。

（漫談もええな。落語とおんなじ一人芸やけど、ずっと自由や……）

「明日、聴きにいくわ。がんばってな」

「あ、ああ……」

「どんなネタするのん」

「『平林』ゆう古典や」

「ふーん、知らんわ。おもしろいん？」

「いや……」

つい本音が出てしまって、竜二は口をつぐんだ。

「それやったらいろいろ工夫せな、ウケへんで」

「無理言うな。ネタ覚えるだけで精一杯や」

打ちあげに行くというチカコとわかれたあと、竜二は行きと同様、梅寿の家まで徒歩で帰ることにした。またしてもネタ繰りである。

「たいらばやしかひらりんか、いちはちじゅうのもーくもく、ひとつとやっつでとっきっき。うわっ、なんやほんまにおもろなってきたで。今から帰ったかてどうせ用事させられんねん。今日は一日中、こないして歩いたろかしらん。たいらばやしかひらりんか、いちはちじゅうのもーくもく……」

アホらし。竜二はネタ繰りをやめた。チカコやほかの若いやつらが、あないして新しい笑いを作ろうとがんばってるのに、なんで俺、「いちはちじゅうのもーくもく……」やねん。

明日が初高座だというのに、まるで稽古に集中できない。

（しょうもない……なんで俺こんなことしとんねん。ほかになんぼでもすることあるのに、噺家やなんて、俺、世界で一番アホな選択したんとちゃうか。あ〜あ、あのままバンドやってたほうがなんぼかよかったわ。もしかしたら、カーティスとかのほうが、機嫌ようバイク乗ってるだけ、俺よりましかもな……）

イライライライライライラ。たまたま通りかかった肉屋の店頭で、禿《は》げ頭に鉢巻きをした親父がコロッケを揚げている。顔が完熟トマトのように真っ赤であり、ときおり身体が前後に揺れている。かなり酔っているようだ。湯気のあがる揚げたてのコロッケが金網のうえに並んでいる。いらだちをまぎらわそうと、竜二はそのうちのひとつをひょいとつまみあげ、

「おっちゃん、コロッケ一個もらうで」

がぶっとかじると、ラードの香りとほくほくしたじゃがいもの味わい。

「おっちゃん、なんぼ？」

「五十円や」

竜二はポケットを探った。

（ない……）

財布を持ってくるのを忘れたのだ。竜二は、三分の一ほどかじってしまったコロッケをじっと見つめたが、どうにもならない。

「おっちゃん、ごめん……財布忘れてきてん」

「えっ、おまえ、それ無銭飲食やで！」

「ち、ちがうねん。すぐ持ってくるから」

「そないゆうて逃げるつもりやろ。逃がさへんで」

「逃げたりするかいな。俺は、笑酔亭……」

「わかった。おまえ、滝夫《たきお》やろ」

「——え？」

「滝夫、ようもわしのまえに顔出せたな。娘を返せ、この泥棒がっ！」

「ちょ、ちょっと、おっちゃん、何言うて……」

「殺したる、このガキ。誰か！　誰か来てんか。滝夫が、娘盗んで、コロッケが無銭飲食や」

竜二は逃げた。

◇

パンチパーマをかけたプロレスラーのような巨漢が、羽団扇《はねうちわ》のような大きな手で竜二を張りとばした。

「このダボっ！」

「おまえは明日がどういう日かわかっとんのか。初高座やぞ。おまえのこれからの一生がかかった、大事な日やないか。それをまえにして万引きやなんて、おまえはほんまに……ほんまに……」

竜二を梅寿宅まで送ってきた警官は、どうしてここに難波署刑事課の竹上二郎刑事がいるのかさっぱりわかっていない様子だったが、

「い、いえ、当人は万引きではなく、財布を忘れただけだと申しておりまして、じじ自分もそうだと思います。にに肉屋の主《あるじ》からの通報がありましたので、いちいち一応、派出所で取り調べましたが、とくに問題は……」

警官は、強面《こわもて》の竹上刑事のまえでぶるってしまい、満足にしゃべれない様子だ。

「にに肉屋の主も、娘さんが男にそそのかされて家出した、とかいう私生活上の問題でいらだっていたところだそうで、つい彼を万引き扱いしたものと思われます」

「わかった。ご苦労」

警官が帰ったあと、竜二は竹上刑事のまえに正座させられた。

「おまえ、また悪い癖出したんやないやろな。昔は、コンビニから雑誌パクる常習犯やったからなあ」

竜二は暗い目で刑事をにらんだ。

「言うとくけど、俺はまだ、おまえのこと信用しとらんからな。一回性根の腐ったやつは、なかなか戻らんもんや」

「じゃかあしわ。殺すぞ」

「なんやと？　なんか言うたか」

「………」

そこへ梅寿が来た。すでに酔っており、顔が真っ赤だ。

「騒々しいのう、なんかあったんか」

「あ、お父ちゃん、今な……」

竹上刑事が父親に、事情を説明した。梅寿は黙って聞いていたが、

「コロッケの一個ぐらいどうっちゅうことないやろ。鬱陶《うっとう》しいやっちゃで」

「しゃあけどな、お父ちゃん、金を持たんとものを食べたら、これは犯罪やで。なんぼコロッケ一個でも……」

「わかったわかった。コロッケ代やったらわしが払《はろ》たる」

「そういう問題やないねん。あのな、お父ちゃん、この竜二ゆうやつはな……」

電話が鳴った。兄弟子の梅雨が受話器をとる。

「師匠、明日の独演会の名《な》ビラの件で会社から電話です。竜二の芸名、どうなったか言うてはります」

梅寿は受話器をひったくると、

「今、ごたごたしとんねん。名前？　そんなもん決められるかい。白紙にしとけ！」

がちゃん。

こうして竜二は、芸名のないまま初高座を迎えることになった。

3

来るな来るなと思っていた当日が来た。少しは稽古しようと思ったが、名前のこと、チカコの舞台のこと、コロッケ屋のこと……などなどが頭のなかをぐるぐる回って、結局何もできぬまま、ほとんど一睡もせずに朝を迎えることとなった。

大欠伸《あくび》しながら梅雨とともに難波の「カナイホール」に着いたときから、緊張が津波のように押し寄せてきた。

梅寿は、六十をすぎた頃から、大きなホールでの独演会はほとんどやらなくなった。こういった二、三百席の小さなホールでの会のほうが、気楽でいいのだ、という。本人の言葉を借りると、

「千五百人も入るようなとこで、隅から隅まで笑かすのんがじゃまくそなった」

からだそうである。

今日の出演は、開口一番が竜二で、次が兄弟子梅漫《ばいまん》の弟子、つまり梅寿の孫弟子にあたる笑酔亭漫大《まんだい》、そのあと梅寿が一席やって、中入り。膝《ひざ》がわりが漫才の堀味汎《あじげん》・汎作《ぼんさく》で、トリがふたたび梅寿……という構成だ。出演者であっても、前座にかわりはない。竜二は黙々と開演準備をした。この場から逃げだしたくなってくるのを必死でこらえ、舞台のことはなるべく考えないようにして、手だけを動かしていると、梅雨が近づいてきて、耳もとでささやいた。

「知ってるか。初高座でしくじったら、一生芽が出えへんゆわれてるねん。もちろん俺はノーミスやったけどな」

そして、喉《のど》の奥でくくく……と笑いながら離れていった。わざと緊張をあおりに来たのだ。無視無視。竜二は仕事を続けた。ドアがあいて、梅春が入ってきた。やばい、と思ったが、隠れる場所はない。

「あんた……あれほど言うたのに、髪、切らへんかってんな」

「姉さん、あの……」

「ま、ええわ。その分、高座でがんばってや」

梅春は明るい顔で竜二の肩を、とん、と突くと、ロビーに出ていった。その後ろ姿に向かって竜二は頭を下げ、

(姉さん、やっぱり俺、一生噺家でやっていくかどうか決心ついてません。しゃあから……)

◇

開場十分まえ、松茸芸能の担当者の庭山《にわやま》が血相を変えて竜二のところに来た。

「竜二くん、きみ、名前どないなっとるんや。名ビラがでけへんゆうてスタッフが困ってるで」

「まだ……つけてもろてませんねん」

「な、なんやて。師匠もむちゃするなあ。よっしゃ、俺が一緒に行ったるわ」

竜二と庭山は、楽屋に梅寿を訪ねた。梅寿は楽屋の中央にステテコ姿であぐらをかき、茶を飲んでいた。

「師匠……」

「来とらんやろな」

「何がです?」

「借金取りに決まっとるやろ。あいつら、どひつこいやっちゃで。ええかげん、あきらめさらしたらええのに」

金を借りておいて、それはない。

「師匠、名前のことですけど……」

「おお、忘れとった。何にしたんやったかな」

「いえ……まだ、いただいてません」

「そやったかいな。おまえ、もう初高座の当日やで。今頃まで名前がついてへんて、どうゆうこっちゃねん！」

それはこっちのセリフである。

「師匠、メクリの都合もありますんで、そろそろ……」

担当が口添えすると、

「ごちゃごちゃ言うな。ちゃんとわかっとる」

梅寿が腕組みをしたとき、

「た、たいへんです！」

兄弟子の梅雨が飛び込んできた。蒼白《そうはく》になった梅寿は思わず腰を浮かし、

「来よったか。わ、わしはおらんさかいな。非常口はどこや」

「借金取りとちがいます。ホールの駐車場に……」

遠くから、ばふんばふん……という音が聞こえてきた。顔色を変えるのは竜二の番だった。

「めちゃめちゃ派手な改造バイクが二十台ぐらい、ずらーっと並んでますねん。『義多義多連合会』とかいう旗立ててあったけど、あれ、暴走族ですわ」

続いて、梅春も入ってきて、

「特攻隊みたいなかっこした連中が、開場まえやゆうのに、もぎりに押しかけてきて、『は

よ入れろ』て騒いでます。あれ、もしかしたら竜二くんの……」

みなの視線が竜二に集中し、やむなく竜二はうなずいた。

「たぶん……俺のダチ……」

「アホっ、そんなやつら呼ぶな」

梅雨が怒鳴った。

「呼んだんとちがいます。勝手に来よったんです」

「おまえの友だちやったらおまえが追いかえせ。落語会、むちゃくちゃになってしまう。おまえの責任やで」

梅寿は、彼を制し、

「まあ、待て。金払て来てくれたんやったらお客さんや。客を追いかえすわけにはいかんがな」

「でも、師匠……」

「おまえは黙ってえ！」

一喝されて梅雨は不服そうに引きさがった。

「とにかく普段どおりにしとったらええねん。竜二、一番入れてこい」

「は、はい。でも、俺の名前は……」

「それどこやないやろ！　名前名前てうるさいやっちゃで」

梅寿は、楽屋のテーブルに置いてあった半紙のような薄い紙と油性マジックを取り、殴り書きのような文字で、「笑酔亭竜二」と書いた。

「今日のところはこれでいけ。わかったな」

そう言うと、名ビラを庭山に放り投げた。

◇

「お先に勉強させていただきます」

楽屋を出るときに頭を下げたが、梅寿は、

「おまえ、そんな痣《あざ》だらけの顔でよう人前に出るのう」

と言っただけで、なんのアドバイスもくれなかった。舞台袖に立って、客席をのぞき見る。

「見てみ、へったくそな字で名前書いてあるで。しょうすいてい・りゅうじやて」

「しょうすいて小便のこととちゃうんか」

「小便竜二か、臭い名前やのう」

「こらあ、竜二、はよ出てこい」

「ドラゴン2、出てこんかい」

「せっかくみなで応援に来たったんや。顔見せえ」

最前列に陣取った「義多義多連合会」たちは、大声でがなりたてている。クラクションを鳴らしたり、ホイッスルを吹いたり、小さな太鼓を叩いたりしているものもおり、会場は落語会というよりサンバ大会のようになっている。ほかの客たちは、うしろのほうの席で小さ

くなっている。開演を告げる鳴り物がはじまったが、

「竜二、竜二、竜二、竜二、竜二……」

怒濤《どとう》のごときシュプレヒコールによってかき消されてしまった。

竜二は、ため息をついた。あきらめに近い心境だった。どうせ、彼ひとりの力ではこの事態をどうにもできないのだ。早く終わって、早く帰りたい。そのことだけを考えていた。

出囃子《でばやし》が鳴った。

「竜二、竜二、竜二、竜二、竜二……」

出ていこうとした彼の肩がぐいと掴まれた。振り向くと、竹上刑事だった。

「おい、あいつら、カーティスとトミーとグレイやないか。『義多義多連合会』に入りよったんか」

昔、つるんで走っていた頃、少年課だった竹上刑事にはいろいろとやっかいをかけたのだ。

「おまえの初高座、潰す気やな。よっしゃ、わかった」

彼は、ひとり合点すると、そのまま出囃子に乗って、のっしのっしと舞台に出ていった。そして、最前列をねめまわすと、そのまま客席に降りていき、中央の席にどっかと腰をおろした。

「おい、あいつ、難波署の……」

「竹上や。なんでここにおるねん」

「俺、刑事なんかびびらへんで」

「しっ。黙れ。あいつの怖さ知らんのか」

客席は一転、しん、とした。

出ていこうとした竜二の足がすくんだ。今の今まで忘れていた緊張がぶり返してきたのだ。足が動かない。梅雨の、

「初高座でしくじったら、一生芽が出えへんゆわれてるねん」

という言葉が今頃になって思いだされた。そろりそろりと足を踏みだす。座布団までの距離が何キロにも感じられる。ようやく座布団に座る。ぱらぱらと拍手。出囃子がとまる。喉がからからに渇いている。「えー」と言いだしたいのだが、その「えー」が出ない。何日もおいてあったパンのように、身体ががちがちにかたまっているのがわかる。客席が静まりかえっているのが、かえって竜二の緊張をあおる。

「えー……」

やたらと甲高い声が出てしまった。失笑が聞こえる。客席からも、舞台袖からも。

「しばらくのあいだおつきあいを願います。『これ、定吉、定吉』……」

口がねちゃねちゃと粘つく。何をしゃべっているのか自分でもわからない。客席からは、くすり、とも笑いが起きない。竜二はだんだん頭がぼーっとしてきた。もう、あかん……あかん……あかん……。

そのとき。

「滝夫、どこや、滝夫っ！」

馬鹿でかい声が、ロビーのほうから聞こえてきた。

「お客さん、困ります」

庭山の声もする。

「じゃかあしい、邪魔だてすな。わしは滝夫のガキをどつかな気ぃすまんのじゃ」

「そんな人はいません」

「おる。今日、ここの落語会に出とるて、わしは娘に聞いたんじゃ。はなせ、こら、はなさんかい、ダボ！」

禿げ頭に鉢巻きをし、ずぶろくに酔った男が客席に乱入した。その顔を見て、竜二は呆然《ぼうぜん》とした。

(肉屋のおっさんや……)

男は、パイプ椅子をひっくり返しながら、よろよろと舞台に近づいてくる。

(滝夫て、今日の出演者の誰かの本名やろか……)

竜二がそんなことを思っていると、男は突然両手を振りあげ、

「や、やっぱりそうや。こないだの万引き野郎、おまえが滝夫やったんか。これが動かぬ証拠じゃ。もう逃げ隠れでけんぞ」

絶叫しながら、舞台へあがってきた。

「このガキ、わしの娘、たぶらかして、駆け落ちしやがって。娘にはわしの決めた許嫁《いいなずけ》があったんじゃ。わしの顔潰しやがって、こ、こ、殺したるっ」

泥酔男は、竜二を殴りつけた。ふらふらのパンチだったが、座っていただけによけきれず、まともに右目にくらってしまった。竜二は、メクリに寄りかかるようにして倒れた。

「おっさん、俺らのダチに何しよんねん」

「引きずりおろせ」

「どつきまわしたれ」

「こら、やめっ、やめいっ。おまえら逮捕じゃあっ」

カーティスたちの叫び声と、そこに割って入る竜上刑事の叫び声を交互に聞きながら、竜二は気を失った。

4

額のひやりとした感触で、竜二は目を覚ました。頭に冷やした手ぬぐいが載せられていた。

「あ、気がついた？」

声のしたほうに、顔を向ける。女性が、洗面器に手ぬぐいを浸そうとしているのが見えた。竜二はあわてて身体を起こした。

「すいません、梅春姉さん……」

「あんた、どつかれて、目ぇまで悪なったんとちゃう？　あたしや、チカコや」

「あ……なんや、おまえか」

「なんやとはなんや。せっかく手当てしたったのに、もうやめるわ」

「すまんすまん。ここは……」

まわりを見回すと、四畳ほどの狭い部屋だ。どうやら予備の楽屋らしい。

「あれからどないなった？」

「酔っぱらいのおっさんは、逃げてしもた。そのあと刑事さんが暴走族の子ぉらを別室で取り調べたけど、何もわからんかったみたいやわ」

「高座は……？」

「さっき、笑酔亭漫大さんが演《や》らはって、今、梅寿師匠があがってはる」

「ほな、もうすぐ中入りか」

竜二は、肩を落とした。

「どないしたん」

「――俺の初高座、ふっとんでしもた」

「ええやん、そんなんどうでも。それより、あんた……あれ、ほんま？」

「あれて……？」

「あんたが、さっきのおっさんの娘さんたぶらかして駆け落ちしたゆう話。そんな人間やと思わんかったわ」

「あ、アホ言え。俺、そんなこと……」

「そうゆう無責任なことしてたら、あとでえらいことなるで」

「してないゆうてるやろ！」

竜二は立ちあがった。楽屋へ行かねばならぬ。

「言うとくけど、あんた、顔、めちゃめちゃになってるで」

わかっている。ただでさえぼこぼこだった顔面のあちこちがいっそう腫れあがっているのが、さわらなくてもわかる。竜二は、濡《ぬ》れ手ぬぐいを顔に押し当てながら、部屋を出た。

◇

「お、気ぃついたか。えらい目におうたなあ」

笑酔亭漫大が言った。楽屋には、ちょうど高座を降りてきた梅寿をはじめ、漫大、梅春、梅雨、それに、漫才の堀味汎・汎作の六人がいた。梅春は、竜二が寄りかかって倒したために破けてしまったメクリを修繕していた。

「不細工なとこ見せてすんません」

そんな気もなかったが、竜二は一応殊勝に頭を下げた。

「むちゃくちゃな親父やで。舞台にあがってきて、出演者をどつきまわすやなんて。きみもとんだ災難やったな」

堀味汎が言うと、梅雨が、

「でも、こいつのやったこと考えたらしかたないでしょう。おい、竜二。おまえ、なんぼ噺家やゆうても、人の道にはずれたようなことしたらどうなるか……わかってるやろな」

「俺はなんもしてません」

「ほたら、なんであのおっさんがおまえをどついたんや。今日の落語会に出てるて娘さんが言うてはったそうやし、動かぬ証拠がある、ともゆうとったやないか。口先でごまかしてもあかんぞ。――師匠、こんなやつ、うちの一門の恥です。破門にしてください」

「おまえは差し出口さらすな！」

梅雨を一喝しておいてから、梅寿は竜二に、

「あんまり素人の娘はん泣かしたらあかんで」

「してません！」

「ほんまに身に覚えないのんか」

「はい」

梅寿はじっと竜二の目を見つめていたが、

「おまえも案外甲斐性《かいしょ》なしやな。ほな、あの男の言うとったことは全部でたらめか」

竜二はふと、梅春が直しているメクリを見た。あの泥酔男は、俺のことを「滝夫」やゆうとった。滝夫……。

「師匠、ちょっと耳貸してください」

竜二は、梅寿の耳にこそこそとなにごとかをささやいた。

「ふーん、やっぱりそうか！」

梅寿は露骨にベタな演技で膝を叩いた。

「わしの考えとまるで一緒や。おまえもなかなか隅に置けんのう。ま、わしはとうに見抜いとったことやけどな」

「ほな、師匠は、なんであの男が竜二のことを滝夫やゆうとったんかわかってはったんですか」

漫大が勢い込んで言った。

「無論や。これは……『平林』やな。ひとつの漢字のなかに、ほかの漢字が見つかることもある」

竜二の言ったとおりのセリフを梅寿は口にした。

「ふっふっふ、わからんか。メクリや。竜二の出番のとき、メクリにはありあわせの薄い紙にわしが書いた『笑酔亭竜二』ゆう字が縦に並んどったはずや」

「はあ……」

「薄い紙やと、下の字が透けて見えることもある。次の出演は、漫大、おまえやったな」

漫大は、ハッと気づいたように、

「そうか。『漫大』ゆう字が『竜二』と重なって……」

「『滝夫』に見えた、ゆうわけや。あの親父はずぶろくに酔うとったさかいな」

一同はうなずいたが、堀汎作が、

「しゃあけど、あの親父、滝夫は今日の落語会に出てるて言うてましたけど」

「そ、それはやなあ……」

梅寿がこそっと竜二に目を向けたとき、

「申しわけありませんでしたっ！」

楽屋のドアがあけられ、小柄な女性が飛び込んできた。耳がやたらと大きいその顔を見て、さすがの竜二も驚いた。

「あんたはたしか……」

梅寿の問いに、深々と頭を下げ、

「はい。先日、番組で失礼なことを申しあげました、タレントの三谷耳子です。今日はうちの父が……」

三谷耳子は、彼女の背中に隠れるようにして立っていた人物をまえに押しだした。それは、さっきの泥酔男だった。すっかり酔いがさめたらしく、うなだれきった男を見ながら梅寿はほっとした表情で、

「ま、だいたいのとこはわしもわかっとんのやが、あんたの口から説明してもろたほうがええ。こっちに入ってもらおか」

◇

三谷耳子の話はこうだった。

タレントとして仕事をしているうちに、滝夫という男と知りあい、将来を誓いあうように

なったが、頑固で勝手な父親は、大手食品会社社長の息子との結婚話を強引に進めてしまった。父親は、滝夫と手を切らせるため、彼がどこの誰であるか娘から聞きだそうとしたが、彼女はがんとして言わなかった。そのうちに、父親は娘のあとを尾《つ》けたり、メールをチェックするような行動に出たため、憤った娘は家を飛びだした。

しかし、父親はともかく、母親のことが心配なので、久しぶりにこっそり戻ってみると……。

「べろべろに酔うたお父ちゃんに見つかってしもて、滝夫ゆうやつの居場所を言え、言わんとお母ちゃんとおまえを道連れに心中する、言われたとき……こないだ番組で聞いた、今日の梅寿師匠の独演会のことが、ふっと頭に浮かんだんです。それで、つい……」

「滝夫は芸人で、この会に出演しとる、言うてもうたんか」

三谷耳子はうなずいた。

「そしたら、お父ちゃん、どこかに行ってしもたんです。みんなでさがしてたら、急に戻ってきて、梅寿師匠の会に行って滝夫を殴ってきたった、言うんで、もうびっくりして……。あわてて飛んできました。竜二さんや師匠にはどれだけ謝ってもたらないと思いますが、どうか……どうかアホな父と私をお許しください」

三谷耳子はその場に両手をついて、頭を床にこすりつけると、

「お父ちゃんも、はよ、謝りっ！」

「い、いや、わしは……」

「謝りなさいっ」

娘に禿げ頭をぺしゃっと叩かれ、男は鉢巻きをはずして、娘の横に並んだ。

「すんまへん。わし、酔うたらわけわからんようになるんで、会をめちゃめちゃにしてしもて、ほんまにすまんことです」

酒さえ飲んでいなければ、おとなしい男のようだ。

「いやいや、手ぇあげなはれ」

梅寿が言った。

「あんたが娘はんのことをかわいがっとるのはようわかる。しゃあけど娘はんももう、ええ大人や。外で仕事もばりばりこなしとる。その娘はんが自分で選んだ相手やないか。気ぃよう許したるのが親の道とちゃうか」

そう言ってから、三谷耳子に目を向け、

「ほんまの滝夫は、どこにいとるんや」

「え、でもそれは……」

「もう、言うてしまえ。あんたもいつまでも親から逃げててもしゃあないやろ。これが私の選んだ人やゆうて、その男を堂々と親に見せたらんかい。そのうえで親が『あかん』ゆうたら、そのときはじめて駆け落ちでも心中でもなんでもしたらええねん」

「師匠、そんな、娘たきつけるようなこと……」

泣き声をあげた父親を無視して、三谷耳子は大きな耳を真っ赤に染め、

「実は彼……あの番組のＡＤをしてるんです」

「おお、あの男かいな。あいつはなかなかのやつや。わしが保証する。なんせ、わしの大ファンやさかいな」

「え？　滝夫さん、そんなこと言うてました？」

その言葉に、梅寿のこめかみがぴくりと動いたが、自制心が働いたらしく、

「あとは客席でのんびりわしの落語でも聴いて、帰ってくれたらええわ。これでふたりとも一応は仲直りや。竜二、酒持ってこい」

「へ？」

「何きょとんとしとんねん。喧嘩の手打ちは酒て決まっとるやろ。はよ、持ってこい」

竜二が差しだした茶碗に一升瓶からなみなみと冷や酒を注ぐと、梅寿はそれを父親に突きつけた。

「さ、あんたからいっぱいいいけ」

「師匠、わし、酒は……」

「そうなんです。お父ちゃん、酒入ったら、また……」

「かまへん」

梅寿は即座に断言した。

「酒ゆうのはそういうもんや。ま、ほどほどに飲んだら百薬の長。ぐーっといきなはれ」

「そ、そうでっか。師匠がそう言わはんのやったら」

男は茶碗の酒を飲みほし、竜二に向かって、

「そちらの若いかたも、ひどい目にあわせてしもてすんまへんでした。痛かったやろと思いますわ。ほんまに申しわけない」

「気にしなはんな。たいしたこっちゃない。こいつは殴られ慣れしてまんねん。うはははははは」

そのとき、腕時計を見ながら庭山が入ってきた。

「師匠、そろそろ休憩終わりますけど、どないしましょ」

梅寿はうなずき、

「竜二、あがれ」

「えっ」

「初高座のやり直しや。行け」

すっかり忘れていた緊張の目盛りがいきなりはねあがった。

5

出囃子が鳴った。足がすくむ。脇の下を冷や汗がつたう。まるで既視感《デジャヴ》のようだ。座布団に座り、深呼吸ひとつして、

「えー、しばらくのあいだ、おつきあいを願います」

そこまで言ったとき、頭のなかが真っ白になった。次のセリフが出てこない。客席は水を打ったようにしーんとしている。

「えー……えー……」

何も思いだせない。だめだもうおしまいだ……。

「これ、定吉やろ！」

客席から声がかかった。トミーだ。そうか、「これ、定吉」だった……。

「『これ、定吉、定吉』『へーい』『なんや、そこにおったんか。おまえは返事がうれしいな。奉公してるときは、立つよりも矢声というて返事が一番じゃ。朝起きるときでもそやで、定吉起きなさいやと言われたら、起きるのは少々遅なってもかめへんさかい、返事だけは一番にしなはれや』……」

すらすらとよどみなくセリフが出てくる。店の主人が丁稚を怒鳴りつけ、場面が転換した瞬間、

「初高座にしてはうまいやないか、鶏冠頭」

カーティスだ。タイミングのよいかけ声。ほかの客が、竜二の髪型を見て大笑いした。

「ほんまや、鶏の鶏冠みたいやな」

「けったいなやっちゃけど、これが初高座やて」

「ええときに来たなあ」

客たちのささやきあう声。竜二は、すっかりリラックスしてしまった。どんどんテンポよくセリフが口から出てくる。丁稚が、「平林」という漢字が読めず、右往左往するあたりでは、自分でもびっくりするぐらい客席が反応した。「義多義多連合会」の連中も、腹を抱えて笑っている。その手応えに、竜二は身体がぞくぞくするのを感じた。サゲを言い終えて、高座を降りるとき、

（終わりたない。もっとやってたい）

とまで思った。しょうもない噺だと思っていた「平林」で、これだけ客が笑うのだ。たしかに人名漢字の読みかたはむずかしい。それで、混乱が起きるというのは、現代でもありうることだ……とそこまで考えたとき、思いだした。同じようなことを梅寿がテレビ局で口にしていたのだ。

舞台袖で、梅春と梅雨が迎えてくれた。

「よかった。ほんまやで。教えた先輩がよかったんやろけどな」

梅春は満面の笑みで言った。

「まあまあかな」

梅雨はくやしそうに言った。

ふたりに礼を言い、師匠に挨拶《あいさつ》するために楽屋へ戻ろうとすると、途中でチカコが待っていた。

「めっちゃ笑《わろ》た。いろいろギャグ入れたりして工夫したんやろ」

声がはずんでいる。

「いいや、なんも変えてない。教わったとおりや」

「ふーん……古典落語もおもろいねんなあ……」

それは今の竜二にとって最高のほめ言葉だった。

◇

楽屋には梅寿がひとりで座っていた。

「お先に勉強させていただきました」

茶をすすりながら、梅寿はうなずいた。「どやった」とも何ともたずねない。

「最初、つまずきましたけど……なんとかいけました。昔の友だちが、ええとこで声かけてくれたんで……」

「わかっとる。聞こえとった」

それで終わりだった。愛想もくそもない。

梅寿の着替えを手伝い、舞台袖までついていく。膝がわりの堀味汎・汎作の漫才が終わり、トリの梅寿が高座にあがった。

「もう一席のところをばおつきあい願いまして、おひらきでございます。これもごくお古いお噂《うわさ》で、男のひとの道楽をば、飲む、打つ、買う、これをさんだら煩悩《ぼんのう》と申しまして、ことにこの、女のかたと遊ぶゆうのはなかなか楽しいもんでございますが、今日はこの、女郎買いのお話でございます」

　そこまでしゃべったとき、客席から、

「エロジジイ!」

　大声である。見ると、あの禿げ頭の親父だった。いつのまにかまたべろべろに酔っている。

「誰がエロジジイじゃ!」

　梅寿が、三倍ぐらいの怒声をたたきつけると、男は怪訝《けげん》そうな顔で、メクリを指さし、

「そこに書いてあるがな、エ・ロ・ジ・ジ・イて」

　竜二は思わず吹きだした。メクリを担当したものが気づかなかったのは不思議だが、めくったときに名ビラが破れて折れ、「笑酔亭梅寿」の名前のうえに、「堀味汎・汎作」の左半分、つまり偏《へん》の部分だけが重なっていたのだ。

　場内は大爆笑になり、梅寿も笑いだしてしまい、あとは落語にならなかった。

◇

　終演後、ロビーに出ると、突然、特攻服の二十人ほどに取り囲まれた。カーティスとグレイ、トミーが進みでて、

「おもろかったわ。俺はじめて落語て聴いたけど、おもろいもんやな」

「…………」

「ほんまはおまえの初舞台、ぶちこわしたろと思てたんやけど、休憩時間にな、おまえの師

匠のおっさんに俺ら呼ばれて、友だちの初高座やねんから応援したらんかい、言われたんや。ええとこで、鶏冠頭！　ゆうたれ、てな」

　知らなかった……。

「あのおっさん、なかなか話せるわ。おまえ、ええとこ弟子入りしたな」

「そやな」

「また皆で来るわ。がんばれよ」

　駐車場まで送っていき、彼らがド派手な改造バイクにまたがるのを見届けたとき、

「竜二ーっ！」

　ステテコ姿の梅寿が楽屋の裏口から駐車場に走りでてきた。

「どないしたんです、師匠」

「話はあとや。そのバイク、どれでもええから乗せてくれ！」

「わかった、おっさん、ここ乗れや」

　梅寿はカーティスのバイクのうしろにまたがった。竜二もグレイのバイクに乗った。

「どこでもええから、ここから離れてくれ。ばんばん飛ばせ」

　ばふんばふんばふん。二十台の改造バイクが轟音《ごうおん》をあげて駐車場を走りでたのと、裏口から黒服にサングラスの男たちが現れるのが同時だった。

「行けーっ、スピード出せーっ、はよ行けーっ」

　梅寿は、カーティスの背中を両手でばしばし叩きながら怒鳴りつける。国道に出たあたり

で、梅寿が叫んだ一言を聞いて、竜二は暗澹《あんたん》たる気分になった。

「決まったーっ、竜二、おまえの名前は……笑酔亭梅駆《ばいく》やーっ！」

住吉駕籠

すみよしかご

大阪と堺を結ぶ住吉《すみよし》街道。ここに出ておりましたふたりの駕籠《かご》屋さんの滑稽《こっけい》商売繁盛記。

堂島の相場師をジキと呼ぶのは兄貴、姉貴のようにおじきに由来すると聞きました。そのジキにも強気と弱気の2《ツー》タイプあったそうです。これは『米揚げ笊《いかき》』という噺《はなし》にも出てきますが、「堂島の朝の一声は天から降る」といい、その日の辻占見徳《つじうらけんとく》をしました。強気の人は「あがる」「のぼる」と言うと喜び、反対に弱気の人は「さがる」「くだる」と言うと喜びます。カンカンの強気の人に向かって「さがる」だとか「くだる」「おりる」は絶対にタブーなのです。

酔っぱらいの件《くだ》りは三度同じことを繰り返しますが、少しずつ言葉の具を少なくしていき、とど、駕籠屋に「知ってるやろ」「知ってます」「……」「よう知ってます」。そのあと駕籠屋が反対に言い負かすところは、聞いているほうも演者も胸のすく思いがします。

ここで大きな山場を迎えますので、このまま切ってしまうやり方もありますが、『くも駕籠』となるとサゲまでいかないと成立しません。

街道筋の曲者の駕籠かきを「くも助」と呼びました。所在不定で空に浮かぶ雲のように風のまにまに居場所を変えるところからきています。また街道筋で網を張っているところから「蜘蛛《くも》助」とも呼ばれていました。その「くも助」の担ぐ駕籠が「くも駕籠」です。

スパイダーマンの担ぐ駕籠は魔の手から救ってくれるので「くも加護」でしょうか。

（月亭八天）

1

「なあ、おまえ、新作やってみいひんか」

しゃがれた声でそう言われた竜二は、怪訝《けげん》そうな顔で振り向いた。楽屋に通じる廊下で声をかけてきたのは、頭を角刈りにした、四十がらみの痩《や》せた男だった。目つきが鋭く、頬骨《ほおぼね》が高く、右頬に縦に深い傷痕《きずあと》があるという凄《すご》みのある顔つきで、どう見ても頭に「や」のつく稼業に思われるこの人物、実は竜二の兄弟子の笑酔亭梅毒《ばいどく》である。兄弟子といっても、二十歳以上年上だし、これまでほとんど話をしたこともない相手だ。缶ビール片手に、へらへら笑っているが、その実、目はまっすぐ竜二をえぐるように見据えている。

「はあ……でも……」

「新作はおもろいで。おまえやったら、ぴったりやと思うねん。今度、川西能勢口《かわにしのせぐち》で、俺が主催しとる新作落語だけの会、あんねやけど、おまえも出したるわ。どや」

どや、と言われても、あまりに急な話である。

「ま、考えといて」

口ごもった竜二に、ドスをきかせた声を押しつけた梅毒は、ぐーっと缶ビールを飲みほし、手近な空き缶入れに投げ入れると、肩で風を切るような歩き方で去っていった。竜二が、首をひねりながら楽屋へ戻ろうとしたとき、姉弟子の梅春がすっと近づいてきて、

「あんた、兄さんになんか言われた？」

「え？　べつになんも」

「それやったらええけど……あんまり梅毒兄さんにかかわらんほうがええで」

「なんでです？」

「なんでもや。それより、『駕籠《かご》』、覚えたか？」

駕籠、というのは「住吉駕籠」のことだ。

笑酔亭梅駆という名前をもらって、「平林」で初舞台を踏んだあと、竜二は、「東の旅」、「犬の目」、「つる」、「十徳」……と順調にネタを増やしていた。もちろん、師匠の梅寿はまったく稽古《けいこ》をしてくれないので、すべて梅春につけてもらったのだ。高座も、小さな落語会の前座としてではあるが、それなりに場数を踏み、今や、どこに出しても恥ずかしくない「噺家《はなしか》の前座」となっていた。その特殊な髪型をのぞいては。

そんな竜二に、梅春は「住吉駕籠」の稽古を命じた。「住吉駕籠」は、これまでに覚えた前座噺に比べると、かなりの大ネタである。登場人物も多く、ストーリーも起伏があって、うまく演じるにはそれなりの力量が要求される。

「あ……ぼちぼちです」

「ぼちぼちやったらええけど。明日、また稽古に来《き》いや」

「ありがとうございます。一時にうかがいます」

竜二は頭を下げたが、実際はぼちぼちどころか、ほとんどゼロに近かった。竜二は、悩んでいた。その悩みが、ネタ繰りへの没頭を妨げていたのだ。

向こうに行きかけた梅春の背中に、竜二は言った。

「あの……姉さん」

「何？」

「新作落語て、どない思いはります？」

「せやねえ……」

梅春の眉間《みけん》に皺《しわ》が寄った。

「ええ悪いはともかく……師匠は新作は嫌《きろ》てはるわ」

「そうなんですか。姉さんは？」

「私も新作は好かん。私は、師匠の古典にひかれて、この世界に入ったんや。誰に何と言われようと、古典落語にこだわっていくつもり。師匠はいつも、『古典のなかにはすべてが入っとる』て言うてはる。師匠の噺聴いてたら、昔の、古き良き大阪が目のまえにほんまにあるみたいに思うときあるねん。新作で、そんな気持ちになるやろか」

「はあ……」

「梅毒兄さんに何言われたかしらんけど、変な色気出したらあかんで。死ぬまで古典一筋で行け、とは言わへん。たまには、芸を広げるために新作やるのもかまへんよ。でも、それはずっとずっと先のことや。古典をひととおりできるようなって、落語の基礎がしっかり身についてからやったら、たまには新作手がけるのも悪いことやない。でも……とにかく今は『駕籠』や、『駕籠』。ええな」

どうやら梅春には、竜二に梅毒が何を言ったのかお見通しのようであった。

◇

今日は、新世界にある「もんホール」での月一回の定例落語会である。「もんホール」は、ジャンジャン横町の洋食屋「もん」の主人が、趣味がこうじて店の三階を改装して作った小ホールで、落語会の名称も正式には「もんホール寄席」だったが、ジャンジャン横町の焼き肉の臭《にお》いが客席にまで漂ってくるので、出演者は皆「ホルモン寄席」と呼んでいた。竜二は手伝いに来ていただけだが、梅春や梅毒は出演者である。

もちろん同門である以上、竜二も梅毒の噂《うわさ》を少しは耳にしていた。なかなかとんでもない人物であるらしい。師匠の梅寿にも劣らぬ酒好きだが、酒癖が悪く、毎日へべれけになるまで酔うと、師匠やほかの大御所の批判をする。喧嘩好きで、客席とのトラブルもしょっちゅうだし、よその一門の生意気な後輩をブロックで殴って大怪我をさせた逸話は有名である。独演会のチケットの売り方も強引で、行きつけのスナックの客を脅しつけてむりやり引き取らせたことがわかって、松茸芸能をクビになり、今はフリーで活動している。ここ十年ほどは古典をせず、新作に専念しているというが、竜二はまだ高座を聴いたことがなかった。

舞台では、もたれの梅春が「天災」を演じている。相変わらず、あまりウケない。メリハリのきいた、いい高座だと思うが、なぜか客席に笑いは少ない。汗だくになって降りてきた梅春が、次にあがる梅毒に、

「お先に勉強させていただきました」

と頭を下げると、梅毒はにやりと笑い、

「いつもながらつまらん落語やな。欠伸《あくび》のしすぎで、顎《あご》はずれそうになったわ」

「な、なんですて、兄さん！」

気色《けしき》ばむ梅春に、

「怒ったら、ちょっとええ女に見えるから不思議や。ほな、ちょっと行って、稼いでくるわ」

〈浪花恋しぐれ〉を編曲した出囃子《でばやし》に乗って、梅毒は高座にあがった。客席から、

「待ってました、梅毒！」

「後家殺し！」

の声がかかる。

「姉さん、後家殺し、て何のことです？」

かたわらの梅春に質問した竜二は、ふと彼女の顔を見て、しまった、と思った。梅春の頬

には涙の筋がついていた。

「え？　ああ、後家殺しかいな……」

竜二から顔をそむけて、目をこすりながら、梅春は言った。

「梅毒兄さん、掛井《かけい》病院ゆう病院の院長の未亡人とええ仲やねん」

「掛井病院ゆうたら、昔、天王寺にあった、あの病院ですか」

「そや。掛井佳枝《よしえ》はんゆうて、今はおもやつれしてはるけど、年齢差し引いてもごっつい別嬪《べっぴん》さんやで。たぶん兄さんがうまいこと取りいったんやろな。このことは、ごっつい有名やで」

「ヒモみたいなもんですか」

梅春はうなずいた。

「もともと、その院長先生が落語好きで、ホールに通ったり、自分の病院で落語会を開いたりしてたんや。まあ、おダンやね」

おダンは、相撲でいうタニマチのことで、噺家にごちそうしたり、自腹で落語会を開催したりする、一種のパトロンである。

「掛井先生が亡くならはったあとは、佳枝はんが兄さんのおダンになって、いろいろ応援してはったんやけど、そのうちに兄さん、ずるずる掛井家にいついてしもて、すっかり旦那気取りになってな。あの頃は、佳枝はんと兄さん、ふたりでよう、温泉とかあちこち出かけてはったわ」

「へー、熱々やったんですね」

「せやけど、兄さん、ああいう人やさかい、いつまでもじっとはしてへんわ。しばらくは控えてたみたいやけど、またぞろ飲む打つ買うのさんだら煩悩《ぼんのう》再発や」

「でも、噺家なんやから少しは……」

「少しやったらええけどな、兄さんは、やりだしたらとことんのめり込むタイプやねん。そら、芸人である以上、多少の賭け事はつきものやけど、兄さんは、本職さんに混じって賭博場に日常的に出入りしてるみたいで、なんべんも警察のご厄介になってはるねんて。やーさんとのつきあいもあるみたいで、いっぺんなんか、独演会のまんなかへんの席に、暴力団の幹部連中がずらっと並んでたことあってな、そこからまえの席はガラガラで誰も座ってへんねん」

　その光景を想像するだけで怖い。

「女もとっかえひっかえやったで。いつも、ちがう若い女を連れてたわ。それをわざと、佳枝はんに見せつけるねん。しまいに、とうとうクスリの取り引きで捕まりはってな、しばらく塀のなかやったけど、出てきてからもおんなじや。なーんにも改まれへん。二年ほどまえかなあ、病院も自宅も別荘も差し押さえにおうて、何もかんも人手に渡ってしもた。ぜーんぶ兄さんの博打のかたやろ。佳枝はん、今は、たしか昭和町の長屋に梅毒兄さんと住んではるはずやで」

「むちゃくちゃですね」

「そう、むちゃくちゃや。今でも、山のように借金あるのに、新作の会をやるゆうて、また借金重ねてるらしいわ。佳枝はんにも、始終、暴力ふるってるみたいやし……」

「師匠は何《なん》にも言わんのですか」

「師匠は……遊びも苦労も芸の肥やしや、ほっとけ、言うてはる。でも、程度もんやろ」

そりゃそうだ。警察に逮捕されたり、他人の財産を浪費したりするのが「遊び」のうちとは思えない。

「その奥さん、こどもはいてへんのですか」

「いてはるよ、ひとり。男の子や。小さい会社に就職したんやけど、梅毒兄さんのことが原因でクビになったらしいわ。兄さん、掛井先生が生きてはる頃から佳枝はんと関係あったんちゃうか、て噂するもんもおるさかい、きっと、兄さんのこと恨んでると思うで」

竜二はぼんやり思った。破滅型、というのか、自分をそういう状況に追い込んでいく人間がたまにいるものだ。芸人や、ミュージシャン、芸術家などに多いと思われるが、天才的なものを持っていながら、酒やクスリ、博打などにおぼれ、自分を見失っていき、ついには身を持ち崩して悲惨な末路をたどる。周囲がいくらいさめても、本人がそれを望んでいるのだからどうしようもない。一昔前の芸人、ミュージシャン、小説家などのイメージが頭のなかにできあがっているのだろう。

「でも、不思議なもんでな、兄さん、素行が悪なればなるほど、あないして人気があがるんや。スポーツ新聞に記事が出るたび、『また梅毒が客どつきよった』、『酒で舞台に穴あけるとは、さすが梅毒や』……私にはわけわからんわ。兄さんのことを、初代春団治《はるだんじ》みたいに思とるんかな」

「ショダイハルダンジ……て誰です？」

梅春は、露骨にずっこけた。

「あ、あんた、初代のこと知らんと、私の話聞いとったん？」

「はい」

「後家殺しのこととかも？」

「はい」

「あのなあ……私ら上方の噺家の大先輩やで。ちょっとは勉強しとき。芸のためなら女房も泣かす……ゆう歌、知らんか？」

「ロックしか聴きませんから」

「明治の終わりから昭和のはじめにかけて活躍した、初代桂春団治ゆう噺家がいてはったんや。爆笑王の異名をとってな、たいへんな人気やったらしいわ。――知らん？」

竜二は強くうなずき、梅春はため息をついた。

「道修町《どしょうまち》の大金持ちの後家さんがパトロンにならはったんで、『後家殺しの春団治』ゆうて有名になってんけど、このひとも素行はめちゃめちゃで、借金がかさんで、とうとう家を差し押さえられたとき、その差し押さえの紙を舌に貼りつけて写真を撮ったそうや。つまり、今のお客さんは、その初代春団治と梅毒兄さんを重ね合わせてるわけ。わかった？」

「お客さんはみんな、落語のことよう知ってはるんですね。感心しますわ」

「あんたが知らなすぎるんや！」

梅春は、竜二の後頭部を「ぺしっ」とはたくと、憤然として行ってしまった。そのとき、客席から爆笑の渦がわき起こり、竜二の耳は自然と高座に向いた。

「……わしを誰やと思とるんや。泣く子も黙る『ハローキティの政』とは……誰のことや？」

また、どっと笑いが起きる。さっきまで、梅春の高座に沈み込んでいた客と同一とは思えないほど、梅毒の一言ひとことにびんびんした反応を返してくる。途中から聴いたにもかかわらず竜二はすぐに引き込まれ、夢中になってしまった。

まず、すばらしいのは彼の「声」だ。しゃがれた、ハスキーな声の魅力。そして、「落語演《や》るのが嫌なんかい！」とつっこみたくなるほどのぶっきらぼうな語り口。噺は梅毒の自作のようだが、登場するヤクザものや不良少女、暴走族、博打打ち……といったアウトローたちの描写がすごい。彼らがいきいきと躍動している。とくに、

「おんどれ、服のうえから胃袋摑《つか》んで、ぶしゅっと押しつぶしたるぞ」

というセリフなど、鉈《なた》で割り木を叩き切るような迫力があった。ネタも、現代性の横溢《おういつ》したテーマを扱い、それだけでも客の関心をひくに十分だが、個々のくすぐりの尖《とが》りかたも鮮烈で、小劇団の芝居を見ているような斬新さがあった。

（これや……）

竜二は思わず知らず、舞台袖で拳を握りしめていた。何かを摑んだ、と思った。

（これこそ「新しい笑い」や……）

客も、古典を聴いているときとはちがい、貪欲にギャグに食いついてくる。爆弾が落ちたような笑い声が、そこここで巻き起こっている。

（なにが「つる」や、なにが「寿限無」や、なにが「東の旅」や。どれもこれも今どきの噺やない。めちゃめちゃ古くさい、明治とか江戸時代のネタや。俺は、こんな風な「今の笑い」がやりたいねん。これやったら、漫才とかコントにも対抗できる。新作や新作や新作や新作や……！）

興奮した竜二は、降りてきた梅毒に、お疲れさまでしたも言わずに頭を下げた。

「兄さん、お願いします。新作の会、出させてください」

2

「あかん」

梅寿は、寝そべったままにべもなく言った。「ホルモン寄席」の翌朝のことである。竜二はすりきれた畳に額をこすりつけ、

「お願いします、師匠。どうしてもやりたいんです」

「おまえにはまだ早い」

「早いて……どのぐらい早いんですか」

「百年は早いな」

そう言うと、梅寿は、だふっ、とげっぷをした。

「百年て……それって、一生やるな言うことやないですか」

「そんなことない。おまえが百五十まで長生きしたらええがな」

横になった状態で湯呑《ゆの》み茶碗の酒を飲みほすと、一升瓶から片手だけで器用におかわりを注ぐ。

「もう、この話は終わりや。おまえ、今、ヒデコのとこで何稽古しとる」

梅寿が「終わりや」と言ったら、それは二度とこのことを話題にしてはならないという意味である。

「――『住吉駕籠』ですけど」

「住吉駕籠」は、別名を「蜘蛛《くも》駕籠」ともいう。

住吉街道で客待ちをしている駕籠屋が、まちがえて近所の茶店の親父を乗せてしまったり、武士に面倒な用事を頼まれたり、乗る気のない夫婦連れにさんざん値切られたり、酔っぱらいのたわごとを延々と聞かされたりしたあげく、堂島の米相場師の旦那を乗せることになる。気前のいい上客だと喜んだのもつかのま、駕籠を持ちあげてみると、信じられないぐらい重い。重いはずで、駕籠屋が目をはなしているすきに、こっそりもうひとりの旦那が乗り込んでいたのだ。ふたりの旦那は、駕籠のなかで相撲を取りはじめ、大暴れ。ついには駕籠の底が抜けたが、乗った相場を途中で降りたことのない、カンカンの強気で知られるふたりの相場師は降りるに降りられず、なかで歩くはめになる。本来、担ぎ手はふたりだから足は四本のはずが、この駕籠は足が八本ある。見ていたものが、

「あれがほんまの蜘蛛駕籠や」

くすぐりも多く、登場人物も多種多様なので、演じるにはただでさえ相当の力を要するネタであるが、「駕籠」という、現代人には身近でないものを素材としているので、そのあたりのむずかしさも付加される。

「『駕籠』か。おまえやったらでけるやろ。今はそれを仕上げることに専念せえ。ええな」

だが、竜二はせっかくのチャンスを手放したくなかった。

「お願いします、師匠。古典の稽古もちゃんとしますから、新作も……」

「じゃかあしい！」

梅寿は、いきなりがばと上体を起こし、一升瓶を逆手に持って、竜二の頭めがけて、槍のように突きだした。瓶の底のかどが、見事に竜二のこめかみを直撃し、「ごっつん」という間抜けな音とともに瓶が割れて、残っていた酒が滝のように彼の頭に降り注いだ。薄れていく意識の底で、竜二が最後に耳にしたのは、

「ああ、もったいな。酒、わやになってもた」

という言葉だった。

◇

気がついたとき、竜二は布団に寝かされていた。起きあがろうとすると、頭蓋骨《ずがいこつ》がきしむような感じの頭痛が襲ってきた。手でさわると、分厚く包帯が巻かれている。どうやら気絶していたらしい。

「あ、目ぇさめたんか」

入ってきたアーちゃんがそう言った。昼寝していたわけではないのだから、「目ぇさめた」はないだろうと思ったが、

「あの……師匠は……？」

「テルコ連れて、お風呂行ったわ」

五歳になるテルコは、梅寿の長男である一郎のひとり娘で、梅寿にとっては初孫だった。近所に住んでいるので、よくひとりで遊びに来る。竜二にもなついていて、

「トサカのお兄ちゃん、ままごとしょ」

と言って、相手をさせられることもしばしばである。

「買いもん多いよって、市場までつきおうて、言うたら、『身体だるいんじゃ。そんなもん行けるか！』て怒鳴っとったのに、テルコに、『ジイジ、お風呂行こ』言われたら、でれーっと目尻下げてしもて、『行こ行こ、どこでも行こ』やて。あほらしわ」

人を失神させといて銭湯かい、あのクソジジイ！

「せやけど、あんた、運がええわ」

「なんでです？」

「死なへんかったもん」

ぎゃふん。

「頭、一升瓶のおけつの形にへこんどったから、骨にひび入ってるんちゃうかと心配しとったんや。そのぶんやったら大丈夫やわ。よかったよかった」

なにがよかったよかっただ。

「竜二くん、――あんた、ミカン食べる？」

いらんわ、そんなもん……と言いたかったが、
身体を起こして、ミカンを手に取ったとき、襖《ふすま》があいて、兄弟子の梅雨が入ってきた。

「いただきます」

「おい、竜二、おまえ、今日、梅春姉さんのとこ稽古に行くはずやったんちゃうんか。さっき、電話あって、えらい怒ってはったで」

しまった。

「すいません、俺、どれぐらい気絶してたんですか」

「そやなあ……かれこれ……六時間ぐらいやろか」

ぎゃふん。そんなになってたなら、普通、医者に運ぶだろうが。

「で、姉さん、なんて……」

「待ってるから、すぐ来い、ゆうてはった。はよ行け」

「え？　でも、病院……」

「アホ、先輩に稽古お願いしといて、無断でサボるやなんて、噺家として許されへんことや。這《は》うてでも行ってこい」

「はあ……」

竜二は助けを求めるようにアーちゃんの顔を見たが、

「あ、行っといで。帰りに、八百福さんでキャベツとネギ買《こ》うてきて」

◇

梅寿の家を出た竜二が向かった先は、梅春のアパートではなく、昭和町にある梅毒の家だった。小学校のすぐ裏で、五軒続きの長屋の一番奥。聞いた話では、梅毒はここで掛井病院の未亡人と暮らしているはずであった。

角を曲がった竜二は、玄関のまえで梅毒が誰かと話しているのを目にして、あわてて身を隠した。何を言ってるかまでは聞こえないが、真剣そうな顔つきの若い男が、梅毒に詰問口調で迫っている。梅毒は、あさってのほうを向いて腕組みし、しばらくへらへら笑っていたが、急に顔つきを変えると、いきなりその若者の頬げたを張りとばした。若者は、鼻血を垂らしながら、なおも梅毒にむしゃぶりついていったが腹に数発膝蹴《ひざげ》りを食らい、悶絶《もんぜつ》してうずくまった。梅毒は、若者の手からポーチをむしりとると、なかをあけ、財布から一万円札数枚を取りだしてふところに入れた。

　家のなかから、中年だが整った顔立ちの女性が飛びだしてきて、若者をかばうようにして、ぼろぼろ泣きながら梅毒に何かを言った。梅毒は、顔をしかめると、その女性に往復ビンタを食らわし、後ろ向きにすると、尻を蹴りとばした。若者は、鬼のような形相になって、路地から逃げだした。竜二が隠れているすぐ横を通過したが、彼には気づかなかったようだ。

「アホが」

　唾《つば》を溝《どぶ》に吐き捨てると、梅毒は家のなかに戻ろうとして、竜二に気づいた。

「お……」

　梅毒は照れたような顔になると、

「おまえ、見とったんか」

　竜二には応えようがなかった。梅毒は、かたわらでほつれ髪を直している女性に顎をしゃくると、

「――今の、こいつの息子や。マサルゆうねん」

◇

「そうか……『百年早い』てか。親父《おや》っさんやったら、そない言うやろな」

「それでも俺、新作やりたいんです。こないだの兄さんの高座聴かせていただいて、感動しました。俺も、あんなんやりたい、思て……」

梅毒の家はぼろぼろの平屋で、狭い台所をのぞくと四畳半一間しかなく、梅毒はともかく、ここで元大病院の院長夫人が暮らしているとはとても信じられなかった。

「俺もな、おまえ、新作に向いとるんちゃうか、思たから誘たんや。おまえのその髪型な……」

梅毒は、竜二の鶏冠頭《とさか》を一瞥《いちべつ》すると、

「普通、入門したら、頭、切るわな。それが、いまだに頑としてそのまま突っぱっとる。まわりに押し流されんように生きとる。それ見て、こいつ新作いけるんちゃうかと思たんや。新作の心ゆうのは、ぬるま湯みたいな古典落語の世界に、石を投げ込むみたいなもんじゃ。古典も昔は新作やった、みたいなスタンスとか、古典っぽく装った新作……そんなもんはいらん。新作はあくまで新しく、めちゃめちゃおもろないとあかんのや。そのかわり、すぐに古くさなってもかまへんねん。おまえの見かけを見てたら、そのへんのこと、わかってるんちゃうか、と思てな。──せやけど、師匠が許さんのやったらあかんわな」

「師匠なんか関係ありません。俺個人の問題です」

「そうはいくか。それに、おまえ、まだ入門して一年たってないそうやな。もっとたっとるんかと思とった。百年とはいわんが、たしかにまだちょっと早いかもわからんな」

「そんな……」

「まあ、俺も声をかけた責任がある。再来週、『新作落語大爆発五秒前』ゆうイベントがあんねんけど、まず、親父っさんに許しもろてこい。それと、どんなんでもええから、新作、一本考えてこい。万事はそれからや」

「ありがとうございます！」

台所から、さっきの女性――佳枝はんが、お茶を載せた盆を持って入ってきた。貧乏はしていても、一旦身についたものはなかなか抜けないらしく、優雅な動作で、竜二と梅毒のまえに湯呑みを置いた。院長夫人だったというのもうなずける、気品が感じられる。だが、顔色が異常に青い。どこか内臓が悪いのかもしれない。

「おい、これ、何や」

「はい、お茶ですけど」

「わかっとるわ。なんで俺に茶持ってくんねん！」

梅毒は、手で湯呑みを払った。熱い茶が夫人の顔にかかった。

「俺はビールしか飲まんてわかっとるやろ。けったくそわるい」

「ご、ごめんなさい。すぐに持ってきます」

夫人は、あわてて台所にさがり、缶ビールの口をあけて持ってきた。

「それでええねん」

梅毒はそれを受けとると、ぐーっと飲みほした。

「俺が師匠から受け継いだんは、借金のやりかたとコレだけや。しょうもないもんばっかり似てしもたわ」

「借金、まだあるんですか？　病院を差し押さえになったて聞きましたけど」

「あっはははは。そんなもんではとうていおっつかん。借金は噺家の勲章やゆうて教えてくれたんは、親父っさんやで。俺はそれを忠実に守っとるんや」

たしかに梅寿は、いまだにそれを実行している。

「しゃあけど、親父っさんも相変わらずやな。俺のときは、レンガでどつかれたもんや」

少し酔いがまわってきたのか、梅毒は、竜二の頭の包帯を見て、そう言った。

「懐かしいわ。俺が内弟子やったんは、まだ師匠も若い頃やった」

そのロぶりから、竜二はこのヤクザな外見の人物が、梅寿のことを本当に好きなのだとわかった。もしかしたら、借金を重ね、大酒を飲み、同棲相手を泣かせ、そのこどもを殴って金を取る……といったことも、師匠にあこがれるあまり、その言動を真似ようとしたのが最初ではなかろうか。さっき、彼が言った、借金と酒だけを受け継いだ、というセリフはあながち冗談ではなかったのかもしれない……。

「おまえ、なんかできるんか」

いきなりそう言われてもなんのことだかわからない。

「エレキギターならできますけど」

「ちゃうわ、アホ。松づくしとか南京玉《ナンキン》すだれとか二人羽織《ににん》とか……寄席芸はでけへんのか」

竜二が首を横に振ると、梅毒はそういった道具の数々を竜二に示し、

「こんどの会な、途中で寄席芸やるつもりやねん。新作の会に来るような若い客には、かえ

って新鮮やろ」

なるほど。単に新しいものが好きということではないようだ。

「ほな、そろそろ失礼します。梅春姉さんのとこへ、稽古に行かんとあきませんので」

「そうか。それやったら……」

梅毒は、タンスの引きだしから、一通の封筒を取りだし、

「これ、渡しといてくれるか。こないだ渡すつもりやったんやが、あいつ、怒ってしもてな」

「なんですか、これ」

「なんでもええやろ。とにかく、頼んだで」

◇

「『そんな汚い値切りようしなはんな、ぽーん！　ともお一声』、『ほな、熊手、と言いたいが、あれは指は四本《しほん》やけど先が曲がってるだけに勘定《かんじょ》がしにくいわな。奉行所に捕り手があって、お城に大手……』……えーと……」

「お茶屋にやり手、やろ！」

ぴゅっと、物差しが飛んだ。

「すんません。『お茶屋にやり手……』……」

「タンスに引き手！」

「すんません。『タンスに引き手』、『旦那《だん》さん乗って』、『そらもう置いて』……」

梅春が物差しを畳のうえに投げだした。

「やめやめやめや。今日の稽古は、ここまでや」

「な、なんでです？」

「ぜーんぜんあたまに入ってへんやんか。あんた、このネタ、いつから稽古してるの？　ええかげんにしいや！」

「す、すんません。頭痛がひどくて……」

梅春は、じろりと竜二の頭部の包帯を見やると、

「たしかにそれもあるかもしらんけど、ほんまの理由はそれやないやろ」

図星。

竜二と梅春は、期せずして同時にため息をついた。

「梅毒兄さんに、再来週あるイベントの前座に出したる、言われてるんです。短いネタ、一本作ってこい、て」

「あのな……」

梅春は、正座を崩し、座布団のうえにあぐらをかいた。

「私は洒落《しゃれ》やボランティアであんたに稽古つけてるんとちゃうで。師匠からあんたを任された以上、私にはあんたを一人前の噺家にする責任がある。そう思て、こないして毎日毎日、自分の時間さいてるねん」

「……………」

「若いあんたが、梅毒兄さんらのやってはる新作にひかれるのはわかる。でも、私が預かってるあいだは、許さへん。古典をみっちり叩き込むで。でないと、師匠に申しわけがない」

「姉さん……新作て、そんなに悪いもんなんでしょうか」

こうなったらしゃあない。竜二は、梅春のまえに両手をついた。

「悪い」

梅春は即答した。

「新作落語は落語やない。背広着た連中が会社で『きみ』『ぼく』て言い合うようなもん、どこに情緒があるねん。そうゆうもんは、漫才やらコントに任せといたらええ」

「きのう、梅毒兄さんの新作を聴かせてもらいましたけど、そんなんとはちがいました。古典を聴いても、出てくるのはごっつ昔の連中ばっかりやから、感覚も我々とはずれてますけど、新作の登場人物からは、今の世の中を生きている人間の気持ちゆうか……それが伝わってきて、単に笑わすだけやなくて、『深い』と思いました。それに、ギャグもめちゃおもろいんです。正直言うて、『住吉駕籠』のくすぐりは、さっきの『お城に大手、お茶屋にやり手』とかわけのわからんやつばっかりで、全然笑えませんけど、梅毒兄さんの噺のなかのギャグはどれもこれもようわかります」

「あ、あんたなあ……私に向かってそんな生意気な口、ようきけるな」

「生意気ついでに言わせていただきます。漫才やらコントに任せといたらええ、言わはりましたけど、落語も、漫才やコントに対抗していかなあかんのとちがいますか。同じように演芸場に出てるのに、笑わすのは漫才やコントに任せて、落語だけ古くさいままゆうのはおかしいです。このままやったら負け通しやないですか」

「出ていき。もう、来んでもええで」

「――はい……」

竜二は立ちあがり、帰りかけたが、玄関のところで振り向き、

「あ、これ、梅毒兄さんから預かってきました」

封筒をその場に置き、

「あの……すいませんでした」

頭を下げたが、梅春は何も言わなかった。

◇

（とうとう言うてしもた……）

梅春のアパートを出ると、そとは土砂降りだった。竜二は、傘もささず、腕組みをしたまま、夢遊病のように街を歩きまわった。どこをどう歩いているのかもわからなかった。

（でも……しゃあない。俺の本音やもんな）

口から出てしまった言葉は取り戻すわけにはいかない。ここは前向きに考えるしかない。

（新作を作ってこい、いうたかて……そんなんやったことないからな……）

キキキキキーッ。

派手なブレーキ音。盛大に水しぶきがあがり、竜二はあわてて飛びのいた。

「こらあ、どこに目ぇつけとんねん。気ぃつけんかい！」

危うくタクシーにひかれるところだったのだ。

「兄ちゃん、ぼーっと歩いとったら、ぺしゃんこなるで」

狙いすましたかのように排気ガスを竜二の顔面にたっぷり吹きつけると、その個人タクシーは走り去った。

ケホ、ケホ……と咳《せ》き込んだあと、しばらくぼんやりしていた竜二だったが、突然、

「せやあっ」

あたりはばからぬ大声をあげた。その声に驚いて、禿《は》げ頭の中年男が転倒したほどだ。

「タクシーや。タクシーをネタにしたら……せや、せやせや！」

晴ればれとした表情で、竜二は水を跳ねあげながら踊り回った。もちろん、キャベツとネギを買うのはすっかり忘れていた。

3

竜二はそれから何日かかけて、新作「ヘイ、タクシー！」をまとめあげ、梅毒のところに

届けた。梅毒は、一度目を通したあと、

「これ、ほんまにあれから作ったんか」

「はい」

「ふーん……」

そのあとは何も言わず、レポート用紙を見つめている。あまりに沈黙が長く、竜二は息が詰まりそうになったが、

「親父っさんは、どないゆうとる」

「許可、していただきました」

嘘である。梅寿には、あれから何も言っていない。言ってもむだだと思うからだ。

「このネタなあ……」

「はい」

「いまいちや。こういうのを新作とは言えん」

「――はい」

「でも……使えんことはないわ。『新作落語大爆発五秒前』、出てみるか」

「はいっ」

竜二は、天にものぼる気持ちだった。

◇

その日以来、竜二はすべての余暇を使って、「ヘイ、タクシー!」の稽古に没頭した。余暇といっても、内弟子に自由時間はないに等しいわけだが、毎日、梅春のところへ「住吉駕籠」の稽古に行く、と言って家を出、梅毒に聴いてもらったり、近くの公園のジャングルジムのうえでネタを繰ったりした。梅春が、「最近、竜二は稽古に来ない」と一言でも梅寿にチクれば、何もかもバレてしまうわけだが、どうやら彼女は何も言っていないようだ。イベントのチラシにも、梅駆の名前はない。だが、こうなったらそんなことはどうでもよかった。古典ではないので、先人の手本があるわけではなく、細かい演出まで全部自分でやらなければならない。それが、かえって竜二にはおもしろかった。作・演出・主演・笑酔亭梅駆なのだ。

(俺は、北野武や)

などと、大胆なことを思ったりした。

そして、「新作落語大爆発五秒前」の日が来た。

◇

梅毒兄さんの会の手伝いに行ってきます、と言って、梅寿の家を出た。さいわい、兄弟子の梅雨は別の落語会に行かねばならぬので、鉢合わせする心配はない。だが、出しなに、新聞を読んでいた梅寿がじろりとこちらを見たとき、さすがに背筋がぞくっとした。

(とうとう、この日が来た)

今さら後戻りはできないのだ。竜二は、会場までの一時間、真剣にネタ繰りをした。はじめて作った新作、それがおもしろいのかどうか自分には判定できない。なにしろ、梅毒以外には誰にも聴かせたことのないネタなのだ。そして、梅毒は、最低限のアドバイスをくれるだけで、おもしろいかどうかについては何も言ってくれなかった。前座として十分間、時間を与えられただけだが、

(今日が俺の勝負だ)

と竜二は思っていた。

六時開場の落語会だが、三時には川西能勢口にある中程度の規模のホールに到着した。入り口に、「笑酔亭梅毒プレゼンツ・新作落語大爆発五秒前」という看板がかかっている。裏口から入り、準備をしながら、なおもネタを繰る。出演者たちや手伝いの前座たちがしだいに集まってきたが、主役の梅毒の姿はない。梅毒がひとりで仕切っているイベントなので、当人以外にはだんどりのわからぬこともいろいろあって、あとは梅毒の到着待ちということになった。出演者のひとりである桂寸胴《ずんどう》という若手が、

「また、ちゃうか」

舌打ちしながらそう言った。

「また、てどういうことですか」

竜二がたずねると、

「梅毒兄さん、出番、ようすっぽかすやろ。今日も、もしかしたら、と思てな」

「まさか。自分が主催の会やのに」

林家雪だるまが口を挟んだ。

「わからんで。二年まえの『梅毒独演会』のときも……」

「そやったなあ……」

暗いムードが一同のうえに覆いかぶさってきた。重苦しい沈黙。やがて、雪だるまが、

「せやけど、竜二くん。梅毒兄さんが、ようきみを出すことにしたなあ」

「は？」

「言うたら悪いけど、きみ、まだ入門して十一カ月やろ。新作の実績もないし……俺なんか、もう二十作は作ってるで」

「そ、そんなに」

「わしはもっと作ってる。でも、なかなか兄さんのお眼鏡にかなうやつがでけへんでな、今回、この会に誘てもろて、めちゃうれしかったんや」

「これって……そんなにすごいイベントなんですか？」

「あたりまえやろ。これだけのホール借りて、宣伝費使《つこ》うて……兄さん、会社クビになったやろ。金の算段だけでもたいへんやと思うで」

「また、借金増えたんやろな」

「ああ。――兄さん、このイベント失敗したら、たぶんもう終わりやろ」

竜二は呆然《ぼうぜん》とした。そんな大きな意味合いのあるイベントだったのか。

(なんで、俺なんか出してくれたんや。なんでや……)

開場まであと三十分となった。しびれを切らした寸胴が、家に電話をする、と言いだした。

「酔っぱろうて、寝てはるんとちゃうかと思うんや」

「博打に行ってるかもしれんで。今日は、競輪あるし」

「兄さん、夢中になったら、出番も何も頭からすっ飛んでまうからなあ」

「今頃家におったらもう間にあわんで。あそこからここまで、四十分はかかるやろ。最初に、兄さんが挨拶《あいさつ》するはずやないか」

「とにかく電話するわ。兄さんいてはらへんでも、後家がおるやろ、後家が」

電話をかけた寸胴は、しばらく受話器を握っていたが、

「あかん……。料金未納で、電話、とめられてるわ……」

桂おんぶという前座が、

「ぼく、兄さんの家、ひとっ走り行ってきますわ」

そう言うなり、楽屋から走りでていった。

その後、とうとう開場時間は過ぎ、開演時間になった。

「どないしょ。もうあかん」

雪だるまが涙声で言った。

「ほんまにあのおっさんは……この始末、どないすんねん！」

寸胴が吐き捨てるように言うと、楽屋のゴミ箱を蹴飛ばした。

「客は入っとんや。とにかく幕あけな。竜二くん、きみ、あがってくれ」

「は、はい」

「わしらだけで、なんとかつないで、そのあいだに兄さんをさがすんや。ネタがなくなったら、大喜利《おおぎり》でも二人羽織でもやって……そのうちひょっこり来はるやろ。――それしかない」

出囃子が鳴り、バタバタした雰囲気のなか、竜二は高座にあがった。生まれてはじめて、といっていいほどの大きな会場だった。客は六分入りだが、それでもかなりの人数だし、まだまだ増えるだろう。落ちつこうにも落ちつけない。唾を何度も飲み込んで、ようようしゃべりだそうとしたとき、いちばん後ろの客席に、竜二はとんでもないものを見つけてしまった。

（し、師匠……！）

心臓が口から飛びだしそうになった。梅寿が、三人分ぐらいの客席を占領して、ごろりと横になっている。隣に座っているのは、梅春だ。梅寿は目を閉じているが、梅春は憤怒の表情である。

客席がざわつきだした。それはそうだろう。高座にあがったまま、何もしゃべらないのだ。何でもいいから言おうと口をひらくのだが、声が出ない。脇のしたから冷や汗が流れだす。むりやりしぼりだそうとしたとき、口から出てきたのは、

「えー……しばらくのあいだおつきあいを願います。今では観光地にでも行かんとなかなか

お目にかかれませんが、駕籠というものは大きくわけて二種類あったそうで……」

しまった。「住吉駕籠」だ。まちがったのはわかったが、途中でとめることができない。

(も、もうあかん……)

そのとき。

「こらあ、兄ちゃん、それとちゃうやろが！」

梅寿の声だ。最後列からとは思えない大音声《だいおんじょう》である。ふだん聞き慣れたその罵声《ばせい》に後押しされるように、竜二はしゃべりはじめた。

「タクシーに最後に乗ったんはいつやろか、と思て、つらつら考えてみたんですが、長いこと乗ってませんねえ。覚えてるんは、たしか、七五三のときに……」

◇

何をしゃべったのか、まるで記憶がない。ただただ大量の汗をかいた、ということしか覚えていない。気づいたら、サゲを言い終えて、頭を下げていた。よろよろと舞台袖に戻り、

「お先に……勉強させて……」

と言いかけたとき、雪だるまが、

「梅毒兄さんが、なんできみを出したかわかったわ」

ぼそりとそう言った。その言葉で我に返り、

「兄さんは……？　来はりましたか」

寸胴がかぶりを振り、

「今日はむりみたいや」

「な、なんでですねん！」

「さっきおんぶから連絡があった。兄さん、殺人未遂の現行犯で捕まって、今、難波署で取り調べ中らしいわ」

「殺人……いったい誰を……」

「佳枝はんや。兄さん、これでほんまの……後家殺しになってしもた」

竜二は絶句した。

◇

出番の来た雪だるまをのぞく、出演者全員が楽屋に集まった。

寸胴が電話で聞いた話では、ことのいきさつはこうだ。梅毒の家に行ったおんぶが、チャイムを鳴らしても、大声で叫んでも、誰も出てこない。扉に手をかけると鍵はかかっていなかったので、なかに入り、障子をあけると、わっと濃厚な異臭がした。血の臭いだった。部屋はいちめん血の海で、そのまんなかに佳枝はんが倒れていた。その横に、血に濡《ぬ》れた着物を着た梅毒がべったりと座り込んでいた。

「に、兄さん、まさか……まさか兄さんが……」

梅毒は蒼白《そうはく》な顔で、何も応えず、座ったままだ。かたわらで、曲独楽《きょくごま》用の独楽がゆらゆら揺れている。

「ひ、ひ、人殺し」

おんぶは思わず、梅毒に摑みかかり、

「ちゃうねん、これはちゃうねん」

「人殺し、人殺し」

ふたりはその場で揉《も》みあった。たがいに相手の手を摑み、押しあっている最中、梅毒が着物の裾《すそ》で隠していた血染めの果物ナイフが、ちらっと見えた。

「あっ」

とおんぶが叫んだので、あわてた梅毒は、ナイフをすばやく隠すと、

「おんぶ、医者、呼んできてくれ。まだ助かるかもしれんのや。頼む」

おんぶは、一瞬迷ったが、

「ほな、一一九番してきますけど……ここにおってくださいよ。逃げたらあきまへんで」

「誰が逃げるかい」

数分のち、近所の公衆電話から電話をすませたおんぶが戻ってきたときも、梅毒はさっきと同様に、畳のうえに座っていた。しばらくして、救急車とパトカーが同時に到着し、救急隊が佳枝はんを担架で運びだしたあと、警官が梅毒を拘束した……。

「ほな、梅毒兄さんが犯人ゆうことにまちがいはないんですか」

「おんぶの話では、部屋のなかにはほかに誰もおらんかったし、台所にも人はいなかったら

しい」

あの狭い部屋では、隠れる場所はないな、と竜二は思った。

「けど、こんな大事な日になんでそんな、自分で自分の首絞めるようなこと……」

林家藻屑《もくず》という前座がそう言ったとき、雪だるまが降りてきた。入れ替わりに、寸胴があたふたと高座に向かう。

雪だるまが悲痛な顔で、

「梅毒兄さんのことも心配やけど……それより、この会どないするかや。もう出演者はおらん。このあと梅毒兄さんが二席やることになってたからな……」

「どなたかが二回、あがりはったらどうです？」

と竜二。

「すぐにかけられるネタ、もうないわ」

「古典やったら……」

「あかん。これは新作のイベントやで。演者も客も、それなりの心意気持って集まっとんねん。そんなとこで古典なんぞ演ったら、客が暴動起こすわ。それにな、客のほとんどは、兄さんの新作目当てで来たんや。兄さんが出えへんとなると……」

「金返せ、ですか」

「えらいことなったなあ……。殺人罪で逮捕されるわ、富士山ぐらいの借金をまた抱えることになるわ……踏んだり蹴ったりやな」

「どないします？　客に事情話して、帰ってもらいましょか」

藻屑の言葉に、一同が腕を組んで唸《うな》ったとき、

「心配せんかてええ」

梅寿が、のっそりと入ってきた。うしろに梅春もしたがっている。竜二は、思わず鏡台の陰に身を隠した。

「梅毒のかわりは、ヒデコがやる。ええな、ヒデコ」

梅春はうなずき、皆はあっと驚いた。

「梅毒兄さん、こないだ、私のために新作書いてくれはったんです。手紙が添えてあって……古典落語は男社会の産物やから、女がやっておもしろいようにはできてへん。女が、男社会である落語の世界でやっていくには、女性におうた新作を作るのが一番早道や、て。兄さん、わかってはってんねえ、私が……男の噺家と対等に張りあおう思て、むりして古典にこだわってるゆうのが」

あの封筒は……そうだったのか。

「おまえに当て書きで一作、勝手に作ってみたから、おもろいと思たら演ってみてくれ、て。それからずっと稽古して……師匠にも聴いていただいて、演じるお許しをいただきました」

そう言って、梅春は梅寿を見た。梅寿は、ぶすっとした顔で、

「古典や新作やいうても、所詮はただのネタや。客は皆、ネタやのうて、それを演じる人間を聴きにきとる。つまりは、演じ手そのものが一番出せるネタを用意することや。そういう

訓練ができてへん新米のうちから、新作や古典やゆうのはちゃんちゃらおかしいわ」

竜二は、どきっとした。

「野球でも歌い手でもそやろ。基礎訓練ゆうもんができてないうちから、いきなり甲子園で活躍したり、紅白出たりはでけへんわな」

太鼓が鳴り、寸胴が汗だくになって降りてきた。梅毒不在の穴を埋めるために奮闘したらしい。

「ヒデコ、行ってこい」

梅春はにっこりすると、颯爽《さっそう》とした足取りで楽屋を出ていった。

「今日、あいつはバケるで」

梅寿は誰に言うともなくそう言った。

「聴かんでもわかる。あいつのネタ、めちゃめちゃウケるはずや。せやけど、それは、古典と闘いまくってきた長い道中があったさかいや。やっと……たどりつきよった」

きっとそうなのだろう、と竜二は思った。梅寿は新作嫌い、と梅春には聞いていたが、彼は梅毒が新作を演じるのをとがめていない。それどころか、こうして足を運んで、聴きにきているではないか。

「そこの鏡台の裏の兄ちゃん、——行くで」

「え……どこに?」

「決まっとるやろ。難波警察や」

梅寿は決然とした声で言った。

4

「お父ちゃん……そないなこと言われてもなあ……」

梅寿の次男であり、難波署の刑事である竹上二郎が、辟易《へきえき》した声で言った。

「あほんだらあっ。梅毒に会わせ、言うとるんじゃ。おのれは親の言うことがきけんのか！」

「梅毒さんは、殺人未遂事件の容疑者やで。今、本署の大神刑事が取り調べ中や。すぐに会わせるゆうわけには……」

「じゃかあしい。あいつにそんな真似ができるかっ」

「お父ちゃん、頼むさかい、もうちょっと小さい声で……」

「大きい声は地声じゃ。ちゃんと調べもせんと誤認逮捕さらしよって、この腐れポリどもが」

梅寿は難波署の応接室のテーブルを見台《けんだい》のように両手でばんばん叩いた。

「あのなあ、お父ちゃん、我々かて一応、ちゃんと調べたうえで逮捕しとるんや。状況から考えて、梅毒さんが刺したとしか思えん。——おい、竜二、お父ちゃんになんとか説明したってくれ」

「おまえも、梅毒には昔、世話になったやろ。おしめ、替えてもろたこともあるんとちゃうか」

「何言うてるねん、そんなこと関係ないやろ」

「おしめを替えてもろたことも覚えてへんちゅうことは、つまり、おまえはあいつの人となりを全然知らんわけや。あいつはええやつやで。とても人殺しなんぞでけへん」

「それやったらこっちも言わせてもらうわ。梅毒さんの評判、ごっつ悪いで。だいたい麻薬所持と喧嘩で逮捕歴あるしな、借金もエベレストぐらいあるそやがな。あの未亡人の財産、全部、自分で使てしもて、こどもがろくでもない暮らししとるのも、梅毒さんのせいなんやろ？　酒癖も悪いゆうし……どうせ今度のことも、酒のうえで未亡人に暴力ふるうて、それで喧嘩にでもなって、はずみで刺してしもた……そんなとこととちゃうか」

梅寿は、一旦目を閉じ、ゆっくりとあけると、

「二郎、おまえはなんもわかっとらん」

「ひつこいなあ、わかってるて」

「いや、わかっとらん。だいたい、梅毒は、酒は一滴も飲めんのや」

え？　竜二は自分の耳を疑った。たしか、家に行ったとき……。

「噺家は酒飲めんといかん。酔うてむちゃくちゃするのが噺家や。そういうダメージがあるやろ」

「お父ちゃん、イメージや」

「黙って聞いとれ。あいつは、新作はやるけど、ほんまはごっつい昔気質でな、飲む打つ買うがでけんようなやつは噺家やない、噺家ちゅうのはそうゆうもんや、て思とんのや。せやから、仲間が家に来たら、缶ビールの中身、水に入れ替えて、わざと飲むとこ見せつけよんねん。アホやで」

そういえば、あのときも、佳枝はんが持ってきた缶ビールは、すでにプルトップがあいていたが……。

「せやかて、それ、今度の事件とは何の関係も……」

「ある。一事が万事や。おまえは、噂を聞いて、あいつは酒癖が悪い、と信じ込んでた。それがまちごうとったんや。ほかの噂も、まちごうとるかもしれんやろ」

「まあ、そらそやけど……」

「梅毒が、掛井病院の院長と知りおうたんは、わしの会がきっかけやった。院長は、あいつの才能にすっかり惚れ込んでしもてな、わしそっちのけで、あいつを応援しはじめた。そんな頃、梅毒が、博打の借金が払えんで、あるヤクザに指詰められかけたことがあったんやが、院長がなかに入って、身体をはって梅毒を守ってくれた。借金もきれいに返してくれた。梅毒は心底感謝してな、一生かかってでも院長に恩返ししようと誓ったんや」

「ふーん……」

「そのあとすぐに院長は病気で亡くなったが、死ぬときに、未亡人と息子をくれぐれも頼む、て言い残したらしいねん。というのも、あの後家さんも、こどもも、ろくでもない連中でな」

「ほんまかいな」

梅寿はうなずき、

「あの後家は、かなりまえからクスリ中毒や。病院やから、クスリはなんぼでもあるわな。院長は、なんべんもやめさそうとしたけどでけんかった」

竜二は、未亡人の異常なほど青い顔色を思いだした。

「梅毒は、温泉に連れていったり、専門の病院に入院させたりして、なんとか治そとしよった。今では、だいぶましになってはおるらしいけどな」

「そしたら、梅毒さんがクスリの不法所持で捕まったんも……」

「あの後家をかばったんや。それから、息子は最低のクソガキでな、小学校の頃から万引きでしょっちゅう補導されとるし、中学・高校なっても親の金やら病院の金やらくすねる常習犯や。会社入ってすぐに、そこの金盗んで解雇されよった。半人前のくせに、使うのだけは十人前で、あっちゃこっちゃの町金融からアホほど借金しよってな、とうとう病院潰《つぶ》してしまいよった。取りたて屋が毎日、家に押しかけてきてな……」

「ほな、兄さんがヤクザとつきあってたんは……」

竜二が口を挟むと、

「後家のせがれの尻ぬぐいや。いろんな組事務所へ頭下げてまわりよった。その縁で、仲良うなった組長が、組員連れて、独演会に来てくれたこともあったわ。いまだに、あのガキは、どこに住んどるんかわからんが、たびたび家に来ては、金、勝手に持ちだしたり、母親から金せびりとったりしとるらしい」

梅毒が自宅のまえでその「クソガキ」を張りとばして、財布から万札を何枚も抜きとっていたが、あれは、梅毒が息子の所持金をむりやりとったのだと思っていた。でも、もしかしたら、家の金を持ちだそうとした息子からそれを取り戻した場面だったのかもしれない。

「なんで、兄さん、そのことを世間に言わんのですか。ぜんぶ、自分が悪いみたいに宣伝して……」

「死んだ院長への忠義だてで、後家とせがれを守ろとしたんやろけど、それだけやない。無茶もんで売ってた噺家が、じつは『ええ人』やった、てなことがわかったら、ダメージが崩れる、思たんやろな」

イメージや。

「でも、お父ちゃん、それだけでは梅毒さんが犯人やないとは言いきれんで。あの人が犯人とちがうちゅう、たしかな証拠が見つかるか、真犯人が見つからんかぎりは、やっぱり容疑者ナンバーワンやろな」

「梅毒やない。梅毒以外のやつが、後家に毒飲ませたんじゃ！」

「——お父ちゃん、毒とちゃうで。ナイフで刺したんや」

「何……？」

梅寿はきょとんとした。

「梅毒……やから、毒やとばっかり思とった。毒蜘蛛の毒使たんとちゃあうんか。ほれ、何とか後家蜘蛛とかゆうやつ、おるやろ」

セアカゴケグモのことだろうか。

「凶器は、家にあった果物ナイフやで。それには、梅毒さんの指紋しかついてへんかった。そもそも、自分がやったんやなかったら、なんでナイフを隠そうとしたんや。本人も黙秘続けとるし……俺の読みでは十中八、九……」

そのとき、竜二の頭にあることがひらめいた。蜘蛛……蜘蛛駕籠……。本来、駕籠にはひとりしか客は乗れない。そこにふたりの人間を押し込めると……。

「師匠、さっきタクシーのなかで俺に言うてはったこと、二郎さんに教えてあげはったらどないです」

「な、なんやったかいなあ……」

「あれですよ、あれ」

「あれ……か。そやなあ、あれや。竜二、おまえから説明せい」

竜二は、竹上刑事に向き直ると、

「梅毒兄さんが逮捕されたときの服装をまだ聞いてませんでしたけど、羽織、着てはったんとちゃいますか」

「羽織？　着物やったらしいが、羽織は着てたかなあ……」

「それ、二人羽織用の羽織だと思います」

「二人羽織？　なんや、それ」

「二郎、おまえ、噺家のせがれのくせに、二人羽織も知らんのか。この親不孝ものっ」

梅寿がまたテーブルを叩いたが、竜二は落ちついた口調で、

「大きい羽織をはおったひとの背中にもうひとりが隠れて、袖から腕だけ出すんです。つまり、顔と手を別々の人間が演じるという寄席芸です。たぶん、梅毒兄さんが着てはったのは、二人羽織用の特別製の羽織やと思います……と師匠が言うてはりました」

「ふーん……それは調べてみたらわかることやけどな」

「たぶん、『誰か』が後家さんに金を借りにきたんでしょう。ところが、断られて、カッとしたその『誰か』は、思わずナイフで後家さんを刺してしまった。外から帰ってきた梅毒兄さんがなんとかせなと思ったところへ、おんぶさんが入ってきてしもた。しかたなしに、兄さんは、二人羽織用の羽織をかぶって、『誰か』を背中側に隠した状態でおんぶさんに応対したんです。おんぶさんに医者を呼びにやらせ、そのあいだに、『誰か』を逃がしたんやと思います。ナイフの指紋を拭きとって、自分の指紋をつけておく時間もあったでしょう」

「それはおまえのただの想像や」

「師匠の想像です。でも、いくら人を殺した直後でも、兄さんがずっと座ったままだったのは、おかしくありませんか？　立ちあがると二人羽織がバレてしまうからじゃないでしょうか」

「ふむ……」

「それに、おんぶさんと梅毒兄さんは、おたがいの手を摑みながら、揉みあってたんでしょう？」

「そや」

「両手はふさがってますよね。それやのに、なんでナイフを隠せたんです？」

「なんやて……？」

「第三の手が出てきたんやないんですか。——ということでしたよね、師匠」

梅寿は重々しくうなずいた。

「な、なるほど。それは気づかんかったな」

竹上刑事は立ちあがると、

「よっしゃ。お父ちゃんと竜二が梅毒さんに会えるよう、大神さんに言うてくるわ」

そのとき、ひとりの警官が応接室に入ってくると、竹上刑事に耳打ちをした。竹上刑事は大きなため息をつき、

「今、自首してきよったわ。その『誰か』……息子のマサルがな」

◇

マサルは、すべてを自供した。母親に金をせびろうとして家に行ったが、もうお金は一文もないと言われたので、そのへんにある金目のものを全部持ちだそうとした。羽織とか着物

類はそこそこの値段に売れるのではないかと思ったそうだ。羽織に腕をとおし、独楽やら篠《しの》笛《ぶえ》やらといった小物を抱えて出ていこうとすると、母親に、梅毒さんの商売道具だから、それだけはやめてくれ、と阻止されたので、摑みあいになり、そこにあった果物ナイフで刺してしまったのだ。

そこへ、梅毒が顔を出した。朝から激しい下痢が続き、一時間近くもトイレにこもっていたのだそうだ。彼の話では、状況を見てすべてをさとったが、外にひとの声がしたので、とっさにマサルを背中にかばうようにして、羽織を着た。紐《ひも》を結んで手を羽織の中に隠し、マサルに頭を引っ込めさせたのと、おんぶが入ってきたのがほとんど同時だったという。

取り調べ室で、梅毒は頭を掻きながら、竜二に言った。

「なんもかんもバレてしもて、照れくさいわ。ほかのやつらには内緒にしといてくれよ」

「わかりました。佳枝はんも意識が戻りはって、命に別状ないらしいですし、会のほうも、梅春姉さんがうまいことやってくれてはるはずです」

「なによりや。あいつには噺の力もセンスもあるからなあ。あとは、おまえや」

「俺、ですか?」

「おまえの今回のネタな、タクシーの話にはなってるけど、酔っぱらいが乗ってくるとか、政府の偉いさんが乗ってくるとか……あれは全部『住吉駕籠』や」

「えっ……?」

知らずしらずのうちに古典のパターンを使ってしまっていたのだ。

「あれでは、新作とはいえん。師匠が、『古典のなかにはすべてが入っとる』て言うてはるのは、そこや。いくら新しいものを作りだそうとしても、結局、古典をなぞってるだけやったら、意味ないやろ。新作ゆうのは、『ほんまに新しいもの』のことをいうねん」

まだ取り調べが残っている、という梅毒を残して、梅寿と竜二は警察をあとにした。帰りの道すがら、梅寿が、思いだしたように言った。

「竜二、おまえはわしの言いつけを破ったな」

「はい……？」

「――おまえは、破門や」

一瞬、冗談かと思い、梅寿の顔を見たが、その目は笑っていなかった。

子は鎹

こはかすがい

東京の『子別れ』は三部構成になっていて、人情噺《ばなし》としてそれぞれ上・中・下と独立していますが、大阪ではあくまで落とし噺としてこの三つ目の下のみが演じられます。旦那が女を作ったため、女房が子供を連れて出ていくか、それとも子供を残して出ていくか。二通りの演出があります。

古い演出では「金槌《かなづち》」を「げんのう」と言っていました。南北朝時代の曹洞宗《そうとうしゅう》の僧・玄翁《げんのう》和尚が殺生石《せっしょうせき》を割るのに用いたという伝説からそう呼ばれていたそうです。鎹《かすがい》は二本の材木をつなぎとめるための両端の曲がった大釘のことです。

この噺と同じく子供を扱った人情ものに『藪入り《やぶいり》』があります。どちらも親子の情愛に溢《あふ》れ、伴侶《はんりょ》への未練が忍ばれ、聴く者をホロッとさせてくれますね。

「子は鎹」で世間の数多《あまた》の夫婦が、その危機を乗り越えたに違いありません。かく言う我が家もその例に漏れませず、もう少しのところであやうく助かりました。それからというもの、家内では子供たちが偉そうな顔をして上座を陣取っております。

出来の悪い子供ほど眼の中に入れても痛くないと言います。それもそのはず「子はカスがいい」。

（月亭八天）

1

「破門やて！」

竜二から話を聞いた梅春は真っ青な顔で叫ぶと、

「ほ、ほ、ほんで、あんた、なんて言うたんや？　謝ったんやろな」

「わかりました、て」

「アホっ！」

梅春はこめかみを指で押さえ、

「あんた、それがどういうことかわかってんのか。二度と落語でけへんようになるかもしれんのやで」

破門といってもいろいろある。「破門じゃ」を口癖にしているような師匠もいるし、頃合いをみて真剣に謝罪すれば許されるケースが大半だが、破門と言われた側に謝る気がなければそれまでである。正式に破門されるということは、単にその師匠をしくじったというだけではなく、一門から除名され、興行会社やマスコミ各局にも連絡がまわり、噺家《はなしか》としての活動がほとんど不可能になることを意味する。

「かまいません。もともと落語なんか好きやなかったし。ほな、姉さん、お世話になりました」

「何ゆうてんねん。師匠はまだマジで言うてはるんやないと思うけど、あんたの態度次第では、それがマジになってしまう。私が今から一緒に行って謝ったげる。な、師匠のとこ、行こ」

梅春に摑《つか》まれた手首を振り払って、

「もう決めましたから」

そう言うと、竜二は梅春に深々と頭を下げ、そのまま立ち去った。角を曲がろうとしたとき、うしろから声が聞こえた。

「竜二！　私はあんたをやめささへんで。ぜったい、連れもどすからねっ」

◇

どこへ行くあてもない。竜二は、商店街をぶらぶら歩いていた。

（なにが破門や、あのジジイ。俺が何したゆうねん。ちょっと新作演《や》っただけやないか。それぐらいのことで……腹立つ！　あんな家、二度と戻るかい）

竜二は両親を早くに亡くし、親戚をたらい回しにされた。何度も警察沙汰を起こしたあげく、高校を退学になった彼が、梅寿の住み込み弟子になったとき、親戚一同は「厄介払いができた」と赤飯を炊いたそうだから、もちろん今さら世話になるわけにはいかない。といって、ほかに知り合いはいない。竜二は、しばらく忘れていた自分の天涯孤独な身のうえを、久々に痛感した。

長い商店街を腕組みしながら三往復して、足が痛くなりだしたころ、

「おーう、竜二やんけ。懐かしいのう」

見ると、ザビエルだった。昔、一緒にバンドをやっていた仲間だ。頭頂だけをつるつるに剃っていたので、そういうあだ名がついたのだが、今はしごくまともな髪型である。高校時代はボクシング部で、試合相手を半殺しにして、長らく鑑別所に入っていた。ど派手な喧嘩もよくしたが、一番親しくつきあっていた。その理由は、彼も両親がいなかったからだ。

「ザビエル、えらいまじめそうなかっこになってるな」

「ザビエルゆうなや、ボケ。俺、ちゃんと就職したんや。毎日、餃子千個包んでるで。われは、落語家なったんやてなあ。カーティスから聞いたわ。がんばっとるそうやないけ」

えげつない河内弁は相変わらずだ。

「――あれは、もうやめたんや」

「そうけ。ほな、今は何しとんねん」

竜二はそれには応えず、

「そや、今晩、おまえとこ泊めてくれへんか」

「べつにええけど……」

その日の夕食は、ザビエルが仕事先からもらってきた「マカロニ餃子」だった。

「なんでか、これだけ売れ残るねん。そこそこうまい思うねんけどな」

ぼやくザビエルに、この一年ですっかり酒の味を覚えた竜二は缶チューハイを飲みながら言った。

「なあ……またバンドせえへんか」

「やりたいけどな、仕事忙しいし、練習とかほっとんどでけへんやんけ」

「そんなんやない。プロ志向のバンドや。ふたりでメジャー、目指すねん」

「それ、俺に仕事やめゆうことか。アホ言うな」

「ええやないか。餃子屋の店員なんかしょうもない仕事やろ。バンドで一発狙おや」

「餃子屋はしょうもないことないで。客が、うまいうまいて食いよるの見とるの、俺好きなんや」

「そんな情けないこと言うな。な、ロックバンドしようや。俺のボーカルとおまえのギターあったら、天下とれる。餃子屋なんかやめてまえ。俺かて、落語家やめたんや」

「われはやめたんやのうて、やめさせられたんやんけ」

「おんなじようなもんや」

「とにかく、俺はもう、ミュージシャンなる気ないねん。音楽はな、聴く側にまわるほうがええ。俺も昔は、ロックしか聴かへんかったけど、世界にはいろんな、ええ音楽がいっぱいあるゆうこと、最近わかってきたんや。たとえば……これ、聴いてみ」

そう言って、一本のカセットテープをかけた。それは、ロックではなく、サックスを中心としたアコースティックなジャズだった。ライブハウスで生録《なまろく》されたものらしく、音がこもり、バランスも悪かった。

「坂瀬晃《さかせあきら》さんゆうてな、めちゃくちゃええで」

だが、竜二は、管楽器、ピアノやウッドベースなどの生楽器によるその演奏が、古典落語の古くささに通じるように思え、聴いていて不愉快な気持ちになって、何本目かの缶チューハイを飲みほした。

◇

竜二はその晩だけでなく、次の晩もその次の晩もそのまた次の晩もザビエルのアパートに泊まった。毎晩、明け方まで酒盛りである。

「すまんけどな、竜二」

五晩目にとうとうザビエルは言った。

「そろそろ出てってくれへんけ。われがおったら、俺、生活乱れる。仕事にさしさわるねん」

「そうか、迷惑かけたな。おまえは生涯、餃子包んどれ。ほな……」

それからは、かつてのバイク仲間やバンド仲間、高校時代のつれのところなどを転々とした。しかし、誰も一泊ぐらいは笑顔で泊めてくれるが、長くて三日、早いときは一日で渋い顔に転じ、追いだされることになる。彼女が泊まりにくるから、親が来るから、部屋が狭いから……理由はまちまちだが、とにかく皆、以前とは生活が変わっていて、ふらふらしているのは竜二ぐらいということなのだ。どうやらザビエルから、「竜二が行くかもしれんで」と連絡がまわっているらしく、チャイムを鳴らしても居留守を使って出てこないやつもいる。

そのうちに、泊めてくれる相手がいなくなってしまった。

なんだかやたらといらいらする。わけもなく、通りすがりのサラリーマンと喧嘩したり、酒を飲んで暴れたり、シャッターを壊したり、ゴミ箱の中身をぶちまけたりしてしまう。居場所がない、ということがこんなにつらいとは、竜二は思ってもみなかった。梅寿のところに住み込むまでは、ずっと居場所なんかなかったはずだ。ふと、梅寿の家での暮らしを思いだし、竜二はあわててぶるぶると頭を振った。

(あんな、しょうもない腐った長屋……ジジイもポリ公もめっちゃうっとうしかった。俺はせいせいしてるんや)

だが、居場所がないことだけが、いらいらの原因ではないのだ。竜二は自分ではそれに気づいていなかった。

とうとう行くあてがなくなり、竜二はもう一度、ザビエルのアパートを訪ねた。チャイムをしつこく百回ぐらい鳴らすと、ドアが細めにあいた。

「やっぱり、われかい」

露骨に嫌そうな顔でザビエルは竜二を迎えた。

「泊めてくれ」

「あかん。まえにも言うたやんけ。われがおると、生活が……」

「ちゃんとする」

「もう、俺ら、昔とはちゃうねん。みんな、仕事持ってるし、将来のことも考えなあかんのじゃ」

「将来？　将来てなんやねん。餃子屋の店長にでもなんのか」

「そんなんとちゃう。われに言うてもわからへんやろけど、俺にも夢はあるねん。われも、落語家に戻ったらどや」

「うるさい。もう、戻られへん。誰が戻るかいっ」

「それやったら、ほかの仕事見つけ。いつまでも俺らのあいだを泊まり歩いてられへんやろ」

「――わかってる。今晩だけ……今晩だけ泊めてくれ」

その夜は大雨だった。竜二とザビエルは、缶ビールを飲みながらテレビを見ていた。「お笑い根竹ショー」という寄席番組で、三憂亭レッカー車という東京の噺家が出演していた。飛行機の乗客を扱った新作で、ザビエルは涙を流さんばかりに大笑いしながら、

「こいつ、おもろいやろ。俺、めっちゃファンやねん」

竜二はぶすっとした顔で、見るともなく画面に目をやっていたが、

そう言って、飲んでいた缶ビールをテーブルに叩きつけた。

「しょうもない」

「こんなん落語やない。落語ゆうのはなあ……」

「おい、気ぃ悪いこと言うなや。俺は機嫌よう見とるんや」

「せやけど……落語ゆうのはもっと……」

「そんなんどうでもええやんけ。おもろかったら、落語でも漫才でもコントでも新喜劇でも関係ない」

「おもろうても……落語やなかったらあかんねん」

「われ、もう落語家やめたんやろ。そんなんこだわんなや」

（せや……俺は落語家やめたんや……）

竜二は、缶ビールの残りを飲みほすと、苦虫を噛《か》みつぶしたような表情で、しばらくレッカー車の高座を見つめていたが、ふっと手を伸ばして、テレビのチャンネルを切り替えた。画面には、頭に三本の角を生やし、黒いマントをつけた、スーパーマンのようなヒーローが映った。「君の英雄《ヒーロー》・イノセントマン」とかいう、こどもに最高に人気のある特撮番組だ。

「何すんねん！」

「あんな番組、見るな。ええかげんにしとけ」

「アホぬかせ。われこそええかげんにさらせ。ここは俺の部屋で、これは俺のテレビや。何を見ようと俺の自由やろ。見たないんやったら、われが出ていきくされ」

「そらそうや。そらそうやけど……もっとおもろい落語、見てほしいねん」

「めちゃめちゃ言うな、ダボ」

ザビエルがチャンネルを替えた。一瞬、レッカー車が映って、すぐにまたイノセントマンの変身ポーズになった。竜二はにやりと笑って、

「俺は親切でやったってんねん。見る番組は選んだほうがええからな」

ザビエルは立ちあがると、拳をかため、ゆっくりと竜二の左頰《ほお》にストレートパンチを見舞った。竜二が仰向けに倒れると、チャンネルをもとに戻す。竜二はすかさず、電源コードをつけ、コンセントから引っこ抜いた。ザビエルが竜二の顔面を摑んで、後頭部を壁にがんがん打ちつけ、コンセントを差し込んだときには、すでにレッカー車の出番は終わっていた。竜二は、顔中をぼこぼこにされたあげく、豪雨のなかに放りだされた。ザビエルはビニール傘を差しだすと、

「竜二よ、みんな迷惑しとんじゃ。二度と俺とこへ面《つら》出しくさるな。あと、ひとつだけ言うといたるわ。われ、バンドなんかしたないんやろ？　悪いこと言わん。落語家に戻れや」

「やかましいわい！」

竜二は、ビニール傘を地面に叩きつけると、

「俺は落語なんか嫌いなんや。虫酸《むしず》が走るほど嫌いなんや」

「そうか……？　そうは見えんで」

ザビエルは冷ややかに言うと、ドアを閉じた。竜二は血の混じった唾《つば》を濡《ぬ》れた歩道に吐く

と、よろよろ立ちあがった。

2

雨のなかをぐしゃぐしゃになって歩きながら、竜二は考えた。

(俺、なんで破門になったんやったっけ。なんで、あのジジイは怒ったんや……?)

彼は、師匠の許しを受けずに新作を高座にかけたのだ。

(そうや、俺は新しい笑いを見つけなあかんのや。そのために破門になったんやから……)

竜二には、仲間と呼べるほど親しくつきあっている芸人はいなかった。前後して入門した、いわゆる「同期」の噺家たちも、彼の奇矯《ききょう》な風体と言動のせいで、ほとんど近寄ってこなかった。もちろん竜二も、知らぬ相手にこちらから声をかけるようなタイプではない。落語に没頭しているわけでも、マスコミで売れたいというわけでもない竜二は、若手芸人のあいだでも浮いた存在になっていたのだ。

(ほんまは行きとうないねんけど……)

彼の足は、チカコのアパートに向かっていた。最後の切り札にとっておいた場所だ。チカコならかならず、一泊や二泊なら泊めてくれるはずだ。もしかしたら、いつまでおってくれてもええで、ぐらいのことは言うかもしれない。それもまた困るけど……。

玄関先で、チカコは目をまるくした。

「どないしたん、そのかっこ。ずぶ濡れやん。顔も、お化けみたいに腫《は》れあがってるし、唇切れて、血ぃ出てるで」

「俺、破門になったんや」

「うそ!?」

「マジや。なあ、おまえと俺で、漫才せえへんか。うまいこといく思うねん」

ふとした思いつきだったが、それはとてつもないナイスアイデアのように思われた。

「勝手なこと言わんといて。あたしにはあたしのやりたいことあるねんから」

「もともとは漫才やっとったんやろ。かまへんやないか」

「今はピンでやりたいねん。ピンでしかでけへんことがあるねん」

「漫才のほうが楽でええやないか。落語もそうやけど、ピンはしんどいで」

チカコは、あきれ果てたような顔で竜二をじっと見つめ、

「あんたなあ……しんどいとか楽とか、そういうことで決めるもんとちゃうやろ」

「そらそうやけど……俺はおまえとやりたいねん」

「夜中に若い女のアパートで、世間に誤解されるようなこと大きい声で言わんといて」

「ふたりで、新しい笑いを追求しようや。漫才とかコントとか芝居とか……めちゃめちゃおもろくて、めちゃめちゃ派手で、これまで誰もやったことないようなやつ」

「やめたほうがええわ。そういうの、あんたにはおうてへん」

「なんでやねん」

ムカッとした。

「あんたには、落語、向いてると思うよ。まえに聞いた『平林』、めっさおもろかったもん。あたしには、新しかったな、あの笑い」

「――もう落語はでけへん。破門になったんやから」

「謝ったらええやん。ごめーん、て」

「そんなこと、でけるかい！　あんなクソジジイに頭下げるぐらいやったら死んだほうがましや」

「ふーん……ほな勝手にし」

チカコがドアを閉めようとしたので、

「ちょ、ちょっと待ってくれ。せめて、今晩一晩だけ泊めてくれ。行くとこないんや」

「あかん」

にべもなかった。

「世間体気にしてるんか」

チカコはかぶりを振り、

「そんなんどうでもええ。泊めてあげたいねんけど、今……」

奥の部屋にちらと目を向けると、

「友だち遊びにきてるんや。ごめんなあ」

玄関に、男物の靴が置いてある。竜二は肩をすくめた。

「悪かったなあ、じゃまして。ほな、な」

「あんた、行くとこあるんか」

「――もちろん」

竜二は振り返ることなく、雨が滝のように流れている階段を駆けおりた。

◇

これまでのつきあいから、チカコは彼に好意を持っていると思っていた竜二は、宿泊もコンビを組む話も断られて、かなりのショックを受けた。

(男がおったんや。おもろい顔やけど、かわいいとこあるからな、あたりまえといえばあたりまえやけど……)

それ以上にショックだったのは、彼女の言葉だった。新しい笑いを追い求めたいと言った竜二に、チカコは、

「やめたほうがええわ。そういうの、あんたにはおうてへん」

と言ったのだ。

(馬鹿にしやがって。俺には、新しい笑いはわからん、ちゅうことか。こうなったら、意地でもやったる)

彼は、雨のなかをもう一度、ザビエルのアパートに行った。

「仕返しに来たんけ。性懲《しょうこ》りもないやっちゃのう。今度は、肋骨《ろっこつ》の二、三本、へし折ったろか」

ばきばきと関節を鳴らすザビエルのまえに、竜二は両手をついて土下座した。

「すまん」

「な、なんじゃ」

「酒は飲まへん。暴れたりもせえへん。おまえの仕事に迷惑かけへん。せやから、しばらく泊まらせてくれ」

ザビエルは、竜二の顔をじっと見つめたあと、ふっとため息をつき、

「ええわ。約束、守れや」

そう言うと、ドアを全開にした。

◇

その日から、竜二は早朝から深夜までテレビにかじりつき、お笑い番組というお笑い番組をつぶさに見た。ザビエルの勤めている餃子屋でアルバイトをし、得た収入で、あちこちの小さな演芸場やライブハウスをまわり、漫才、コントなどをチェックした。深夜になると、ノートをひろげて、漫才やショートコントの脚本を書いた。たちまち、ネタは数十にもなった。どれも、最新の時事問題を題材にした、辛辣《しんらつ》なギャグにあふれたものだった。書きあげたものを何度も自分で読み返し、ひとりでゲラゲラ笑った。つてをたどって、相方になって

くれそうな人材をさがした。だが、なかなかよい相手はいない。竜二が「これは」と思う優秀な才能はたいがい、どこかの芸能プロダクションに所属しており、今の彼の立場では、そういうところに近寄るわけにはいかない。面接した相手は、皆、ただのお笑い好きの素人にすぎなかった。キレそうになるのをこらえ、竜二は毎日、お笑い番組や舞台を見、ネタを書き、相方をさがし続けた。

〈バック・ドロップ〉という小さなライブハウスのオーナーから連絡があり、ライブの空き時間に開催している「爆笑オン・ザ・コーナー」という企画に出演させてくれることになった。昔、ロックバンドで何度か出演したことのある店だった。

「うちはライブハウスやから、お笑いの企画は色物みたいなもんや。出てるやつらも、人前でしゃべってウケるのが楽しいし、けっこうファンもつくからゆうだけの、半分趣味みたいな気持ちでやってる連中が多いねん。真剣にやろうとするやつは、誰かに弟子入りするとか、どこかの養成学校に入るとかするわな。きみは、なんでそないせんのや」

ちょびひげの、五十がらみのオーナーがそう言ったが、竜二には答えようがなかった。なぜかしらそういう道筋を通る気持ちにはなれなかった、というしかない。

「でも、今、東京でバリバリに活躍してる〈キマ・ジメ〉も、うちのこの企画に出とったところをスカウトされたんやで。がんばりや」

「よろしくお願いします」

竜二は、頭を下げた。

「もうアンプ壊したり、マイクスタンド折ったり、客どついたりせんとってや」

バンドのときは、毎回そうだったのだ。竜二は苦笑いするしかなかった。

「せやけど、きみが噺家に弟子入りしてたとは知らんかったわ。なんでやめたんや」

痛いところを突いてくる。

「古い落語に飽きたらなくなって……。もっと新しいことをはじめたかったんです」

「ふーん、俺は落語も好きやけどな。で、何やるねん。漫談か？」

「ほんまは漫才がやりたいんですけど、相方がいないんで、とりあえずはピンでやろうと思ってます。ここに出してもらってるうちに、ええ相方さがします」

「芸名はなんや」

笑酔亭……と言いかけて、竜二は言葉を呑《の》んだ。その名前はもう使えないのだ。

「本名でいきます。星祭竜二で」

「それ、お笑いとしては固いんとちゃうか」

「ええんです」

竜二は依怙地《いこじ》に言いはった。

◇

翌晩から竜二は、その店に出演した。百二十名ほど入る客席はほぼ満員で、七割以上が若い女性だった。ほかの出演者はネタもしゃべりも、どれもいまいちに聞こえた。オーナーの言っていたとおり、本当に「ちょっとうまい素人」レベルなのだ。

（これならいける）

竜二は拳を握りしめた。なにより彼には、噺家として高座にあがっていた経験があるではないか。

いよいよ彼の出番になった。一番自信のあるネタをひっさげて、竜二は舞台へ立った。

「えー、星祭竜二と申しまして、しばらくのあいだおつきあいを願いますが……」

「何、こいつー。じじむさいしゃべりかた。嫌いー」

最前列の女子高生が甲高い声で言うと、隣の席の、唇にピアスをした若い男が大声で答えた。

「俺、知ってるで。なんとかいうジジイの噺家の弟子やったやつや」

瞬間、竜二の頭は真っ白になった。

「ジジイて誰？」

「酔っぱらいの……ほれ、なんていう名前やったかな。呂律《ろれつ》のまわらん、汚らしいジジイや」

頭に血がのぼってしまって、それから何をしゃべったのかわからない。客席からは、クスリとも笑いは起きなかった。途中でネタが出てこなくなり、よれよれになって舞台を降りた。十五分ぐらいしゃべったかと時計を見たら、なんと四分しかたっていなかった。

「えっ？　もう終わりかよ。時間守れや」

るがな」

「元噺家やったそやけど、めちゃめちゃヘタくそやん。どないすんねん、客、ひいてもうと

次が出番のコンビがあわてて支度をしはじめるのを尻目に、竜二は裏口から外へ抜けようとした。うしろから肩を摑まれ、振りむくと、オーナーだった。

「よう我慢したな。田宮《たみや》くんが『竜二は生まれかわりました。使《つこ》てやってください』ゆうて頭下げにきたときは半信半疑やったけど、ほんまやったな」

田宮というのはザビエルの本名だ。竜二は、ぺこりとおじぎをして、店を出た。自動販売機でワンカップを二本買い、一気飲みする。チカコの苦労が少しわかったような気がした。ピン芸というのは、落語に似ているようでまるでちがう。落語なら、古典でも新作でも、頼るべき一種の「型」があるが、ピン芸には「型」は存在しない。なにもかも一から作っていかねばならないのだ。それを、客にウケるまでにするのは並大抵の努力ではなかったろう。安易に「漫才やろうや」と誘ってもうんと言わぬはずだ。

(ああ、俺、何やってんねやろ……)

道に叩きつけようとしたワンカップの空を、ぐっと握りしめ、ゴミ箱にそっと捨てた。

(次、また、がんばるしかないわ)

竜二は、今日のしくじりで気持ちがとぎれないように、自分を必死にひきしめた。

◇

　翌日の昼間、竜二はザビエルとふたりで南港に行った。おまえには気分転換が必要だ、とザビエルが言いだしたのだ。防波堤に立つ。海に来るのは何年ぶりだろう。潮風が頬に心地よい。横を見ると、むくつけき面相の男である。これが、若い女の子やったらなあ……と竜二は思った。向こうもそう思っているにちがいない。

　水平線近くに、大きなタンカーが何隻も浮かんでいる。カモメが鳴いている。メロンパンのような形をした雲の、目にしみるような白さ。たくましい波頭。すべてのうえにまぶされる金色の陽光……。

「きれいやなあ……」

　竜二の口から、すなおな感想がこぼれでた。

「そうか……？」

　ザビエルは、足もとの、波が打ち寄せるあたりに視線を落としている。そこには、ジュースの空き缶、ペットボトル、使用済みのコンドーム、タバコの吸い殻、お菓子の袋、プラスチック製の容器……などが多数浮かび、パッチワークのような図柄を形づくっている。

「きちゃないなあ……」

　それもすなおな感想だった。

「なあ、竜二」

　ザビエルがいつになくしみじみした口調で言った。

「俺、ここ来て、このゴミ見るたびに、『キィーッ』っていう気になるんじゃ」

わかるわかる。海へ飛びこんで、見える範囲のゴミを全部浚《さら》いたくなるような、いてもたってもいられない気持ち。

「海だけやない。空気も汚れてけつかる。人間の心もな」

いつもなら、何マジな顔でしゃべっとんねん、と笑いとばすところだが、目の前にブツがあるだけに説得力がある。たしかに、新聞やテレビで、戦争やテロのニュースが流れない日はないし、核兵器だ農薬だ海洋汚染だと、暗い話題ばかりだ。

近くで遊んでいた三人の小学生が、飲んでいたジュースの紙パックを、海に捨てた。小魚がそれに群がった。

「あいつら、食い物やと思うとる」

「魚はアホやなあ」

けらけら笑うと、三人はどこかへ走っていってしまった。

「地球は、もう終わりなんかなあ」

竜二が、胸に生じた漠然とした不安を口にすると、

「まだ間にあうと思うで。たぶん、な」

「そやろか」

「と思いたい。個人でも、いろいろでけるんとちゃうか、て思うねん」

「俺にはむりやわ。お笑いしかでけへんからな」

「何言うとんじゃ。笑いは世界を救う、言うやんけ」

竜二は、ザビエルが冗談を言ったのだと思ったが、彼の顔はマジだった。

「無茶言うな。お笑いでどないして世界が救えるねん」

「そんなこと知らん。自分で考ええや」

「ザビエル……おまえ、変わったな。昔は、平気で道頓堀にタバコでもなんでも捨てとったやないか」

ザビエルは照れたように頭を掻いた。

3

次の日も、竜二は「爆笑オン・ザ・コーナー」に出演した。時事ネタを枕に振ってみたが、きのうのことが頭にあり、どうしても暗い方向に話が運んでしまう。客席は、セメントでかためたように静まりかえっていた。前回の失敗に懲りて、昼のあいだに、四十回ぐらいネタを繰ったので、なんとか持ち時間の十五分は消化できたが、その十五分が一時間ぐらいに感じられた。

その翌晩、用事はなかったが、竜二は〈バック・ドロップ〉を訪れた。行く場所が思いつかなかったせいもあるが、ツケのきく店をほかに知らなかったのだ。以前はロック一色の店だったが、その日はジャズバンドが出演していた。サックス奏者がリーダーのカルテットだ。

客も、十人ほどしかいない。

（ジャズか。しょうもな……）

出されたビールを飲みほすと、店を出ようと立ちかけたが、情感のこもったサックスの音が耳に入り、座り直した。聴いているうちに、竜二はすっかりその演奏のとりこになってしまった。最初は、テーマのメロディの変奏からはじまり、徐々にそれが崩れていく。新しいメロディが加わり、また崩れ、べつのものへと変貌《へんぼう》していく。それが即興演奏といわれるものだということは竜二にもわかった。まったくべつのメロディが、リズムが、ハーモニーが、一瞬のうちに形成される。なんの仕込みもない、その場で思いついたフレーズがサックスのベルから流れだし、ピアノが、ベースが、ドラムが、そのフレーズを盛りたて、さらに上の次元へと高めていく。

（なんでや……なんで、こんなにいきいきしてるんや）

四人の演奏家は、子馬が跳ねまわっているように躍動している。サックスは人間が叫んでいるみたいだし、リズムセクションも、演奏が楽しくてしかたないような顔で両手両足をばたつかせている。竜二には、すぐにその理由がわかった。

（即興やからや。前もって仕込んだもんやない、その場で頭に浮かんだことを吹いて、みんなが心をひとつにしてそれにあわせてる。だから、こんなにいきいきしてるんや）

竜二は、自分の最近の舞台のことを思った。今聴いている演奏の百分の一の躍動感もない。何十回も稽古《けいこ》したことを、テープレコーダーを再生するように口からだらだら漏らしているだけではなかったか。

（そうや、即興や。即興の要素を取りいれることができたら……）

もっと自分の漫談はおもしろくなるのではないか。竜二は、突破口を見つけた思いだった。

演奏は、コーラスを重ねるたびに熱くなっていった。やっとその曲が終わったとき、リーダーのサックス奏者が言った。

「今の曲は、〈フローティング・フィッシュ〉といいまして、ぼくのオリジナルです。南港で、ビニール袋を飲み込んで、沈めなくなって、ばたばたもがいている魚を見つけたときに思いついた曲です。次に、バラードをやります。これもオリジナルで、〈地雷〉という曲です。カンボジアへ地雷の撤去のボランティアに行こうと考えている、若い友人に捧げて作りました。聴いてください」

深い音色で、バラードが演奏された。どこまでが作曲で、どこからが即興なのか竜二にはわからなかったが、フレーズの一つひとつが、乾燥したスポンジに水が染みこむように心に染みてきた。

ステージが終わり、司会者が、

「坂瀬晃カルテットでした。どうぞ拍手を」

と言ったとき、竜二は思わず立ちあがって、人一倍大きな動作で両手を叩きあわせていた。

終演後、竜二は、客席でくつろいでいた坂瀬晃に近づき、思いきって自己紹介した。

「ああ、きみのことは田宮くんから聞いてるよ。落語家さんだったんだってね」

「ザビエル、いや、田宮とは親しいんですか」

「しょっちゅう聴きにきてくれるよ。終わってからもいろいろしゃべったりしてね」

なんとなく、ザビエルが「変わった」理由が、竜二にもわかってきた。

「ジャズのことは全然知らんのですけど、今の演奏は即興なんですよね」

「そうだよ。作曲されたテーマがあって、あとはそれに基づいて、アドリブをする。基づいていっても、全然無視したってかまわないんだけどね。落語と似てるだろ。昔からあるネタを、いろんな噺家さんがそれぞれの個性で演じるわけだからさ」

「落語とは全然ちがいますよ。落語は、覚えたネタを何十回も何百回も稽古して稽古して、それから高座にかけるんです。そのころにはネタはすりきれてしまってます。即興性なんかほとんどゼロですから」

「うーん……即興だからいいとか、即興でないから悪いとか、そんなことはないよ。何千回稽古したものでも、やるたびに新しい気持ちで演じることができれば、すりきれることなんかないはずだ」

だが、

（とうとう摑んだ……！）

と興奮している竜二の耳に、その言葉は入らなかった。

◇

竜二は、最新の時事問題をテーマにして、即興の要素を取りいれた漫談の完成に夢中になった。核になる話題と冒頭部分だけを決めて、あとはアドリブで進めていく。オチも即興的に出てくるほうがいいはずだが、それでは航図のない航海のように不安なので、一応、ざっくりとしたオチは用意した。何度もネタ繰りをしたいところだが、あまり稽古をすると、自然発生的な良さが失われるから、我慢する。非常に宙ぶらりんな気分だがしかたがない。これで、いきいきとした笑いが生まれるはずだ……。

もちろん、そうはならなかった。最初こそ、話がどこへ行くかわからないおもしろさでそこそこウケたが、すぐにそれが、即興といえば聞こえはいいが、結局は目的のない雑談に近いものであることが露見してしまった。途中で飽きてきた客が、欠伸《あくび》をしたり、携帯電話を取りだしてメールを打ちはじめる始末。それを見て竜二は焦り、唐突にオチを言って、舞台を降りた。あとには、きょとんとした客だけが残された。

（おかしい……なんでなんや……）

夜になると、その日もまた吹き降りになった。傘をさしての帰路、竜二は何度も自分に問いかけた。これでいいはずなのだ。最新の話題と即興性……それが芸をいきいきしたものにして、客の心を動かすはずなのだ。それなのに……。

（どこでまちごうたんやろ……）

腕組みをしたまま、竜二は繁華街をうろうろした。かなりの大雨ではあったが、まだ時間も早く、アーケードのしたには人があふれている。ふと気づくと、松茸芸能の演芸場「難波座」のまえまで来ていた。梅寿のおともで数えきれないぐらい通った場所だ。竜二は、入ってみる気になった。

（金払《はろ》て、客として入るねんから、かめへんやろ）

いつもはビルの裏側にある通用口を利用していたので、正面から入るのははじめてだ。チケットを買い、入り口をくぐる。薄暗いなか、最後列の席に着き、顔をあげた瞬間、竜二は我が耳をうたぐった。高座から聞き慣れただみ声が聞こえてきたのだ。

「……いつも言うとるとおりや。お父っつぁんな、おまえだけが頼りなんや。心配さすな、あほんだら。遊びに行ったらあかんとは言わへんわい。遊びに行くねやったら、いっぺん帰ってから、ランドセル置いて、あらためて行け」

梅寿だ。

（あかん……出よ）

立ちあがろうとしたとき、

「動くなあっ！」

大喝が轟《とどろ》き、竜二は、金縛りにあったように客席で動けなくなってしまった。

「動くんやないで、寅《とら》コ。おのれどうしてもどこで盗んだんか言わんのやったらな、この金《かな》槌《づち》でドタマどついてこましたる」

「お、お父ちゃん、待ったあ待ったあ。ようそんな無茶言うわ。そんな金槌でどつかれたら、頭の形変わってしまうがな」

「子は鎹《かすがい》」だ。「子別れ」ともいう。腕のいい職人だが大酒飲みの男が、酒におぼれて仕事もせずに遊び暮らし、果てには遊廓の女を家に引きいれたため、妻のお花は後ろ髪をひかれながらも、一粒種のせがれ寅ちゃんを置いて、家を出る。苦労の末、ようやく自活できるまでになったが、何につけ思いだすのは、かわいい盛りであるはずのこどものこと。会いたい会いたいと思っているとき、寅ちゃんとばったり再会する。その口から、わかれた亭主が、今は女を追いだし、酒もやめ、仕事一筋に打ち込んでいると聞き、また、片親であることで我が子がつらい思いをしているとも知り、ついに亭主と縒《よ》りを戻すことになる……。笑いどころは多く、オチもあるが、一種の人情話である。

江戸落語では、女房こどもに去られた亭主の視点から描かれるのが普通だが、上方では、こどもを残して家を飛びだすのは女のほうで、そのバージョンは「女の子別れ」とも呼ばれ、梅寿が演じているのは、後者のほうである。長男に孫ができた頃から、梅寿のよく手がけるようになったネタだが、竜二はこれまで、

（お涙ちょうだいのしょうもない話……）

と思って、関心を抱いたことはなかった。両親のいない竜二には、子を思う親の愛情というのがいまひとつピンとこなかった。

「おばちゃん、夫婦の仲の子は鎹か？　道理で、お父ちゃん、わいの頭、金槌で叩くゆうたんや」

オチを言って、梅寿が引っ込むと同時に、竜二はそそくさと席を立った。

（見られてへんやろな。この劇場、暗いし、うしろのほうの列は高座からは見えにくいから大丈夫やろ……）

もぎりを出ようとしたとき、突然、うしろから羽交い締めにされた。

「な、何すんねん」

「竜二、もう逃がさんでえ」

その声は……。首を曲げると、兄弟子の笑酔亭梅漫だった。梅春もいる。

「す、すんません、見逃してください」

「あかん。今までどこ行ってたんや。絶対、離すかい」

「離してください、頼んます」

「おまえを……師匠のとこ連れていって……謝らすまでは……何がなんでも……」

「後生です。俺はもう……噺家なんか……痛い痛い痛い……痛いて！」

「なにが痛いじゃ。こうなったら満身の力を込めて……」

「痛い痛いほんまに痛い息が苦しい死ぬあ痛たたたたたた」

「あ、師匠」

ふっと、喉《のど》にかかっていた腕の力が抜かれ、すうっと楽になった。と、同時に、気も遠くなり、竜二は床に両膝《ひざ》をついた。

「もぎりで騒ぐな。ほかの客の迷惑や」

梅寿の声だ。めちゃめちゃ不機嫌そうである。竜二はびびってしまい、顔をあげることができなかった。

「すんません。あの……竜二が謝りにきよったんで、逃げんようにつかまえとったんです」

「謝りにきたもんが、なんで逃げるんじゃ」

「そ、それは、こいつ、照れ屋やさかい……。師匠、お願いです。竜二を許してやっとくなはれ。十分、反省しとりまっさかい」

「師匠、私からもお願いします。落語家として、この子の才能はほんまに……」

「じゃかあしわっ！」

もぎりで騒ぐな、と言った本人とは思えない、爆弾が爆発したような怒声だった。近くを歩いていた年寄りの客が、あまりの大声にひっくり返った。梅漫と梅春が、縮みあがっている横を、梅寿は、「ブルドッグが苦い薬品を嚙みつぶした」ようなむっつりした顔つきで、通り抜けていった。竜二には目もくれなかった。

「師匠、きのうから、なんか機嫌が悪いんや」

梅春が言った。

「せやから、今度、師匠の機嫌のええときに、うまいこと私から言うたるさかい、あんたもきちんと謝りに……」

「もう……ええんです。俺、漫談に転向しましたから」

「ちょ、ちょっと、竜二、あんた……」

「もう、俺にかまわんとってください。失礼します」

竜二は、「難波座」を出た。師匠が、何か一言でも声をかけてくれるのでは、と期待した自分が甘かった、と思いながら。土砂降りはまだ続いていた。これで、本当に、梅寿との縁が切れた、と思った。

だが、そうではなかった。

◇

翌日は朝からカラッと晴れあがった。昼前、竜二は、商店街の肉屋でコロッケを買っていた。以前、酔っぱらったこの店の親父と高座でトラブったことがあり、その縁で、ちょいちょい買いにくるのだ。味は、ええかげんな店主の性格を反映して、じゃがいものつぶしかたなど、相当ざっくばらんだが、そこが無骨な味わいになっていた。

「えーと……普通のコロッケ四つと、カレーコロッケ二つ……」

そこまで言ったとき、またしても背中から羽交い締めにされた。

「ええかげんにしてくれ。俺はもう一門には……」

そう叫びつつ、振り返ると、意外な人物がそこにいた。

「アーちゃん！」

梅寿の妻、千都子である。なぜか、目が真っ赤に充血している。

「竜二くん、やっと見つけたわあ。きのう、ヒデコちゃんと梅漫くんが、難波座で会《お》うたゆうてたから、まだこの辺におるんちゃうか思て、立ち寄りそうな店、ずっと見張っとってん」

「あの、アーちゃんの頼みでも、俺はもう……」

「あんた、今どこにおるんかしらんけどな、テルコ、あんたとこ行ってないか」

テルコというのは、梅寿の長男、一郎の長女で、五歳になったばかりだ。

「いえ……テルコちゃん、どないかしたんですか」

「――おらんようになってしもたんや！」

竜二は、金槌で頭をどつかれたような気がした。

4

テルコは、梅寿にとっては初孫である。近所に住んでいるので、しょっちゅう遊びに来る。鬼瓦のような梅寿の顔が、テルコのまえでだけはほころぶので、弟子たちは、何かしくじりをやらかすと、テルコが来ているときを狙って告白するのを常としていた。

「いつからです」

「きのうの昼過ぎからやねん。一晩中待ってたけど、帰ってけえへん。ずっとざんざん降りやったさかい、心配で心配で……」

「警察へは届けたんですか」

「正式にはまだやけど、二郎がいろいろ走ってくれてる。でも、まだ何もわかってないねん」

二郎は、梅寿と同居している彼の次男で、難波署の竹上刑事のことである。

「実は最近、うちへ遊びに来たあと、ひとりでどこかへ行ってしもて、大騒ぎしてるところへひょっこり帰ってくる、ゆうことがちょいちょいあったんや」

「どこへ行ってるんでしょうね」

「それが、いくらきいても言いよらへんねんわ。うちの近くに友だちでもでけたんかなあ、てお父ちゃんと言うてたんやけど、あの子、どんくさいゆうんか、あっちゃこっちゃよう怪我するやろ。こないだも、自転車乗ってて、こけてな、頭にごっつい怪我しよったし、それでのうても、最近、いろいろ物騒やがな。悪い子ぉらとつきおうてたりしたら心配やなあ、言うてたとこやったんや」

「ちっとも知りませんでした」

アーちゃんは、肉屋の油でべとべとになった囲いに手をついて、ため息をつくと、

「あの子、あんたにようなついとったやろ。せやから近頃、『トサカの兄ちゃん、いてる?』ゆうてうち来るたびに、『ごめんな、竜二くん、今、ちょっといてへんのよ』言うたら、悲しそうな顔してなあ……。ひょっとしたら、あんたとこに行ってるんやないかと思たんやけど、やっぱりちゃうかったか。あんたに遊んでもらわれへんさかい、それでよそに遊びに行く気になったんかもしれへんなあ」

アーちゃんは何気なしに言ったのだろうが、竜二にはショックだった。彼が、梅寿のところを出ていったために、テルコがいなくなった……そういう意味にとれるではないか。

「えらい買い物の邪魔してしもてごめんやったな。二郎から連絡入ってるかもしれんから、あて、家に電話してみるわ」

アーちゃんは、近くにあった公衆電話のほうに行きかけたが、急に振り向き、

「竜二くん、あんた、いつでも帰ってきてええねんで。部屋はあけたあるし、荷物もそのままや。お父ちゃんが何ゆうたかて、あてがちゃんとしたげますさかい」

竜二は胸がいっぱいになって、何も言えなかった。そして、アーちゃんが電話をしているところを、少し離れたところからじっと見つめていた。しばらくして、アーちゃんの顔が蒼《そう》白《はく》になったのが、遠目にもわかった。電話を切ったあと、アーちゃんは竜二のほうを向いて、言った。呟《つぶや》くような小さな声だったが、竜二にははっきりと聞きとれた。

「テルコが……誘拐された……」

◇

家への道すがら、竜二はアーちゃんから事情をきいた。ついさっき、午前十一時頃、梅寿の家に電話があったらしい。電話を受けたのは梅寿本人で、内弟子の梅雨も外出しており、たまたまほかに誰もいなかったのだ。相手は早口で、テルコを預かっている、無事だから心配するな、一千万円持ってこい、受け渡し場所は、千日前の「銭亀食堂」の亀の置物のまえ、

時間は午後一時、目印に蛙《かえる》の形の帽子をかぶっている、警察には言うなよ、テルコもそれを望んでいる……そうまくしたてた。梅寿が怒鳴りつけると、急にガチャンと電話を切ってしまったという。

（誘拐……）

竜二は、目のまえに黒いカーテンをおろされたような気分だった。梅寿の家に遊びに来るたびに、「トサカの兄ちゃん」といってまとわりついてきた、かわいい仕草が思いだされた。彼には兄弟はいないが、テルコと遊んでいるときは、歳《とし》の離れた妹がいるような錯覚に陥った。これが、家族ゆうもんかな、と思ったこともあった。

（テルコちゃんを誘拐するやなんて……絶対許せん）

竜二は心のなかで拳をかためた。

◇

ほんの二週間ほど留守にしただけなのだが、何年も来ていなかったようだ。久々に梅寿の家の玄関に立った竜二はそう思った。

「何してんねん、はよあがり」

アーちゃんに急《せ》かされて、竜二は、躊躇《ちゅうちょ》するひまもなく、家に入った。

狭い居間は、割れた皿や一升瓶、折れた障子の残骸などで足の踏み場もなく、その中央に梅寿が、これ以上ないというぐらい凶悪な顔つきであぐらをかいていた。酔っぱらってむしゃくしゃし、ひとりで大暴れしていたようだ。その横に、長男の一郎が青ざめた顔で座っていた。竹上刑事は、おろおろと居間と台所のあいだを歩きまわっていた。

「こら、二郎。はよ、逆探知せんかい！」

梅寿がアルコール臭い口をあけて怒鳴りつけると、竹上刑事は、何度かどつかれたらしい、青痣《あおあざ》のある顔を父親に向け、

「無茶言わんとってくれ。電話切ってしもたら、逆探知なんかできんのや」

「そんなこともでけんと、駐禁キップばっかり切りやがって、この税金泥棒が」

「今、そんなん関係ないやろ」

アーちゃんが割り込んで、

「お父ちゃん、竜二くん、来てくれたで」

だが、梅寿は竜二を一瞥《いちべつ》すらしようとしなかった。

「一千万か……」

コンピューター関係の仕事をしている一郎が、髪の毛をかきむしった。

「そんな大金、とても用意できへん」

「わしがなんとかする」

「アホ言うなや、お父ちゃん。あんなに借金あるのに……」

「じゃかあしい。わしも笑酔亭梅寿や。いざとなったら、それぐらいの金……」

「どないすんねん」

「銀行強盗してでもそろえたる。二郎、おまえも手伝え。ピストル持っとるやろ」

「お父ちゃん、金は用意せんでもええ。『銭亀食堂』のまわりは、私服警官でかためてある。誘拐犯が来たら、絶対逃がさへん」

「あのなあ二郎、あてらはテルコが無事に帰ってきたらええねん。あちらさんは、警察に言うな、て言うてはるのやさかい、刑事が来てるてわかったらテルコがえらい目にあうやわからんがな。それだけはかたがた言うとくで」

アーちゃんが涙声で言った。

「わかってる。人質の安全第一や。日本警察を信頼してくれ」

「あの……」

竜二はおずおずと手をあげた。

「師匠、電話の相手は、どんなやつでしたか」

梅寿は、竜二を完全に無視して、ぷいと横を向いた。これはきつかった。おのれに師匠言われる筋合いはない！　とか怒鳴りつけてくれたほうがずっと気が楽だ。

「お父ちゃん、竜二くんがきいてるやないの。ちゃんと答えんかいな！」

アーちゃんが梅寿の耳をぎゅっと引っぱった。

「こ、こら、やめんかい」

「電話の相手はどんなやつやったのん。はよ、言いなはれ」

「わからん。ずぶろくに酔うてたさかいな。テルコの友だちや。テルコがかわいそうやから、ちょっと遊んだってるだけや。そない言うとったわ」

「本当に一千万円要求したんですね」

「竜二くんに答えなはれや！」

「やいやい言うな。ほんまじゃ。『一千万を持ってきてもらえますか。テルコちゃんも欲しがってます』言うとったわ」

「テルコちゃんも欲しがってます……？　そう言ったんですね」

「…………」

「お父ちゃん！」

「言うた。たしかに言うた」

「で、蛙の形の帽子をかぶっているとも言ったんですね」

「お父ちゃん！」

「今、答えようとしとったんや。そや、蛙の形の帽子かぶってる、言うとった。わしが『この誘拐犯人、今すぐおのれの首へし折ったるさかい、待ってえよ。わしは梅寿や』ゆうて怒鳴ったら、電話、切ってしまいよった」

一同はがっくりした。竹上刑事が、皆の気持ちを代弁するように、

「なんで誘拐犯を怒鳴りつけるかなあ……」

「腹立ったんじゃ」

「そらそうかもしれんけど」

「なんか……おかしいですね、その電話。どうして一千万円をテルコちゃんが欲しがるんでしょうか。それに、目印やいうても、蛙の帽子やなんて、目立ちすぎるでしょう」

と竜二が言ったが、答えられるものはいなかった。それからしばらくは無言が続いた。やがて、竹上刑事が腕時計を見て、誰に言うともなく言った。

「そろそろ行こか」

◇

千日前に移動するあいだも、梅寿は竜二を無視し続けた。何か話しかけても、目線も動かさない。竜二もあきらめて、黙りこんだ。竜二の胸には、ぼんやりした疑念があった。最初はもやもやしたものだったが、次第にはっきりした、形のあるものに変わっていった。

「銭亀食堂」の入り口には、亀といわれれば亀にも見えるが、狸といわれれば狸に、ゴリラといわれればゴリラにも見える不細工な等身大の人形が飾ってあり、このあたりの待ち合わせのメッカになっていた。アタッシュケースを抱えた一郎が、カップルや、サラリーマン風の男たちに混じって、不安そうな顔で立っている。竹上刑事、梅寿、竜二の三人は、道を挟んで反対側のポルノ映画館の看板の陰に隠れて、様子を見ていた。周辺の路上には、あきらかに一目で刑事とわかる、いかついティッシュ配りや、いかついサンドイッチマンや、いかついホームレスや、いかついピンサロの呼び込み……などがたむろしていたが、おそらくそれ以外にもかなりの数の私服刑事が張りこんでいるはずだ。

「一時五分まえやな。そろそろ……」

竹上刑事が言いかけたとき、めちゃめちゃ派手な、ライトグリーンの蛙の形をした帽子をかぶった、背の低い人物が、日本橋のほうから現れた。手をつないでいるのは、テルコだ。にこにこ顔で、スキップしている。背の低い人物が、亀の置物のまえに到達したとき、竹上刑事が、上司や仲間の刑事たちに合図を送り、自らもゆっくりと一歩踏みだした。蛙帽の人物が顔をあげ、竜二たちのほうを向いた。その顔を見た瞬間、竜二は、自分の抱いていた疑念が正しかったと知った。

「よし、被疑者、逮捕や」

駆けだそうとした竹上刑事の腕を、竜二は摑み、

「待ってください。あの人は誘拐犯じゃありませんよ」

そう言って、自分が前に出ようとした。しかし、それより早く、梅寿が、

「テルコ！　テルコ！」

と叫びながら猛ダッシュした。

「あっ、ジイジ。イノセントマン、持ってきてくれた？」

テルコは笑顔で手を振った。

「テルコ。無事やったかあ！」

梅寿はテルコを抱きあげると、蛙帽に向かって、

「おのれはようもうちの孫を……」

「あ、おはようございます、梅寿師匠。お頼みしたおもちゃ、持ってきてくださいましたか」

帽子をとってぺこりとおじぎをしたのは、チカコだった。呆然《ぼうぜん》としている梅寿の耳に、竜二がささやいた。梅寿の目が蛙のように丸くなり、

「そ、そうか……わしも、そんなこっちゃろうな、とは思とったんや……」

チカコとテルコと亀の置物を、私服刑事たちが十重二十重《とえはたえ》に取り囲んでいる。

「これはどういうことだ。竹上、説明してもらおうか」

上司に、閻魔《えんま》のような顔でにらみつけられ、答に窮している竹上刑事をかばうようにして、竜二が、

「何もかも誤解だったんです。笑酔亭梅寿がご説明いたします」

梅寿は、思わず咳《せ》きこんだが、

「いや、まあ、その……ま、わしは当事者やさかい、竜二、おまえから説明せえ」

「わかりました。このチカコ……さんは、テルコちゃんと知りあって、最近、時々、遊んであげていたんです。きのうも、テルコちゃんは、チカコさんのアパートに遊びにいきました。そやな、チカコ……さん」

「せやねん。小さいのに、夕方遅くにきて夜までいてたりするから、ええんかなあとは思とってんけど……きのうはあたしが出かけとって、夜中の三時頃に帰ってきたら部屋のまえにずぶ濡れで座ってるから、びーっくりしてな……」

チカコの帰りをしばらく待っているうちに大雨になってしまい、帰るに帰れなくなったのだろう。チカコは、すぐにテルコを部屋に入れ、風呂に入れて、そのまま寝かしつけたのだが、親に連絡しておかないと心配しているだろう、と思い至ったのは今朝になってからだった。

「でも、電話番号きいたんやけど、ジイジんとこの番号しか知らんゆうてな」

こどもは、自宅の電話番号は覚えていないことが多いのだ。

「その番号に電話したら、梅寿師匠がではったからめっちゃびっくりしたわ。あたしも師匠、怖かったから、すぐに電話切ってしもたしな」

チカコは、テルコちゃんは今、自分が預かっているからご心配なく、しばらく遊んであげてから帰します、ついては、お手数ですがテルコちゃんのお気に入りのおもちゃを持ってきてください、と言おうとしたのだが、酔っぱらった梅寿にはうまく伝わらなかったのだ。

竜二は、刑事たちに向かって、

「わかってもらえましたか。チカコさんは、『イノセントマン』を持ってきてもらえますか、ってゆうたんです。それを、梅寿師匠が、『一千万』と聞きまちごうたんです。警察に言うな、というのも、テルコちゃんが頼んだのでしょう。そやな、チカコ……さん」

チカコはうなずき、

「テルコちゃんが、『警察のおっちゃんには言わんとって』て言うたから、そないゆうたんや」

「テルコちゃんにとって、『警察のおっちゃん』というのは、不特定多数の警官ではなくて、ここにいらっしゃる竹上刑事のことです。竹上刑事は、『警察』だし、テルコちゃんにとって叔父さんにあたるから、まさに『警察のおっちゃん』です」

そう言って、竜二がテルコに顔を向けると、

「あのな、うちな、『警察のおっちゃん』、すぐに怒るさかい嫌いやねん。せやから、言わんとってゆうたんや」

刑事たちは顔を見合わせてごちゃごちゃしゃべりあっていたが、竹上刑事の上司は思いきり竹上刑事をにらみすえてから、梅寿に、

「はっきりした事情はわかりませんが、とにかく事件性はないようですので、これで引きあげます。くれぐれも、電話はちゃんと聞きとってくださいよ。おい、竹上、後始末はおまえひとりでするねやろな」

「は、はい。それはもちろん」

刑事たちがぶつぶつ言いながら引きあげていったのを見届けてから、梅寿は、竹上刑事の頭をげんこつで殴りつけた。

「痛いっ、何すんねん、お父ちゃん」

「このダボがあっ。竜二でもすぐにわかるようなことを、刑事のおのれがなんでもっとはようにわからんのじゃ。親に大恥かかせやがって」

「痛い痛い。そんなんゆうたかて、電話聞きまちごうたんはお父ちゃん……痛い痛い痛い

て」

その光景を、チカコやテルコと一緒に見ながら、竜二は久しぶりに腹の底から大笑いした。

5

テルコは、竜二と遊べなくなってから、しばしばひとりで近所の路上や公園で遊んでいた。ときには、さみしさから泣いてしまうこともあった。そんなときに、たまたま通りかかったのがチカコである。

「どないしたん？」

「大阪の兄ちゃんに会いにきたんや」

テルコは「トサカの兄ちゃん」と言ったのだが、チカコは、この少女がどこか近在から大阪へ兄をさがしにきたのだと思った。

「あんた、ひとりで来たん？」

「そや」

「お兄ちゃん、どこに住んでるんかわかってるんか」

「わからん。せやからさがしてるねん」

「ちょっとあんた、頭に傷あるやん。どないしたんや」

「ん——……べつに……」

「べつにて、あ、ここも怪我してる。あんた、まさか……」

もしかしたらこの少女は、虐待とは言わぬまでも、親からきつい体罰を受け、それに耐えかねて、生き別れになった「大阪の兄ちゃん」のところへ家出しようとしているのではなかろうか、とチカコは想像をふくらませた。

「あのな、お姉ちゃんとこ、遊びに来る？」

「行ってもええのん？」

「かめへんよ。そのかわり、ちゃんと家に帰るんやで」

「うん」

それ以来、テルコはたまにチカコのアパートにやってくるようになった。二時間ほど遊んで、バイバイといって帰る。チカコも、彼女の身の上を根掘り葉掘りききだすようなことはしなかったが、あるとき、「金槌でぶたれたら、頭へこんでしまうわ」などと口にしているのを耳にして、

「誰にぶたれるねん」

とたずねると、

「お父ちゃんに」

と答えたので、チカコはますます、少女が父親から折檻《せっかん》を受けているのだと信じ込んでしまった。それは、テルコが近頃しょっちゅう耳にしていた、梅寿の「子は鎹」の一節だった

のだが。

「ほな、こないだ俺が泊めてくれゆうて行ったときも……」

「テルコちゃんが来ててん。ごめんなあ」

「な、なんや……俺、男が来てるもんやとばっかり思とったわ」

「いっぺんその口、ペンチでひねったろか」

「せやけど、玄関に男もんの靴、あったやないか。茶色のでかいやつ」

「アホ！　あ、あれはあたしのや。失礼やな、あんた。そもそも梅寿師匠も失礼やわ。あたしの電話の声、男の声と思うやなんて」

チカコは目を剝《む》いた。

◇

翌日は、竜二が〈バック・ドロップ〉に出演する日だった。

（今日で最後にしよう）

と竜二は心に決めていた。まるでウケない実験をいつまでも続けていられるほどずうずうしくはない。オーナーにも申しわけがない。今日、すべったら、どこか就職口を探すつもりだった。

（餃子屋もええな）

そんな覚悟で竜二は舞台に立ったが、やはり、即興時事漫談のウケはいまいちだった。前

のほうの若い客は、

(なんやこれ?)

という顔をしている。しかし、最後列から大きな拍手があった。目を凝らすと、ザビエル、坂瀬晃、チカコの三人が並んで拍手しているではないか。

(聴きにきてくれとったんか……)

竜二は、すべてが終わった、という気持ちで、舞台を降りようとした。

そのとき。

出囃子《でばやし》が鳴り響いた。

(な、なんで出囃子が……。それにこの出囃子は……)

舞台袖から現れたのは、黒紋付き姿の梅寿だった。

「お、おはようございます」

竜二がしゃちほこばって言うと、軽くうなずき、舞台へ出ていき、床にべたりと座った。

「なんやこのジジイ」

「落語家の、ほれ……なんとかいうやつとちゃうか」

「なんでここに出てるねん」

客席もざわついている。竜二がカウンターを見ると、オーナーが親指を立ててにやりとしている。

(どないなっとんや……)

上方落語界の大御所、笑酔亭梅寿が、ライブハウスで催されるこんなイベントに登場するなんて、しかも、高座もないところで一席うかがうなんて……。竜二には信じられなかった。だが、梅寿は委細かまわずネタに入った。

「しばらくのあいだおつきあいを願います。相も変わりませず、ごくお古いお噂《うわさ》を申しあげて失礼させていただきますが、『かくばかりいつわり多き世の中に、このかわいさはまことなりけり』……親御さんにとって、こどもというのは、目のなかへ入れても痛ないほどかわいいもんやそうでございますが……」

「子は鎹」である。梅寿は、相手が落語をよく知らないライブハウスの客だろうがなんだろうがおかまいなしに、いつもの調子で噺を進めた。最初はとまどっていた客も、しだいに聴き入るようになり、くすぐりでは笑い声をあげ、寅ちゃんが母親に恨みごとを言う場面では、泣きだす若者もいた。竜二も、引き込まれたひとりだった。

（なんでや……なんで、こんなにおもろいねん。なんで、こんなに新鮮やねん……）

何十回聴いたかわからぬ、登場人物もストーリーもくすぐりの箇所もオチも熟知しているはずのネタが、なぜこんなに魅力的なのか。即興の要素などほとんどないのに、どうしていきいきと輝いているのか。わからないわからないわからない。しかし……。

（やってみたい。こんな風に落語ができるようになりたい）

竜二は心からそう思った。竜二は、舞台袖からそっと客席にまわり、ザビエルの隣の席についた。

ザビエルが耳もとでささやいた。

「竜二よ……」

「われの師匠、さいぜん俺らのとこへ来て、うちの竜二が世話なったゆうて、さんざん頭下げていきよったで。顔はいかついけど、なかなかええおっさんとちゃうんか」

まさか……と竜二は思った。梅寿がそんなことをするとは思えなかったのである。

「それとのう……俺、来週からカンボジア行くことなったんじゃ。地雷撤去のボランティアでのう。やっと金貯まったわ」

その瞬間……すべてがわかった。「悟った」といってもよい。

(そうか……そやったんか!)

なぜ、落語はおもしろいのか。繰り返し繰り返し繰り返し稽古して、繰り返し繰り返し演じられるネタが、どうしてすりきれてしまうことなく、人の心を魅了しつづけるのか。

それは、落語の根本が「情」だからである。人間が人間であるかぎり、「情」はどれほど繰り返されても滅びることはない。

古典落語の舞台となっているのは、いわゆる「古き良き」時代の大阪である。海も空気も汚染されておらず、地球上のどこにも核兵器や化学兵器などひとつとして存在していなかった頃の話である。出てくる人物は、喜六、清八、源兵衛、甚兵衛《じんべ》はんといったおなじみの連中にしても、「子は鎹」の酒飲みの親父《おや》っさん、お花、寅ちゃんたちにしても、根っからの悪人はひとりもいない。アホでのんきなやつらが、アホでのんきなことを今日も今日とてしでかすのだ。

落語は、笑うためだけに聴くのではない。一度目は笑えたくすぐりも、繰り返し聴くと飽きてしまう。それなのに、同じ落語を何度聴いてもおもしろいのはなぜだろう。それは、落語の世界では、時間がとまっているからだ。殺伐とした話題ばかりが先行する今の世の中、核兵器も公害もテロもなかった「あの頃」の「あの連中」に会うために、皆は落語を聴くのだ。うまい噺家の手にかかれば、そういった架空の大阪が、目のまえにいきいきと蘇《よみがえ》ってき、客は一時、世の中の憂《う》さを忘れて、落語の世界の住人になることができるのである。

梅寿がオチを言ったとき、狭いライブハウスは拍手であふれた。しょうもない話だと思っていた「子は鎹」が、実は崩壊した家族が再生する物語だったことが竜二にはわかった。

（俺、やっぱり落語に向いてるわ。俺、落語がしたい）

舞台を降りてきた梅寿のまえに竜二は駆けつけた。

「師匠、めちゃめちゃよかったです！」

竜二は興奮した口調で言った。

「寅ちゃんは、テルコちゃんですね。テルコちゃんが戻ってきた師匠の喜びが伝わってきました」

梅寿は、しばらく竜二を見つめたあげく、

「アホ。わからんか。あれはな……」

くるりと竜二に背中を向けると、

「おまえのこっちゃ」

「へ？」

「どんな弟子も、わしにとってはわしの子や。——さ、帰るで」

そう言うと、梅寿はすたすたと歩きだした。竜二は、あわててそのあとを追った。

千両みかん

せんりょうみかん

夏、土用の最中のお噺《はなし》です。ハウス栽培が盛んになり、その上バイオ農法が進歩したおかげで、旬《しゅん》と呼ばれるものが少なくなりました。それでなくとも異常気象が続き、昔ながらの季節感も感じられない今日この頃です。

天満《てんま》市場のみかん屋が毎年囲う上質のまま保管されていたみかんを「若旦那が死ぬほど焦がれたのなら、お金は要りまへん。どうぞ持って帰んなはれ」と言われた番頭、「それでは気が済みまへん。うちも船場《せんば》で名の通った大家《たいけ》。お値段のほうは遠慮なさらず仰っとくなはれ」と言ったことで、「それなら……」と一粒千両の値がつくところに大阪商人の心意気がうかがえます。番頭がみかん三房を三百両の現金として錯覚に陥るには、その価値をどれだけ高めておくか、そして最終的に若旦那のみかんを思い入れ一杯に食べるところが決め手ではないでしょうか。

『莨《たばこ》の火』『はてなの茶碗』『高津《こうづ》の富』『愛宕山《あたごやま》』など、えてして大金にまつわる噺は、どうしても金に翻弄される人間の弱さや脆《もろ》さ、見栄や虚栄が浮き彫りになり、登場人物の多種多様さ、噺の複雑さ、難解さにも増して、それなりの貫禄が必要になってきます。

希少価値として、日本の松茸や世界の三大珍味といわれるフォアグラ、キャビア、トリュフなど高価なものばかり。落語家は現在東京に約五百人、大阪に約二百人も棲息します。到底、希少価値の部類には入らず、スーパーの店頭で山積みにされないよう気をつけたいものです。

（月亭八天）

1

「気持ち悪い。吐く」

梅寿は、急に立ちどまると、その場に嘔吐《おうと》した。竜二はあわてて飛びさがろうとしたが間に合わなかった。彼の一張羅のズボンは、梅寿の嘔吐物でどろどろになり、周囲はたちまちアルコールの臭《にお》いで満ちあふれた。冷えびえとした一月の寒気のなかで、竜二のズボンは白い湯気をあげていた。

（洗濯して乾くまでのあいだ、寝間着で過ごさなあかん。このクソジジイ……！）

深夜の二時ぐらいである。梅寿は、よろっ、よろっ、とロボットのように歩くと、そのあたりにはひとつしかない街灯にしがみつき、ふたたび吐いた。

（また、定位置や……）

竜二は半ばあきれ、半ば感心した。この小さな公園は、梅寿の家のすぐ裏手にあるので、飲んで帰ってきたときなど、梅寿はかならずここを横切って近道をする。その途中で、なぜか、この街灯に抱きついて嘔吐する。嘔吐しないときは、立ち小便をするのがならわしになっている。パブロフの犬のように、この場所に来るとなにかを身体から出したくなるのが条件反射になっているのかもしれない。おそらく、街灯の下の地面には、梅寿がこれまでにしたゲロと小便が、そうとう深いところまで染みこんでいるはずだ。

「こら、竜二、さすらんかい！」

唇からよだれを垂らしたまま、梅寿は怒鳴った。自分のズボンのよごれをティッシュでふいていた竜二は、しかたなく師匠の背中をさすった。びゅうん、と北風が師弟のわきを吹き抜けていく。春は桜で、夏はセミの声でいっぱいになっているこの公園も、今は寒々しい。

「どアホ。いつも言うとるやろ。もっと、こう……下からさすりあげるように……」

「すんません」

「なんべんわしの背中さすっとんじゃ。もっと勉強せえ」

そんな勉強はしたくない、と思いながら、竜二は言われるがまま師匠の背中に手を押し当てる。

（ちょっと瘦《や》せたんちゃうか……）

軽い驚きだった。少しまえまでは、もう少し太っていたように思ったが、いつのまにか背骨が浮きでており、竜二の指に触る。これまで梅寿の老いを意識したことなどほとんどなかったが、

（よう考えたら、師匠もええ歳《とし》やからな）

竜二はそう思った。

「あうっ……あごごっ」

梅寿は、意味不明の呻《うめ》きを発すると、竜二の足もとめがけて三度目の嘔吐をした。狙っているとしか思えない。梅寿は伸びをすると、

「これですーっとしたわ。ついでや、小便《しょんべ》もしとこか」

そう言って、その場で着物の前をまくり、じょんじょろりん、じょんじょろりんと放尿をはじめた。アルコール臭い小便が、公園の土に溝を掘っていく。

「竜二、おまえは小便はええんか」

「さっきの店でさんざんやりました」

「せやったな。——おい、竜二、ちょっと見てみ」

すっかり出しおわると、梅寿はまじめな表情で自分の嘔吐物と小便を指さし、しみじみした声で、

「さっきしこたま飲んだ『越《こし》のなんとか』ちゅう高い酒も、こないしてゲエと小便になってしもたら、もう飲まれへん」

妙に含蓄のあるような口調だったが、とくに続きはないらしい。ぼたん雪がちらちらしはじめた。

「あいつらに飲まされた高い酒、みんな出してしもたった。あんな酒では気持ちよう酔われへんからな。竜二、うちへ帰ったら飲み直しや。今日はおもろかったで」

急に機嫌がよくなって、すたすた歩きだした梅寿の背中を、竜二はあきれたように見つめた。彼にとって、今夜は「おもろかったで」どころではなかったのだ。竜二は脚にまとわりつくべちゃべちゃのズボンをたくしあげながら、あとを追った。

◇

梅寿が「おもろかったで」の一言で片づけた今日の宴会は、クリエイティヴ・バンバンという映像企画会社が主催したものだった。クリエイティヴ・バンバンは、話題企画を次々とテレビ局に売り込み、それらがどれもバカあたりして、急成長をとげている新興の会社である。最近は映画にも手を広げ、その第一弾である、関西を舞台にした恋愛小説のベストセラーを巨匠黒山一隆《くろやまかずたか》監督のメガホンによって映画化した「夏子の夏物語」はもうすぐクランクアップするとのことで、マスコミの注目を集めていた。今年で五十五歳になる同社の社長、番場昭之助《ばんばしょうのすけ》は、落語マニアとして知られており、梅寿が所属する松茸芸能の噺家《はなしか》たちも大なり小なり恩恵をこうむっている。そんな番場が、今度、テレビで「O《オー》―1《ワン》」という落語番組を企画することになった。

「今、漫才はM―1で盛りあがってる。落語にもM―1があってもいいじゃないか」

という彼の発案によるもので、内容は、若手の噺家を競わせるグランプリである。これまで、落語における新人賞というと、受賞したからといって多額の賞金が入るわけでもないし、マスコミも注目しない、地味なものがほとんどだったが、「O―1」はノミネートの段階から取材してテレビでどんどん流し、いやがうえにも話題になるように盛りあげる。先輩・後輩や東京・大阪など、対立の図式を明確にして、出場者間のライバル心をあおり、感動のドラマにしたてあげる。しかも、優勝賞金は一千万円である。そんなあざとい企画は、芸を練りあげることにつながらないし、古典芸能である落語にはふさわしくない、と非難する大御所もいたが、梅寿は、

「べつにええやないか。お祭りやろ」

とあまり気にしていない様子だった。来週、第一回の予選が行われることになっており、松茸芸能からは十二人、梅寿の一門からも、先日、内弟子の年季があけて独立した梅雨をはじめ、三人が出場することになっていた。三度の予選によって、関西、関東でそれぞれ三人を選び、最終的に東京で六人による決戦を行うらしい。

そんなクリエイティヴ・バンバンが、「O—1」の関西大会、つまり、三次審査の審査員を務めることになっている上方落語界の大御所六人を、宴席に招いたのだ。場所は、番場社長が、その一室を大阪での事務所がわりに使用しているミナミの超高級料亭「吉凶」である。朝から雪が舞うなか、竜二が師匠のおともをして会場に行くと、そこには、黒山監督をはじめ、有名な男優、女優たちがわんさかあふれていた。どうやら、黒山監督の新作映画の完成祝いも兼ねているようだ。というより、明らかに黒山映画の宴会が主であって、噺家たちはどう見ても「ついで」に招かれた様子である。上座は、監督、俳優たち、スタッフ……で占められ、噺家たちは末席に追いやられた。

まず最初に、クリエイティヴ・バンバンの社員らしき、ブルドッグのような顔をした男が司会役として、低いガラガラ声で言った。

「それでは、世界の黒山、黒山一隆監督からお言葉を賜りたくぞんじます。監督、お願いします」

黒山一隆監督が、マイクのまえに立った。八十歳に近い高齢だが、黒々とした長髪を胸のあたりまで垂らし、眼光炯々《けいけい》とした黒山は、アカデミー監督賞を受賞したこともある日本映画界の巨匠である。妥協を許さない完全主義者として知られているが、ひじょうに機嫌の悪そうな顔つきで、

「私の映画のために集まっていただき、ありがとう……と言いたいのですが、そうも言えぬ事情があります」

それを耳にした梅寿は、みるみるぶすっとした表情になり、

「私の映画のため、やと？　聞いてへんで」

聞こえよがしに言い放ったが、高齢の監督の耳には届かなかったとみえ、

「本来ならば、本日までに映画は完成しているはずでありましたが、よんどころない事情で遅れております。前まえから決まっていた打ちあげなので、やむなく出席いたしましたが、気持ちとしては、すぐにでも撮影所に戻りたく思っております。以上」

ぶっきらぼうにそう言うと、どっかりと座ってしまった。黒山監督は日本映画界の帝王であるが、頑固一徹、悪くいえば頑迷固陋《ころう》、かつプライドの高さは人一倍で、気に入らないこ

とがあると中途で監督を降りてしまうこともたびたびだった。映画製作において実績のない新興のクリエイティヴ・バンバンの仕事を彼が引き受けるにあたっては、よほどの金が動いただろうと予想する業界通も多かった。

続いて立ったのは、番場社長で、こちらは満面の笑顔だった。

「黒山先生はお怒りのご様子ですが、皆さん、ご心配にはおよびません。先生のおっしゃった『よんどころない事情』は、今日、解消いたしました」

黒山監督は、はっとして顔をあげ、

「何？　じゃあ、きみ、アレが入手できたのかね！」

「はい。ようやく……。あとで、私の部屋でお見せいたします」

監督は深くうなずいた。

芸能記者らしい女が挙手をして、

「監督、アレってなんですか？」

黒山はその記者をきっとにらみつけ、番場社長は急いで両者のあいだに入り、

「それは……今はちょっと申しあげられません。ですが、映画は来月七日に公開予定でありまして、きっとそれまでには間に合わせてくださると、わたくしはかたく信じております。これで、心おきなく、宴席をすすめることができます」

続いて、主演女優が乾杯の音頭をとり、映画会社の社長、その他の俳優、原作者、作曲家……などがつぎつぎと挨拶《あいさつ》をした。その間、噺家たちはほったらかしである。ほかの噺家た

ちは、

「わしら、なんのために呼ばれたんや」

などとぶつぶつ言いあっているが、梅寿は何も言わず、黙って酒を口に運んでいる。ただし、そのピッチはものすごく速い。こういうときの梅寿はやばい。竜二は経験的にそのことを知っていた。

熱いおしぼりをもろてこい、と梅寿に言われた竜二が、仲居をさがしながら廊下を歩いていると、中庭のまえで黒山監督と番場社長が立ち話をしていた。

「番場くん、きみはアレが手に入って私が喜んでいると思っとるのかもしれんが、とんでもない話だ。私は、できれば公開を半年延期したいと考えている。真の映画人ならそうすべきだろう」

「それはわかっておりますが、この土壇場で公開延期では、わが社の損失ははかりしれません。なにとぞご理解を……」

「私は、細部までリアリティをないがしろにしたくない。これまでそう公言し、実行してきた。だから、このことは絶対に内密に……」

「わかっております。キャスト、スタッフから事務員にまで厳重な箝口令《かんこうれい》をしいております。——監督があまり長く中座なさっていては皆も心配いたしますので、そろそろ座敷のほうに……」

「わかっとる。うるさくいうな」

黒山監督が急に振り返り、まえを見ずにすごい勢いでずんずんこちらに向かってきたので、竜二はさけることができず、正面衝突してしまった。黒山は、廊下に大の字にひっくり返り、

「あ、すいません」

竜二が助けようと手を伸ばすと、番場社長がその手を乱暴に払いのけ、自分が監督を抱き起こしながら、

「天下の黒山監督に無礼だろう、この馬鹿もの。きみは、どこの何ものだ！」

「笑酔亭梅寿の弟子で梅駆と申します」

「今日は、映画完成のだいじな宴会だ。えらい先生がたがいっぱい来ておられるんだ。さみなんぞを呼んだおぼえはない」

「梅寿の付き人として参りました」

「梅寿？　ああ、あの飲んだくれで無茶が売り物の落語家か。どうせ、タダ酒を飲みに来たんだろう。酒はいくら飲んでもらってもかまわないけどね、黒山先生や出演者の皆さんに失礼があっては困る。適当に飲み食いしたら、きみからそう言って、帰ってもらってくれ。ほかの落語家の皆さんもね」

「上方落語の大師匠ばかりですが、壇上で挨拶とかは……」

「いらないよ。大師匠なんていっても、東京落語の大御所に比べると一枚も二枚も落ちるからね」

カチンときたが、竜二は両手の拳を握りしめて、ぐっとこらえた。この男は、Ｏ―１グラ

ンプリの企画・制作会社の社長なのだ。O―1には、兄弟子の梅雨も参加している。たしかに梅雨はその名のとおりうっとうしいやつだったが、ここで竜二が揉《も》め事を起こして、それが梅雨の審査に影響するようなことがあってはならない。

「それじゃ参りましょう、監督」

番場はそう言うと、黒山のうしろから揉み手をしながらついていった。

(梅雨なんかのために我慢するなんて、俺もおとなになったなあ……)

などと考えながら宴会場に戻ると、梅寿は銚子を両手に一本ずつわし摑《づか》みにしてラッパ飲みしていた。かたわらにはすでに銚子が三十本ほど転がっており、着物のまえははだけ、顔面は真っ赤というよりどす黒く、目は宙を見据えている。やば……と思った竜二が師匠のもとに駆け寄るよりはやく、梅寿は立ちあがった。

「おい、おのれ、噺家をなめとんのか」

片手に銚子をぶらさげたまま、仁王立ちになり、大音声《だいおんじょう》をあげた。その視線のさきには、番場社長がいた。

「おのれが来いちゅうたから来たったんやないか。それを……なんじゃ。映画監督やら俳優がそんなにえらいんかい。えらいんやったら、金庫にでもしもとけ、カスめが」

「誰だきみは！　失礼だろう。黒山監督に謝りたまえ」

番場社長が、真っ赤な顔で叫んだ。

「ダレダキミハ？　うはははは、東京弁使いさらしやがって。わしは笑酔亭梅寿じゃ。知らんのか」

「帰りたまえ。きみは酔っている。謝罪は後日聞くとして、今日のところはひきとりたまえ」

「誰が帰るか、ボケ」

「帰れっ」

「なにが落語通じゃ。なんも知りくさらんくせにねぼけたことぬかすな」

「少なくとも、きみの門下から優勝者が出ないことだけは知っている。楽しい宴席がきさまのせいで台なしだ。帰れといったら帰れ」

「おお、去《い》ねちゅうんやったら去んだらあ」

梅寿は、膳を蹴飛《けと》ばすと、身体を斜めにかしがせたまま、危なっかしい足どりで廊下へ出ていった。竜二が続いて廊下に出たときには、梅寿の姿はどこにもなかった。

（ど、どこへ行きよったんや）

必死になってさがしていると、突き当たりの一室の襖《ふすま》があいて、腕が突きだされ、こっちこっちと手招きをするのが見えた。

「こっち来い。そこ、ぴしゃっと閉め」

竜二が言われたとおりにすると、梅寿は声をころして、

「ここ、あの番場とかぬかすガキの部屋や。わし、さっき女将《おかみ》に聞いたんやが、あのガキ、大阪に来たときはここを旅館がわりにしとるらしい。見てみ、いろいろ置いたあるやろ」

薄暗い部屋に目をこらすと、旅行カバンやら衣類やら身の回りのものやらがきちんと整頓されて並べられている。大きな机のうえにはみかんが盛られた菓子鉢や、雑多な書類、ペンケースなどが置かれている。

「おい、竜二、おまえ、あの旅行カバンあけてな、小便してこい」

「そんな無茶な」

「せえゆうたらせえ。おまえ、わしの命令がきけんのか」

本当は、竜二もなにか仕返ししてやりたくてうずうずしていたところだったので、大きくうなずいた。

「よっしゃ。わしは、向こうの座布団のあいだにババ垂れしてくるさかい」

むちゃくちゃである。

竜二は、高価そうな旅行カバンをあけた。下着やハンカチ、ひげそりや免許証などがおさめられている。ミミズも蛙《かえる》もみなごめん……そうつぶやくと、そこにたっぷりと放尿した。終わって、ぴっぴっぴっとしずくを切って、

「師匠、終わりました。そっちはどうです?」

「あかん……きばったけど、出んわ……」

そういったあと、梅寿は、プーッと一発もらした。なんともいえぬ臭い屁だ。

「もう行きましょう。誰か来たらおおごとですから」

「せやな。——行きがけの駄賃や。このみかん、パクっていこ」

何を考えているのか、梅寿が菓子鉢に盛られたみかんを十個ほどふところに入れたとき、

「どなたかいらっしゃいますのんか」

廊下で女性の声がした。ふたりは大あわてになり、奥の襖をあけた。なかは真っ暗だ。手探りで前進する。何かを叩き落とした。何かを蹴とばした。「ぐちゅっ」という音。

「竜二……なんか気色《きしょく》わるいもん踏んだ」

「ほっといたらええんです。早《は》よ逃げましょ」

◇

ふたりは、料亭の裏口から脱出した。だが、このままでは帰れない。履き物は玄関の靴箱にあるのだ。

「とってこい。まさか、わしを裸足で帰らすつもりちゃうやろな」

そう言うと、梅寿は暗い道にべちゃっと尻をついて座った。やむなく、竜二は玄関にまわり、こっそり忍び込もうとした。——途端、扉があいた。竜二は一メートルほどうしろに跳んで、物陰に隠れた。なかから現れたのは黒山監督だ。なにやら激怒しているらしく、顔がゆがんでみえる。続いて走りでてきたのは番場社長だ。黒山監督のまえにまわると、いきなり土下座をした。

「もおおしわけございません！」

「番場くん、そこをどきたまえ。私はきみがアレを入手したというから、なんとかしようと

言ったんだ。今さら、急にだめになったなどと……口先でひとをごまかすのもいい加減にしたまえ」

「ごまかすなんてそんな……たしかに入手できたんです。あとでお見せしようと私の部屋に置いてあったのですが、それが……どういうわけか……」

「踏みつぶされていたというのか。言い訳はもうたくさんだ。とにかく私は降りる」

「今、先生に放りだされては、うちの会社は潰《つぶ》れてしまいます。アレをもう一度手に入れますので、なにとぞ……なにとぞそればかりはお許しを」

「そんなことができるのかね」

「社員一同、死ぬ思いでさがします」

「私はいそがしい。そういつまでも待ってはおれん。いつ入手できるんだ」

「そ、それは……。あっ、先生、お、お、お待ちくださいっ」

歩きだした黒山のあとを番場が半泣きの顔で追っていった。そのすきに、竜二は入り口から入り込み、無事、靴をゲットした。

2

数日したある日、険しい表情の梅雨がやってきた。彼は、居間で梅寿と話しこんでいる。

竜二は襖に耳を押しあてた。寒がりの梅寿は、こたつに身体を半分以上もぐりこませているが、地声が大きいので聞きとりやすい。

「師匠、今度のO—1グランプリに、竜二が出るて、ほんまですか」

まったくの初耳である。

「わしが申しこんどいた。気にいらんのか」

「あいつ、まだ入門して一年でっせ。ろくな噺できるわけありません。一門の恥になるだけです」

「ええやないか、恥かくのはわしや」

「ぼくはこのグランプリに命かけてるし、ほかの出場者もみんな、そうやと思います。それやのに、あんなやつ出すやなんて……出場者に失礼やし、主催のクリエイティヴ・バンバンの社長にも失礼です」

「ふーん、バンバンの社長にもなあ」

「師匠はおふざけでやらはったんやと思います。竜二の申しこみをとりさげてください」

竜二自身は、そうしてもらってもいっこうにかまわなかったが、梅寿は案の定、

「それはでけん。わしはふざけとりゃせんので。——梅雨、おまえ、竜二に負けるのが怖いんか」

「あ、アホなこと……。ぼくは優勝を狙《ねろ》てます。きのう今日入門したようなやつなんか眼中にありません」

「それやったらかめへんやないか。眼中にないやつが何をしようと、関係ないやろ。おまえはおまえの落語をやったらええ」

「せ、せやかてなんぼなんでもまだ年季もあけてないし……」

「ほたらなにか、O─1の規約に、内弟子は出たらあかん、てなことが書いてあるんか」

「ありませんけど……年季があけてないゆうことはまだ修業中、一人前やない、ゆうことやないですか」

「ほたら、おまえはもう一人前や、ゆうんか」

「い、いえ……それは……」

「わかった。おまえの言うことにも一理ある。ほな、こうしよ」

梅寿は座ったまま上体をそらし、襖をがらりとあけた。もたれかかっていた竜二は部屋のなかに転げこみ、こたつに顔面をぶつけた。

「竜二、おまえ、すぐに荷物まとめてこの家を出ていけ」

「な、なんでです？」

「おまえの年季はたった今あけた。せやから、どこなと行きさらせ」

「今、ここ追いだされたら、行くとこありません」

「道で寝え。とにかく出ていけ。ほんで、O─1には出るねんぞ」

「出れません」

「ほな、破門や。これで決まりやな」

梅寿は、そう言うと梅雨に向き直り、

「竜二は出す。ほかの弟子も、出たいやつはみな出たらええ」

「師匠……もしかしたらO―1、潰す気ぃですか。まえは、お祭りやからかまへん、て言うてはったやないですか」

「気が変わったんじゃ。わしも出てこましたろかしらん。賞金一千万やさかいな」

審査員が出場できるわけはない。思わぬ展開に頭を抱えた竜二がふと梅雨のほうを見ると、兄弟子は赤鬼のような形相で彼を見つめていた。

◇

竜二は、梅寿の言葉が冗談であることを祈っていたが、そうではなかった。翌朝はやく、竜二は住み慣れた梅寿の家を追いだされた。行く先は、梅寿が手配してくれた。すぐ向かいにある築四十年のぼろアパート、通称「めぞん漆黒」。隣の工場の壁に窓が密着しているため、室内に日光がまるで入らない、昼なお暗い木曾《きそ》山中のようなアパートなのである。三畳一間の部屋のなかはつねにじめじめして、壁にはなめくじが這《は》い、押し入れや天井には黴《かび》が一面に生え、畳はぼこぼこで、歩くと足が沈む。
O―1の一次予選まで、あと一週間。一次予選用のネタは「平林」、二次予選用のネタは「犬の目」にした。裸電球がひとつぶらさがった薄暗い部屋のまんなかで仰向けに寝転がってネタを繰っていると、どんどん落ち込んでくる。

(一次も通るわけない。俺、去年、入門したとこやで。出るだけむだや)

参加することに意義がある、と姉弟子の梅春は言ったが、梅雨の言うとおり、優秀な噺家たちがしのぎをけずっている場所で下手が下手な落語を披露しても、ほかの出場者の迷惑になるだけではなかろうか。さりとて、一次すら通らなかったら、それはそれでむかつくが、まだ噺家として右も左もわからない彼にはコンテスト出場は重荷すぎた。

(よっしゃ。わざととちったろ。そしたら、すぐにお役ごめんや)

越してきて二日目の夜、そう心に決めた竜二は、生ぬるいペットボトルの茶を一口飲み、紐《ひも》をひっぱって電灯を消した。その途端、かさ、こそ、かさ、こそと音がしはじめた。

(きのうの晩も、なんかこんな音、聞こえてたなあ。疲れてたから、気にせんと寝てしもたけど……)

起きあがって、電気をつける。何もいない。紐をひっぱる。かさ、こそ、かさ、こそ。もう一度電気をつける。何もいない。その繰りかえし。

(よし……)

灯りを消し、しばらくじっとしている。そして、かさこそ音が最高潮に達したのを見計って、頃合いはよし、と思いきりジャンプ、紐を引く。

竜二の見たものは、部屋中に斑点のように散らばった、およそ二百匹ほどのゴキブリたちだった。

◇

「頼んます、家に置いてください」

竜二はすりきれた畳に額をすりつけたが、

「あかん。年季のあけたもんをいつまでも置いとけん」

「それやったら、ほかのアパートに変えてください。あんな、ゴキブリの海みたいなとこにおれません」

梅寿は腕組みをして、

「竜二、おまえ、ゴキブリきらいやったんか」

「好きなやつ、おるんですか」

「ゴキブリは、益虫やぞ。蚊《か》とか蠅《はえ》を食いよる」

「それ、トンボとまちごうてはりませんか」

「せやったかいな……」

梅寿は、胸をばりばり掻きながら首をひねった。

「わしの顔がきく下宿は、あそこしかない。通いの弟子はみんな、あそこに住まわしたんや。そしたら、なんとかこの境遇から抜けだそう、ゆうて必死になりよるさかい、芸が伸びる、と思たんやが……たいがいはすぐにやめよる」

そりゃそうだろう。

「昔、梅仁丹《うめじんたん》ゆう、なかなかみどころのある弟子がおったんやが、あるとき、朝起きて、洗面所でうがいしたら、口のなかからごっついゴキブリが三、四匹出てきよったらしい。すぐにわしとこ来て、『やめさせてもらいます』。——根性ないやつはあかんわ」

そんなことに根性をみせてどうする。

「ま、しゃあない。戻ってきてもええ」

「ありがとうございます」

「けど、おまえはもう独立したんや。せやから、おまえはうちの下宿人ゆうことになる。下宿代はちゃあんともらうで。独立した弟子の下宿代までわしが面倒みれるかい」

梅寿は、そう言って、番場社長のところからパクってきたみかんの皮を剝《む》いた。

3

大阪の数カ所に分散して一次予選を受けた四十一名の噺家のうち、通過したものは十二名。梅雨はもちろん、竜二もそのなかに入っていた。それだけではない。梅雨のすぐうえの兄弟子である梅刈子《ばいかるこ》、蟻梅《ありばい》のふたりも一次審査に受かっていた。

「さすがに笑酔亭の捨て育ちやなあ。ええ弟子がおるわ」

落ちた連中は感心してそう言いあった。

「おい、竜二。なんでおまえが受かるんや」

梅雨が近寄ってきて、小声で言った。

「ようわかりません」

「二次は落ちろ」

「そんなん自分では決められません」

「わざととちるんや。そしたら落ちる。兄弟子の言うことがきけんのか」

もともとわざととちるつもりだった竜二だが、梅雨にそう言われるとむかついてきた。

「親父《おや》っさんが受けろ、ゆうから受けたんです。親父っさんがとちれ、言いはったらそうしますけど、兄さんに言われてもきけません」

「おまえ、噺家なんかなりとうなかったんやろ。それやったら、バンドマンでもヤクザでもなんでも好きなもんになったらええやないか。ぼくは真剣に噺家で一番めざしとんねん。ええかげんな気持ちでやってるおまえがうっとうしいてたまらんのや。頼むから邪魔せんとってくれ」

「俺も……真剣です」

「嘘つけ。そんな頭して、浮ついた気持ちで稽古《けいこ》してるやつのどこが真剣なんや。こっちは、毎日、血ぃ吐く思いでやっとんねん。落語ゆうのは、おまえみたいな行き場のないやつが、趣味のかわりにやるもんとちがう。もっと……命かけてやるもんや」

「そういうこと、人に言うてまわるのはかっこ悪いですよ」

「なんやと」

そのとき、同門の梅刈子と蟻梅のふたりがやってきた。

「よお、ふたりとも受かってよかったなあ」

梅雨は、瞬時にしてにこやかな顔になり、

「兄さんたちこそ、おめでとうございます」

「わしらのは限りなくまぐれに近いけど、おまえらのは本物や。二次も、三次も受かって、最終まで勝ち残って、東京のやつらに一泡吹かせてくれよ」

「あははは。そんなうまいこといきますかいな。ぼくらのほうが完璧《かんぺき》にまぐれですわ。竜二なんか、まだ入門して一年です。持ちネタもちょっとしかないし、よう合格したもんや、審査員、居眠りしてたんちゃうか、いうて、今も笑《わろ》てましてん。な、竜二、二次は兄さんたちに任せよな」

「何ゆうとんねん。竜二は、優勝候補やで。俺はそう思てる。なあ、梅刈子」

梅刈子もうなずき、

「こいつは天才やからな、ひょっとしたらひょっとするで」

「そんなこと、ぜったいにありません。きのう今日落語をはじめたやつが優勝なんかしたら、落語ゆうもんはしょうもない芸やということになりますから」

「そうかなあ……俺は生まれつきの才能ゆうのもありやと思うけどなあ……」

ふたりの兄弟子が竜二をほめればほめるほど、梅雨の目がつりあがっていく。

◇

その五日後に、二次審査があった。十二名を六名にまでふるい落とすのだ。竜二と梅雨は合格したが、兄弟子たちは不合格だった。終わったあと、梅刈子と蟻梅はさばさばした顔つきで、

「思てたとおりや。わしらは二次どまりやったけど、おまえらはいけるわ」

「次はいよいよ関西大会か。審査員にはうちの親父っさんも入っとるし、全部テレビ中継されるらしいで。がんばりや」

梅雨は、拳を握りしめながら、

「はい。なんとしてでも最終まで行くつもりです」

高ぶった顔つきでそう言った。

「ほな、今日は、おまえらのどっちかが優勝する前祝いや。京橋の飲み屋でぱーっといこか。こない寒いと、熱燗《あつかん》でキューッとやらなしゃあない。もちろんおまえらのおごりでな」

「すんません、兄さん。今から三次のための稽古したいんで、今日は帰らしてもらいます。お先に失礼します」

梅雨は、竜二に鋭い視線を送りながら、三人のあいだを通りぬけていった。その後ろ姿を見送りながら、梅刈子が、

「あいつ、本気で優勝するつもりみたいやな。肩に力、入りまくりやがな。えらそうなこと

言われへんけど、竜二、おまえはリラックスしていけよ」

「俺はあきませんわ。今回も、なんで通ったんかわかれへんし……」

それは謙虚さのあらわれでもなんでもなく、本当にそう思っているのだ。

「おまえは、それでええ。結果オーライや。――ほな、竜二、おまえのおごりで飲みにいこ」

「え？　え？　お、俺、金持ってません」

「アホか。冗談や。わしらふたりで、ええとこ連れてったる。めちゃめちゃ上等な酒、浴びるほど飲ましたるからなあ」

「ありがとうございますっ」

「と思たけど、よう考えたらおまえまだ未成年やったな。お酒は二十歳になってから。三次予選がんばりやー」

ふたりの兄弟子は風のように消えた。

◇

「三次に残った？　マジで？」

たまたま梅寿の家に来ていた梅春が、のけぞりながら叫んだ。

「師匠、すごいやないですか竜二。ねえ、聞いてます、師匠？」

「聞いとる。やかましいやっちゃなあ、セミみたいにわあわあほたえな」

ねそべって鼻くそをほじっている梅寿は、顔をそむけた。梅春は、興奮した口調で、

「すごいなあ、ほんますごいわ。あんた、ネタは何するつもりやのん」

「はあ……ここまで残るやなんて思てませんでしたから、なんも用意してません」

「すぐに稽古せな。ねえ、師匠、なにがよろしいやろ」

「そやなあ……」

梅寿は、寝そべったまま、面倒くさそうに、あちこち見回していたが、ふと、こたつのうえのみかんに目をとめた。

「『千両みかん』や」

通常、落語のコンテストでは、ネタを一席丸々やることはなく、十分ほどの持ち時間内におさまるようダイジェストするのが普通だが、O―1は、三次予選以降は、基本的に時間は無制限で、どんな長いネタを演《や》ろうとかまわないことになっていた。

「そ、そんな大ネタ、むりです。本番まで一週間しかないし、もっとやり慣れた短いネタのほうが……。だいたい冬のさなかに真夏の噺なんて……」

「やれ。――梅春、おまえ、つけたれ」

梅寿は、ヒトラーのようにそう宣告した。

◇

翌日から、梅春による「地獄の特訓」がはじまった。早朝から深夜まで、稽古、稽古、ま

た稽古である。四日目に竜二は音《ね》をあげた。

「姉さん……姉さん、待ってください。ちょっと休憩を……」

「何言うてんの！　あと三日でしあげなあかんゆうのに、休んでるひまなんかあるかいな。もっぺん、最初からやってみ」

「えー、しばらくのあいだおつきあいを願います。昔はお金の単位が今とはちがいまして……」

「千両みかん」は、上方落語における大きなネタのひとつである。船場の大家《たいけ》の若旦那が、真夏に「とてもかなえられそうにない大それたのぞみ」を抱き、それを思いつめて病気になる。その望みとは、「みかんが食べたい」ということだった。旦那の命令で、番頭が大阪中を必死になって探すが、土用のさなかにみかんなどあるわけがない。ようよう、天満の青物市場にあるみかん問屋で、ひとつだけ、色つやといい、香りといい、取れたてと少しもかわらぬ状態のみかんを見つけて喜んだのもつかのま、腐るのを承知で千箱囲ったなかでたったひとつ残ったものだからと、千両という法外な価格を要求される。あきらめて店に帰った番頭に、一人息子の命にはかえられぬと旦那は千両の支払いをする。全部で十房あったみかんのうち七房を食べた若旦那から、残る三房は両親とおまえでわけて食べてくれ、とあずかった番頭、

「わしが来年、別家《べっけ》するとき、旦那からもらうのがせいぜい五十両。ここにあるみかん三房で三百両……。ええい、ままよ」

と三房のみかんをもってドロンしよった……。

今でこそ、みかんは年中あるが、冷凍技術も促成栽培の技術もなかった昔は、旬《しゅん》というものが今とは比べものにならないほど大きな意味を持っていた。冬ならいくらでもあたりまえに食べられるみかんが、夏には千両という高額になる。そのことが、番頭の頭にいびつな価値観を生みだすのである。単に話の筋を追うだけでなく、季節がちがうだけでただのみかんが今の一億円にも匹敵する価値になるという錯覚が、季節感のない現代の客の胸にも生まれるように演じなくては、番頭の感じるサスペンスやオチのおもしろさが伝わらない結果になる。そういう意味でひじょうにむずかしい噺であり、とても竜二の手に負えるようなネタではない。

「そうなったらおまはんは、じかに手は下さいでもせがれを殺した下手人じゃ。わたしゃ、おおそれながらと……おおそれながらと……」

ぴしゅっ、という音とともに物差しが、竜二の手の甲に飛んできた。

「痛っ」

「お上《かみ》へ訴えでます、や」

「お、お上へ訴えでます。えーと……えーと……」

梅春はため息をつき、

「話にならへんわ。そんなんではとうてい三日後に関西大会になんか出られへん。今のうちに断ってき」

「出られませんか。ほな、断ってきます」

「アホおっ！　何考えてんねん。石にかじりついてでも出えっ！」

どっちやねんな、と思う竜二だった。

◇

深夜、くたくたに疲れて、天王寺にある梅春のアパートから帰る途中、茶臼山《ちゃうすやま》を通ったときに、竜二は奇妙な一団を見た。黒装束を着込んだ七、八人の男たちが、木にのぼったり、地面を掘ったりしている。

（なんや、こいつら。ええおとながこんな寒い夜中に何しとんねん）

肌を切るような風が吹くなかを、彼らの表情はやけにまじめで、とても遊びとは思えない。

（まさか、どろぼうの訓練やないやろな。あ、わかった。忍者研究会や。最近、大学のサークルで、そんなんあるてテレビでやっとった）

無視して通りすぎようとすると、竜二の姿を認めたその連中のあいだに動揺が走った。

「誰か来たぞ。隠れろ」

低いガラガラ声の指示に、彼らはあわてて、木のうしろや植え込みの陰に身を隠そうとする。

（やっぱり後ろめたいことなんかな……）

そう思った竜二の目に、そのなかのひとりの顔がちらと映った。ブルドッグに似た不細工な顔。

（こ、こいつ、「吉凶」の宴会のときにおった、クリエイティヴ・バンバンの……）

司会をしていた男ではないか。ということは、この忍者のような連中は……。だが、彼の頭は「千両みかん」のことでいっぱいだったので、それ以上考えるのはやめた。

◇

いよいよ関西大会の当日の朝がやってきた。まだ夜が明けきらぬ午前五時頃、竜一は自室で最後の仕上げのネタ繰りをしていた。久しぶりの完徹だ。ネタはだいたい頭に入ったが、それは「なんとか覚えた」という程度であって、とてもそれに肉付けをし、ひとつの噺として仕上げていくような段階にはなかった。うまく演じることができるかどうか、というより、途中でネタを忘れずに最後まで行けるかどうか……そんなレベルであった。アドバイスをもらうつもりだった梅寿は、ミナミのスナックに飲みに出たまま、まだ帰ってこない。

（師匠も、今日は審査員やのに、どこで何してはんねん……）

そんな雑念がしきりにわいてきて、ネタ繰りに集中できない。ああ、もう時間がない。

リン！

電話のベルが鳴り、竜二はびくり、とした。誰や、こんな時間に……と思いながら受話器をとった竜二の耳に、梅寿の罵声《ばせい》が飛びこんできた。泥酔している様子である。

「竜二、迎えに来い。今近所の……」

あとは聞きとれなかった。ツーツーツーツー。しばらく待ったが、かかってこない。

とりあえず竜二は家を出た。曇天である。

（こんなことしてる場合やないんやけど……）

今日は、テレビ局での収録なので、七時には駅に行かないとリハーサルに間に合わない。

「近所の」という言葉だけを手がかりに、竜二はあちこちをさがしまわった。時間はどんどん過ぎていくし、梅寿は見つからないし、稽古はできないし、竜二は焦った。時計を見ると、もう六時五十分だ。一度、家に戻ろうと、例の公園を横切った。ベンチで眠っている浮浪者の横を通りすぎようとしたとき、

「お、竜二。お、お、遅かったやないか」

そういう声とともに、浮浪者が起きあがった。梅寿だ。

「師匠、何してるんですか」

「寝とったんや。さ、家に帰って、飲み直して……寝てこましたろ」

「だめですよ、師匠。今日は、O―1の関西大会の日です。師匠は審査員ですよ」

「O―1？　なんやったかいな、それ」

梅寿は、よろよろと先にたって歩きだしたが、街灯のところまで来ると、ぴたりと足をとめ、

「気持ち悪い。吐く」

げろげろげろとその場に嘔吐した。必死に飛びさがろうとしたが遅かった。竜二の一張羅

のズボンは、またしても嘔吐物をふんだんに浴びせかけられ、どろどろになった。

（ど、どないしょ。このズボンで、テレビ局まで行かなあかん……）

向こうでは着物に着替えるからいいとして、まさか寝間着で出かけるわけにもいかないから、それまではこのズボンをはいていなくてはならない。ティッシュでぬぐったが、臭いや染みはとれるものではない。

「竜二、さすってくれ」

背中を向ける梅寿の後頭部をどつきたおす誘惑にかられたが、さすがにそれはできず、ため息をつくと、背中に両手をかけた。

「なんべん言うても物覚えの悪いやっちゃなあ。下からさすりあげるんじゃ、ボケ」

そのとき、一生懸命に師匠の背中をさする竜二の足もとの地面がかすかにゆらぎ、梅寿の嘔吐物を掻きわけるようにして「何か」がボコッと顔を出した。そのことに、梅寿はもとより、竜二もまるで気がつかなかった。

4

梅寿を布団に寝かし、アーちゃんに、くれぐれも九時半には起こして、テレビ局に行くように伝えてくださいと念を押すと、竜二はふたたび家を出た。時計を見ると、すでに七時三十分である。遅刻だ。ズボンを水でぬぐったり、染み抜きをする余裕はまるでなかった。

ようようテレビ局に着いたのは午前九時半。四十五分の遅刻だった。竜二のためにもう一度だんどりを説明しなければならなくなった番組担当者からはめんどくさそうな声を出され、ほかの出演者からは白い目で見られ、審査員の大師匠たちからはさんざん叱られたが、頭を下げて「すんません」を百万回連発して乗りきった。

十時からリハーサルがあり、本番は十二時から。最初、「まんじゅう怖い」と題された出演順を決めるためのゲームがある。六人の出演者がひとつずつまんじゅうを食べるのだが、そのうちの一個だけ、あんこのかわりに靴墨が入っている。それを食べたものが、トップバッターになる。残りはじゃんけんで順番を決めるのだ。

リハはぶじにすんで、本番まで一時間の余裕ができた。楽屋は異様な雰囲気だった。皆、壁のほうを向いて正座し、ぶつぶつとネタを繰っている。彼らの顔は一様に真剣そのものだ。

「おまえ、ネタ、何すんねん」

梅雨が近づいてきて、そうささやいた。

「『千両みかん』です」

梅雨の顔色が変わった。

「分不相応やないか。おまえは前座ネタやっとったらええねん。そんな大ネタ、親父っさんがよう許しはったな」

「師匠がそれにせえて言いはったんです」

「親父っさんの考えはることはわからんわ。ま、どうせあかんと思うけど、途中でネタ忘れんように、せいぜいきばりや」

どきり。

「兄さんは何やりはるんです」

梅雨は聞こえなかったふりをして、

「おまえ、なんか臭いぞ。風呂入ってないんとちゃうか」

そう言うと、そのまま出ていった。たしかにズボンが異臭を放っている。竜二は、皆より一足先に着物に着替えた。ズボンを丸めて、ボストンバッグに押し込むと、どこか静かな場所で自分もネタ繰りをしようと楽屋を出た。ロビーでは、暇をもてあました審査員の大御所たちが、タバコを吸ったり、新聞を読んだりしている。何かご用はありますか、とたずねると、桂麦昼が、

「何を言うてるねん。今日はきみが主役やないか。ほかの前座もいとるし、きみはわしらに気ぃつかわんと、ネタでも繰っとき」

ありがたく、言葉どおりにさせていただく。ちら、と隅のソファーに目を走らせると、梅寿が横になっていた。まだ酔いが抜けていないらしく、顔は熟柿《じゅくし》のように真っ赤だ。触らぬ神に祟《たた》りなし。竜二は、そっとその場を去った。

徹夜をしたあと、走りまわったので頭がぼーっとする。大きな欠伸《あくび》、二連発。

「安岡、まだ手に入らんのか。黒山先生はもうキレかけとるぞ」

大声に眠気がふっとんだ。番場社長が携帯電話で誰かと話している。

「日本全国、八方手を尽くしてさがしとるのか？　金はいくらでも出すと言っただろう。アルバイトをもっと増員しろ。日にちがないんだ」

大きく左腕を振りまわす番場は、まえを見ていないらしく、どんどん竜二のほうに近づいてくる。竜二がさけようとしても、磁石のように寄ってくるのだ。

「樋山《ひやま》のほうはどうなった。連絡がつかない？　あいつのルートが一番頼りなんだ。オーストラリアに国際電話をかけろ。なんだと、馬鹿もん！　ＣＧだの合成だのが大嫌いな先生だ。そんなこと一言でも言ったらおしまいだぞ。なんとか、ラストシーンを冬に撮影することだけは認めてもらったんだ。主演俳優のスケジュールは三日後までしか押さえられてないし、公開日から考えてもリミットは明日だぞ。明日までになんとかしろ。いいな、わかったな。――落語コンクール？　こんなもん、どうだっていい！　録画が終わったら、私もすぐに大学の研究室のほうに行ってみる。いや、もちろん望み薄だが……どわあっ！」

竜二も、徹夜明けのせいか、よけきれなかったのだ。竜二はなんとか踏んばれたが、番場社長は仰向けにひっくり返った。竜二が助けようと手を伸ばすと、番場はその手を乱暴に払いのけ、

「この馬鹿もの。きみは……どこかで見たような顔だな」

「笑酔亭梅寿の弟子で梅駆と申します。今日は、Ｏ―１に出演させていただくことになってます」

「出演者？　きみ、二次を通ったの？」

番場はまじまじと竜二の鶏冠《とさか》頭を見つめたあと、

「だけど、前座は前座だろう。自分の出番までは仕事をしなさい」

「はあ……まずは何をしたらいいでしょうか」

「そんなことも自分で考えられないのか。なにかお茶菓子が給湯室にあるはずだから、審査員にそれを出しておけ、いいね」

そのとき、番場の手のなかの携帯がけたたましく鳴った。

「はい、番場だ。ああ、安岡か、どうした。な、な、何ーっ！」

番場社長は、古い外国アニメの登場人物のように、その場で一メートルほど飛びあがったように見えた。

「樋山のやつが……大量に入手して、もうこちらに向かっている？　もうじき、成田に着く？　そ、そうかそうか。これでぎりぎりセーフ。万事解決だ。首を吊《つ》らんですんだ。うはははは……はははははは……あっはははは。おまえはすぐに空港へ行け。私もすぐに……といってもこの番組が終わらんと身動きがとれんからな。ああ、こんな落語の番組なんぞ企画するんじゃなかった。とにかく、よかった。ご苦労さん」

携帯を切ったあと、番場は竜二の肩を思いきり叩くと、廊下中に響きわたるような高笑いをしながら去っていった。竜二は、ふう、と息を吐き、目をこすりこすり、給湯室をさがした。

給湯室はすぐに見つかった。誰もいなかったが、流しに「極楽饅頭」と印刷された箱が置いてあった。中には、白いまんじゅうが六個入っており、竜二はそれを盆に載せ、ロビーでくつろいでいた師匠連中に持っていった。

「お、すまんな。ひとつよばれるわ」

「わしももらおか。あと、熱い茶がこわいさかい、それも頼むわ」

「こらええ。わし、医者に酒とめられてから、甘いもんに目がのうなってな」

高齢の大師匠たちは、まんじゅうに群がってきた。

「師匠もいかがですか」

竜二は、まだ横になっている梅寿にもすすめたが、重度の二日酔いらしい梅寿はじろりと竜二をにらみ、

「いらん」

「甘〜くておいしいですよ」

ズボンにゲロをかけられた仕返しに嫌がらせをしてから、竜二は廊下に出た。スタッフが集まって、何やら騒いでいる。近づいてみると、ADのひとりが竜二を見つけ、

「あ、すいません。そこの給湯室にあったまんじゅうの箱、知りませんか？」

「——え……？」

「『まんじゅう怖い』で使う、靴墨を入れたのが一個混じってるやつなんです。おかしいなあ、たしか、ここに置いといたんだけど……」

竜二は身をひるがえし、ダッシュで廊下を駆け抜け、ロビーに向かった。最初に目に入ったのは、テーブルのうえのすっかり空になったまんじゅうの箱だった。

「お、遅かったかあ……！」

竜二はへなへなとその場にくずおれた。

「なんや、何が遅かったんや」

審査員たちにヨイショをしていたらしい梅雨が、耳ざとく聞きつけて、やってきた。竜二が皆に説明をすると、梅雨は彼の頭を思いきり叩いた。

「アホっ！　おまえはやるにことかいて、また、なんちゅうことをしでかしてくれたんや。大師匠がたに靴墨入りのまんじゅう食べさせるやなんて……」

「すんません。番場さんが、お茶菓子が給湯室にあるからそれをお出ししろと言いはったんで……」

「人のせいにすな。おまえ、自分が何をしたかわかっとるんか。おまえなんかに、O—1に出る資格はない。辞退せえ。それが当然やろ、ええな、わかったな」

「ちょっと待ちなさい、梅雨くん」

桂公団地が落ちついた声で言った。

「我々、そのまんじゅう、全部いただいたけど、ほれ、何ともないで」

「へ？」

「誰も靴墨入りのやつなんか食べてないみたいや。なあ、皆さん」

一同はうなずいた。

「あんなもん、口に入れたらすぐにわかるやろ。なかなかおいしいおまんでしたで。――梅寿はんも一個食べたやろ。どないでした？」

いまだごろ寝を決めこんでいる梅寿は、顔をこちらに向けぬまま、不機嫌そうな声で、

「――甘かった」

「というわけや。どうやら、靴墨は入ってなかったみたいやな。スタッフのかんちがいやろ」

竜二はほっと胸を撫でおろした。

「竜二、これでええと思うなよ。靴墨が入ってなかったんはたまたまや。おまえがとんでもないしくじりをしたのはまちがいないねん。おまえはだいたい……」

「ま、ま、梅雨くんも、気持ちはわかるが、ここは抑えて。ふたりとも、今から大仕事が待っとるんやで。心を落ちつけて、力を百パーセント出すようにせなあかん。頭を切りかえて、落語に集中しなさい」

「ありがとうございます。申しわけありませんでした」

頭を下げる竜二の全身に、梅雨の刺すような視線が降り注いでいた。

◇

とうとう、まったくネタ繰りができないまま本番の時間が来てしまった。もう一度作り直

された靴墨まんじゅうを使ってゲームをした結果、梅雨は二番目、竜二は五番目にあがることになった。

梅雨の高座を、竜二は舞台袖から見つめていた。

「えー、しばらくのあいだおつきあいを願います。昔はお金の単位が今とはちがいまして……」

竜二は絶句するしかなかった。「千両みかん」だ。偶然ではあるまい。演るはずだったネタをひっこめ、わざと竜二と同じネタをぶつけてきたのだ。自分の力量によほどの自信がないとできないことだが、同門の兄弟弟子同士が、ライバルとして同じネタで激突する……そんなテレビ的な効果をよくこころえたうえでの選択だろう。おそらく関西大会の模様が放送されるとき、梅雨対竜二という図式の部分にかなりの時間が割かれるにちがいない。しかも、梅雨は竜二よりもはるかに技量はあるし、こういう場合、先に演るほうが有利である。あとであがるほうは、まえの演者の出来を念頭に、あれこれ考えねばならないからだ。

会心の一席を終え、してやったりとほくそえみながら頭を下げている梅雨に、審査員席から桂麦昼が講評を行った。

「うまい。うまいことはうまいけど……資料によると、きみは『七《しち》度狐《どぎつね》』を演ることになってたんとちがうか」

「はい。そのつもりでしたが、今朝になって急に気が変わりまして……」

「せやろな。急遽《きゅうきょ》ネタを変えた、その揺らぎが噺にも出てた。いつものきみらしいキレが薄かったな。それに、今は真冬や。お客さんに違和感を感じささんと季節ちがいのネタを演るのは、わしらでもむずかしい。冬には冬のネタをするほうが無難やったんとちがうかな」

梅雨は蒼白《そうはく》になった。降りてきた梅雨に、竜二が、「お疲れさまでした」と声をかけると、梅雨はひきつった笑いを浮かべ、

「わかっとるやろな。おまえは、別のネタにせえ。ええな」

麦昼の一言で、自分のネタの出来映えに自信がなくなったのだろう。

「お客さんにおんなじネタ聴かせる気やないわな。これはコンテストやけど、落語会でもあるんやで。客のことも考えたれ」

「親父っさんの言いつけですから」

梅雨は舌打ちをして去っていった。

そのあと、ふたりの出場者の高座を経て、ついに竜二の出番になった。

(時間はなかったけど、できるかぎりの稽古はした。ちゃんとネタは頭に入ってるはずや。あとは、落ちついて演ったら……)

出囃子《でばやし》が鳴り、歩きだそうとしたとき、うしろからそっと近づいてきた梅雨が耳もとでささやいた。

「親父っさんが……倒れた」

「靴墨まんじゅうを食べたせいらしい。ふつうやったら一口でわかるはずやけど、二日酔いで味も何もわからんかって、勢いで食《く》てしもたんやろな。そのあと調子悪なったんやが、おまえが出場でけんようになったらかわいそうやと思て、黙ってはったんや。――さっき、救急車で運ばれたわ」

「…………」

「ほかの大師匠がたは、動揺したらあかんから、落語がすむまでは言うな、ゆうてはったけど、一番の当事者に教えんわけにいかんと思てな。さ、しっかり演ってきぃや」

梅雨は、竜二の背中をばすんと叩いた。竜二は、押しだされるようにして高座にあがった。

（師匠が……俺のせいで……倒れた……俺のせいで……）

もちろん、梅雨はわざと、竜二が高座にあがる直前を狙って言いにきたのだろう。だが、竜二はそういう冷静な判断ができないほど混乱していた。

（どないしよ……師匠に何かあったら……俺は……）

出囃子がやみ、しん、と静まりかえった客席に向かって、竜二は呆然《ぼうぜん》としていた。最初の一言が口から出てこない。

「えー……えー……しばらくのあいだ……おつきあいを……ねがいます」

なんとかネタに入ったが、三分ほどしゃべったあたりで、つぎが出てこなくなった。頭のなかをさがしまわったが、それに続く言葉はどこにも見あたらない。見あたらない、というより、一旦リセットされてしまったみたいに、何もかもが真っ白けなのだ。竜二は顔を伏せ、目を閉じた。身体がどんどん奈落へ沈んでいく感じだ……。

「こらあ、竜二、しっかりせえ！」

怒声が轟《とどろ》いた。梅寿……いや、そんなはずはない。顔をあげると、客席の正面に見慣れた顔があった。チカコだ。チカコが椅子から立ちあがり、声をかぎりに叫んでいる。その隣には、漫才師のいたし・まっせ、柿実うれる・うれない、コロッケ屋の親父とその娘らがずらりと並んでいる。みんな、応援しにきてくれたんや。そう思うと、自分のていたらくが不甲斐《ふがい》なかった。

「忘れたんだったら、創ったらいいじゃないか」

また、誰かの声。ミュージシャンの坂瀬晃だ。そういえば、破門されたとき、彼の影響を受けて、ライブハウスで即興漫談をやったこともあった……。

そのとき、竜二の脳裏に「即興」の二文字が点滅した。失敗に終わった即興漫談だったが、もしかしたら今なら……。迷っている余裕はなかった。

「みかん？　こんな真夏のさなかになんでみかんがいるねん。おまはん、ちょっとおかしいんとちゃうか」

竜二はネタに入った。やぶれかぶれだった。「千両みかん」のセリフはきれいさっぱり頭から抜け落ちてしまっていたが、あらすじは覚えている。それだけを手がかりに、一からすべてをその場で作りあげていく。冒頭部分をすっとばし、番頭がみかんをさがしに大阪中をうろつきまわるところからはじめ、登場人物もそのときの思いつきででっちあげた。言葉がどんどん勝手に出てくる。変なギャグが奔流のようにあふれてくる。だが、「千両みかん」は「千両みかん」だ。最初に反応したのは、一般の客だった。彼らは、落語に詳しくないせいか、素直に竜二のネタについてきた。くすくす笑いがやがて爆笑に変わる頃、はじめはとまどっていた落語通の客や審査員たちも、竜二の意図がわかったとみえ、打てば響くような反応を返しだした。大ウケだった。そのとき唐突に、竜二は、すっかり忘れてしまっていた「千両みかん」の終盤部分を思いだしたが、それにはしたがわず、あくまで「俺流」の「千両みかん」をつらぬいた。

「ええい、ままよ。番頭、みかん三袋持ってドロンしよった」

オチを言って頭を下げたとき、万雷の拍手が来た。審査員の桂公団地がマイクを持って、

「今の落語は、少なくともぼくの知ってる『千両みかん』とはちがいました」

どっとウケた。

「ですが、たしかに『千両みかん』でした。いや、おもしろかった」

その言葉を聞いた瞬間、竜二の全身から力が抜けた。

袖にひっ込むと、梅雨が立っていた。

「むちゃくちゃやな、あんなもん落語とちがうわ。でたらめや」

「それより、兄さん、こんなとこで何してはるんです。師匠の病院に行かんと……」

「アホか。この大会の審査結果出るまで、我々はここを動かれへんのや」

「何言うてはるんですか。俺は今から病院行きます」

「待て。おまえも出場者や。おまえが今おらんようになったら番組のスタッフに迷惑かかる。そんなこともわからんのか」

「番組なんかどうでもいいです。番場いうひともそう思てるみたいですよ」

「なんやて」

「とにかく、俺、親父っさんとこ行きますわ。どこの病院です？」

「あかん。結果発表までここにおれ」

「兄さんが教えてくれんのやったら、ほかのひとにききますわ。そこどいてください」

竜二は梅雨を押しのけると、荷物を取りに、楽屋に向かった。扉をあけた瞬間、とんでもない光景が目に飛び込んできた。

椅子に立った番場社長が、天井の梁《はり》からおろしたロープに首を入れようとしていたのだ。

竜二はタックルして、番場を突きとばした。なおも起きあがって、椅子にあがろうとする番場に馬乗りになり、両手を押さえつけたが、

「死なねばならん事情があるんだ。はなしてくれ」

じたばたともがく番場に竜二は二発、平手打ちを食らわした。すると、憑《つ》きものが落ちた

ように番場はおとなしくなった。

「税関で……樋山のやつが……密輸入で逮捕された。もうちょっとだったのに、アレが鳴いて……ああ、私はもう終わりだ」

番場社長は床に座り込み、涙を流しながら、自分の膝《ひざ》を叩いた。

「アレってなんです？　よほど大切なもののようですけど……」

番場社長は、今になってようやく竜二の存在に気づいたとでもいう風に、ぎくりとして彼を見ると、

「そ、それだけは言えん。監督との約束だからな」

竜二の頭に、さっき演った「千両みかん」が去来した。「千両みかん」は、冬場にはありふれたものが、真夏にはとてつもない価値になる、というのが主眼のネタだ。今は真冬である。夏場にはありふれたもの、そして、鳴くものといえば……。竜二はにやりと笑い、

「わかりました。――セミでしょう？」

◇

リアリティの追求に妥協を許さない黒山監督は、夏に撮影した「主人公の男優が、四天王寺の境内で、鳴きわめくセミを握りつぶす」というラストシーンが今になって気に入らなくなり、撮りなおしをすることになった。しかし、季節は冬に移行してしまっており、セミはどこにもいない。もちろん、死んだセミや模型、ＣＧを使うなどということは黒山監督が許

すはずもない。番場以下、クリエイティヴ・バンバンのスタッフたちは、真冬に生きたセミを入手するため走りまわった。たとえ生きたセミがいても、オスでなくては「鳴きわめく」シーンは撮れない。八方手を尽くして、ようやく、某大学の研究室で、冬にセミを人工羽化する実験を行っているとわかり、そこに頼み込んだのだが、孵化《ふか》してから一年で羽化する蝶やカブトムシなどとちがって、七年も土のなかにいるセミを人間の都合のいいときに羽化させるのはなかなかむずかしいらしい。約一カ月にわたって、特別な日照と気温のもとに置いた終齢幼虫十数匹のうち、羽化に成功したのはたった一匹だった。うまい具合にオスだったので、監督に渡そうと大事に持ちかえって保管しておいたところ、「誰かに部屋を荒らされたときに、踏みつぶされてしまった」のだそうだ。

黒山監督は、生きたセミがいないのなら、夏まで撮影を延期する、しからずんば監督を降りる、と言いだした。ただでさえ、黒山のこだわりまくる撮影によって、もう公開寸前だというのに映画の完成は遅れに遅れている。そんなことをされては、土壇場で公開を半年延期することになり、配給会社や映画館への賠償などを考えると、莫大《ばくだい》な借金のあるクリエイティヴ・バンバンは倒産してしまう。とにかく必死になって「冬のセミ」をさがした。夏にセミが多く鳴いているという山や公園などをさがしにさがした。黒山は、夏のシーンを冬場に撮影したことは体面にかかわるから絶対に秘密にしろ、と厳命したので、セミさがしは秘密裏に行われた。スタッフやアルバイトたちが忍者のような衣装を着込み、深夜や早朝に行動したのだ。少しでもあたたかい土地のほうがいいだろう、と、沖縄や九州の離島にまで行った。しかし、セミはどこにもいなかった。

「夏だったらくさるほどいるものが、ほんの数カ月の差でこれほど入手しにくいとは思わなかった。季節というものの意味を思いしらされたよ」

番場社長はそう言った。

「大学に、もう一度人工羽化を頼んだのだが、なんでも、幼虫が羽化を起こすには、何カ月かにわたる温度変化の型が必要らしい。そうしないと羽化をうながすホルモンの分泌がはじまらないんだ。二、三日温度を上げたらいいというもんじゃないんだな。だから、急にはむりだと言われて……」

「南半球はどうなんです」

「私もそれを考えた。オーストラリアやニュージーランドは、今がちょうどセミの盛りらしい。日本のセミとは種類がちがうが、とにかく生きていて鳴くセミがいる」

「だったら、主演男優をオーストラリアに連れていって、ロケすれば……」

「私も黒山先生にそう言ったのだが、『オーストラリアに四天王寺があるのか！』と言下に言われたよ。それで、最後の望みを託したのが……密輸だ」

「密輸……？」

「生きた昆虫を輸入することは植物防疫法という法律で厳しく制限されている。特別許可を申請しても、急には認可されないし、寿命の短いセミはそのあいだに死んでしまう。あとは密輸しかないいんだ。社員のひとりをオーストラリアに行かせてな、セミを採ってこいと命じたんだが、あの馬鹿、百匹ぐらい採ってきたらしい。旅行カバンの底にひそませたそのセミどもが、税関で鳴きまくってな、全部おじゃんだ」

申しわけないとは思ったが、税関での大騒ぎを想像すると、竜二は笑いを禁じえなかった。

「ああ、もう終わりだ。どうして私を助けた。会社は私の命なんだ。会社がなくなるぐらいなら、死んだほうがずっと……」

と、そのときだ。

楽屋の隅に置かれた竜二のボストンバッグから、突如、けたたましい鳴き声が聞こえてきた。

それは、セミの……クマゼミの鳴き声だった。

◇

「どアホ。あんなまずいまんじゅう、食えるかあっ。ひと齧《かじ》りして、ゴミ箱へほかしたったわ」

梅寿はカンカンだった。彼が倒れたのは、靴墨入りまんじゅうのせいではなく、最近の暴飲暴食のツケがまわってきたためらしい。今朝、あれだけ泥酔するまで飲んで、そのあとほとんど眠っていないのだから、年齢を考えればむりもない。

「バッグからセミが鳴きだしたときはびっくりしました。ズボンにくっついてたみたいです」

ベッドに横たわった梅寿は重々しくうなずき、

「わしの手柄や。わしが毎晩のようにゲロと小便でぬくめとったさかいな。セミも、夏が来たとかんちがいしよったんや」

公園の「定位置」で梅寿がゲロと小便をかけ続けていたため、何カ月かにわたって温度がある一定のカーブをえがいて上昇し、たまたま土中にいた終齢幼虫が影響を受けて地上に這いだし、竜二のズボンにとりついたのだろう。

「今回のことで、『千両みかん』ゆう落語の意味もようわかりました。あのネタのこと思いだしたときに、番場社長がさがしてるのがセミやてわかったんです」

「大口叩くな。わしかて、とうに見抜いとったわ。センリョウ・ミカン……略してセミやないかい」

梅寿は、窓の外に目をやると、

「おまえが関西大会、優勝するとはな……」

「まぐれやと思てます」

「あたりまえじゃ、のぼせあがるな。せやけどな……」

梅寿はしみじみした口調で、

「つぎは全国大会や。悔しがって地団駄踏んどる梅雨の分もがんばってこい」

「はい」

「知っとるか、竜二。大阪のセミは東京のセミよりやかましらしいで」

「東京はアブラゼミが主体やが、大阪のセミはクマゼミが多いさかい、鳴き声もうるさいんや」

「はあ……」

「セミが羽化するみたいに、おまえもやっと一皮剝けた。全国大会でやかましゅう鳴いて、東京落語の連中びびらしてこい。ええな」

「はい」

「竜二……ずっと思とったんやが、わしほどやないにしても、おまえには謎解きの才があるな。新作演ってみい。古典をふまえた、謎解きのある、探偵小説みたいな新作落語はどや。いっぺん考えてみ」

竜二は天にものぼるような気持ちだった。師匠が新作を演ることを認めてくれたのだ。

「あのな、竜二……これは、かたがた言うておく。わしの遺言やと思て聞いてくれ」

真剣な表情である。梅寿が何を言いだすのかと、竜二が固唾《かたず》を呑《の》んでいると、

「――もし優勝したら、賞金はわしの総どりやで。ええな」

竜二は椅子から落ちた。

*本作品執筆にあたって、金沢至さん、北野勇作さん、山澤由江さんに貴重なご助言・ご助力を賜りました。この場を借りて御礼申しあげます。

なお、本作品はフィクションであり、登場する地名、人名、会社名、団体名、教団名その他はすべて架空のものであり、実在の人物、事物には一切関わりありません。また、上方落語の世界をリアルに表現するため、桂、林家などの屋号は実在のものを使用させていただきましたが、登場する落語家はすべて架空の人物であり、万一、類似が見られた場合は、偶然の結果であることをお断りしておきます。

田中啓文

解説

桂　文　珍（落語家）

いきなり私事で恐縮ですが、落語家になって間もなく四十年近くになります。お蔭様で、笑いのリーディングカンパニー・吉本興業にその間ずーっと所属し、毎日を新喜劇、漫才、コントの皆さん達と一緒の高座で、笑いの量も質も負けないよう落語で精進させていただいています。そして年間、数百回の独演会を全国各地で開催し、落語のＣＤもやがて、二十枚目が出ます。

誠に有難い展開をしている中、最近は落語ブームだと巷間《こうかん》言われています。落語会、独演会のチケットが、即完売になるというようなことは以前には無かったことです。何故このような状況になっているのか、様々な要因が考えられますが、その一つにＴＶドラマ「タイガー＆ドラゴン」の大ヒットは若い世代のハートを鷲掴《わしづか》みする結果となったのです。

実は私も、毎週ＴＶを観ながら楽しみました。出来れば出演もしたいと思った頃にはすでに撮影は終わってしまったと聞き、ガクッ！　となったのを覚えています。

テーマ曲クレイジーケンバンドの♫オレのハナシを聞け！　が流れるだけでワクワクしました。若い人が注目してくれたということは、今まで落語の楽しさに気付かず、無視されていたのかも……なのです。それをジャニーズ事務所の長瀬クンや岡田クンが熱演したのですから、若い人達が振り向いてくれたのは当然と言えば当然の流れでした。

その「タイガー&ドラゴン」が放送されるより数年前の「小説すばる」二〇〇三年六月号から連載が始まり、二〇〇四年十二月にハードカバーブックとなって発売されたのが、この『ハナシがちがう！　笑酔亭梅寿謎解噺』なのです。

型破りの酒豪落語家の師匠に、トサカ頭のツッパリ兄ちゃんが弟子入りをしていく。そして、さまざまな事件が起こるのです。それを読むうちにミステリーを解読するごとく、読者をグイグイとその世界に引き込んでゆきます。落語とミステリーという取り合せの妙。

目次には、古典落語の演目が並んでいます。これだけで、もう落語家の私なんぞは、「やられた！」と思ってしまうのです。そして、その演目と中身がどう繫《つな》がるのか……興味津々なのです。驚いたことに、落語とミステリーの相性がいいことに、永年落語でメシを食って来た私も覚醒させられました。きっと読者の皆様も、その楽しさのとりこになっていただけるでしょう。

主人公竜二の設定が、まさに現代の若者の代表格。そして師匠は毎日酒びたりですが、誠に落語に対する想いが熱く、トサカ頭の竜二とは全く別の世界かのように見えるのですが、人を愛し、人の痛みを分かち合える熱き想いは、二人が深いところで通じ合っているのだと思われます。

この笑酔亭梅寿はひょっとして、あの上方落語の四天王といわれた六代目笑福亭松鶴《しょかく》師匠がモデルではないだろうか……と、想像をふくらませ深読みをしていくのも楽しいのです。

他の一門の私メなども、ずいぶんと可愛がっていただき、示唆に富んだ御指導をいただいたものです。六代目の松鶴師匠の豪放磊落《ごうほうらいらく》なお人柄と素晴しい芸を大変尊敬しています。落語と放送の世界、他の漫才との競争、落語の持つ強さと弱さ、弟子同士の葛藤や悶着《もんちやく》など、実に有りそうな噺が次々と出てまいります。これがまた読んでいて楽しいのです。フィクションと解っていながらもどんどんハマッてゆくのが楽しく嬉《うれ》しいのです。

こんな本を書ける著者、田中啓文さんのことを、落語家がペンネームで書いているのか？とも思いましたが、ここまで書ける人は落語家の中にはいません。

実は、読者の皆様は御存知だと思いますが、著書に『水霊（ミズチ）』（これは映画化もされましたし、御記憶にもあろうと思います。その原作者であります）、『異形家の食卓』『銀河帝国の弘法も筆の誤り』『忘却の船に流れは光』『蹴りたい田中』などを発表し、ミステリー、ジャズ、落語と幅広い知識と文才をお持ちの作家なのであります。

私の中では、これほど落語に詳しく瑞々《みずみず》しいタッチで勢い良く筆の進む田中さんとはどんな人だろう？と作品を読んで思っていました。また落語のみならず、演芸界、放送界の事情にもなんでこんなに詳しいの？と疑問は増すばかり。正にミステリアスだったのです。

そんなある日、私の独演会でいつも一緒の月亭八天さん（月亭八方師のお弟子さん）が、紹介したい人がいます、と、楽屋で御紹介いただいたのが著者の田中さんだったのです。月亭八天さんが本作品の監修をしていたことは知っていましたが、田中さんはいつも落語会に来られたり、若手をしごく勉強会にも足を運んでいただいているお客様のお一人だったのです。

永年落語家をやっていますと、客席にどの様な方がお越し下さっているのかが、高座から見えるのです。もちろん、若手と言われた頃には全くその様なことは不可能でしたが、キャリアを重ねるとは面白いものです。あ、あの方、前回も客席にいらっしゃった……などと思いつつ高座で噺していたりするのです。その中のお一人が、著者の田中さんだと解ったとき、正に私の頭の中の謎が解けたのであります。かくして、ミステリー作家は、その存在すらミステリアスなのが、また面白いのであります。

その謎が解けてから「小説すばる」に連載されているものを読ませていただき、感想などを手紙で送らせていただいたりといった日々ですが、先日、「この本をどうして書こうと思われたのです？」とお伺いしたところ、「もうすこし、歳を重ねてから書こうと思っていたのですが……。落語がらみの本は多く出版されていますが、上方落語を間違って紹介しているものや、中には上方落語は絶滅したと書かれている本もあり、正しく上方落語の楽しさを伝える方法として、得意なミステリーと合体させることで作品を書こうと思いました」とお話し下さいました。

私ども、上方落語家にとって、こんな有難いことはありません。感謝感激雨アラレ！　と言ったところなのです。この本を読まれた方々に、では一度落語を聞いてみよう！　と思っていただけたら、どれ程有難いことでしょう。そしてその時、落語家自身がしっかりと藝

（私は芸と書くよりこの字が好きなのです。藝は一朝一夕には出来ないのだ……という感じが、この字には有りますよねェ……）をお見せ出来て、いい噺を聞いていただくのが重要なのです。

私は永く吉本興業で噺の職人を続けていますが、昔あるプロデューサーが、「タレントは創ろうと思えば三日で創れるが、藝人を育てるのには時間がかかる……」と言っておられたのを覚えています。

伝統藝能に携わる者は、その伝統を重んじながらも、新しい可能性を模索し続け、次なる世代へとバトンタッチをしていかなければなりません。若い頃には多少はみ出している位の人の方が、後に大きく伸びるのです。また背伸びをした藝の方が演り続けるうちに身長が伸び、身丈と藝が合ってくるのです。

まさにこの本に登場する竜二そのものです。そして、その竜二の藝人魂を早くも見つけ出し、育ててやろうとしているのが梅寿師匠その人なのです。

見た目のトサカ頭のハデさとは別の優しい、ヒリヒリするような繊細さを、この作品の竜二に感じます。それはきっと、著者・田中啓文さん自身の落語に対する想いなのだと思います。

そういった意味では、この作品は上方落語へのエールであり、平成の時代を生きる落語家への叱咤激励だと思っています。

毎日、高座から噺を演じている私だけでは、大きな動き、ムーブメントにはなりにくいのですが、こういった作品が皆様に読んでいただけることで、一人では単に点であったものが、やがて面になり、いつか立体的な広がりを持ち始め、新しい伝統を生み出してゆくのだと思います。

この作品には落語への「愛」を感じます。そして、今まであったようなジメっとした湿気が全く無く、明るく陽気で、ハイテンポな時代感覚はきっと若い世代の人達に大いに受け入れられると思います。

そんな竜二と梅寿に、私は嫉妬すら感じます。

いつかうちにも、こういう弟子来ないかなあ――。そうなれば、毎日酒に酔っていられるかも……。

いや面白い！

有難う、田中啓文さん。

平成十八年七月　新橋演舞場楽屋にて

JASRAC 出0609623−601

集英社文庫　目録（日本文学）

高野秀行　怪しいシンドバッド
高野秀行　異国トーキョー漂流記
高野秀行　ミャンマーの柳生一族
高橋　治　海　そ　だ　ち
高橋　治　大地が厨房だ
高橋　治　冬の炎(上)(下)
高橋克彦　完四郎広目手控
高橋克彦　完四郎広目手控　天　狗　殺　し
高橋源一郎　ペンギン村に陽は落ちて
高橋源一郎　あ・だ・る・と
高橋千劔破　江　戸　の　旅　人　大名から逃亡者まで30人の旅
高橋敏夫　ゴジラが来る夜に
高橋三千綱　少年期「九月の空」その後
高橋三千綱　卒　　　業
高橋三千綱　霊　感　淑　女
高橋義夫　知恵ある人は山奥に住む

高橋義夫　日本大変　小栗上野介と三野村利左衛門
高橋義夫　佐々木小次郎
高村光太郎　レモン哀歌―高村光太郎詩集
高森和子　男　の　茶　碗
竹内　真　粗《そ》忽《こつ》拳《けん》銃《じゆう》
竹内　真　カレーライフ
武田鉄矢　さらば愛しきひとよ
武田鉄矢　母に捧げるバラード
武田鉄矢　愛する人へ贈る言葉
武田鉄矢　母に捧げるラストバラード
武田晴人　談合の経済学
竹田真砂子　小説・十五世羽左《うざ》衛門
竹西寛子　蘭　竹西寛子自選短篇集
嶽本野ばら　エ　ミ　リ　ー
太宰　治　人　間　失　格
太宰　治　走れメロス・おしゃれ童子

太宰　治　斜　　　陽
伊達一行　沙《さ》耶《や》のいる透視図
伊達一行　妖　言　集
田中光二　オリンポスの黄昏《たそがれ》
田中啓文　異《い》形《ぎよう》家の食卓
田中啓文　ハナシがちがう！　笑酔亭梅寿謎解噺
田中芳樹　ウェディング・ドレスに紅いバラ
田辺聖子　愛の風見鳥
田辺聖子　佐藤愛子　男の結び目
田辺聖子　愛してよろしいですか？
田辺聖子　オムライスはお好き？
田辺聖子　炎の女たち　わたしの日本女性史
田辺聖子　お目にかかれて満足です(上)(下)
田辺聖子　返事はあした
田辺聖子　新・私本源氏　春のめざめは紫の巻
田辺聖子　風をください

集英社文庫

ハナシがちがう！　笑酔亭梅寿謎解噺《しょうすいていばいじゅなぞときばなし》

2006年8月25日　第1刷

定価はカバーに表示してあります。

著　者　田《た》　中《なか》　啓《ひろ》　文《ふみ》

発行者　加　藤　潤

発行所　株式会社　集　英　社

東京都千代田区一ツ橋2—5—10

〒101-8050

電話　03（3230）6095（編　集）

03（3230）6393（販　売）

03（3230）6080（読者係）

印　刷　凸版印刷株式会社

製　本　凸版印刷株式会社

Printed in Japan

ISBN4-08-746074-6 C0193